Dan Gronie

Kaspar

Das Geheimnis von Eduan

Die Abenteuer von Sebastian Kaspar Addams:

Band 1: Die Reise nach Feuerland
Band 2: Der magische Rubinschädel
Band 3: Das Geheimnis von Eduan

Dan Gronie

Kaspar

Das Geheimnis von Eduan

ROMAN

Impressum

Bibliografische Information der Deutschen Nationalbibliothek:
Die Deutsche Nationalbibliothek verzeichnet diese Publikation in der Deutschen
Nationalbibliografie; detaillierte bibliografische Daten sind im Internet über
http://dnb.d-nb.de abrufbar.

Titel: Kaspar - Das Geheimnis von Eduan
Copyright © 2016 by Dan Gronie

1. Auflage
Taschenbuchausgabe Dezember 2016

Covergestaltung: Annette Eickert
Bilderquelle: http://123rf.com
Urheberrecht: Ahmad AlMasri

Herstellung und Verlag:
BoD - Books on Demand, Norderstedt

ISBN 978-3-7392-3881-4

Dieses Buch ist in Liebe
meiner wunderbaren Frau Ursula gewidmet.

Inhalt

Der Todbringer

Die letzten Sonnenstrahlen verschwanden hinter den mächtigen Baumkronen, die vor Balthasars kleiner Holzhütte in den Himmel ragten, und warfen ein glänzendes Licht auf die blattlosen Äste. Und wie Balthasar schon vermutet hatte, kündigte sich der Winter langsam an. Der Zauberer hatte schon alles vorbereitet, damit sie nach Urta aufbrechen konnten, wo ein Todbringer sein Unwesen trieb. Doch die Fertigstellung des zweiten Zaubertranks nahm mehr Zeit in Anspruch, als der Zauberer eingeplant hatte, und so konnten sich Kaspar und seine Freunde noch ein wenig die Zeit in Feuerland vertreiben.

Kaspar lehnte stumm am Brunnen vor der alten Holzhütte, sah sich die Sterne an und hörte Niko und Lars reden, die abseits auf der kleinen Lichtung vor der Hütte standen und irgendetwas ausheckten.

Niko stieß ein leises Schnauben aus und schüttelte sich, als er zu Lars sagte: »Es ist verdammt kalt geworden.«

»Ja, verdammt kalt«, bestätigte Lars mit einem heftigen Nicken und warf einen Blick zu den Sternen. »Unsere Felljacken hätte Balthasar ja auch mit einem Wärmezauber belegen können«, murrte Lars laut.

»Ein Wärmezauber?«, stutzte Niko.

»Also, es gibt doch in dieser Welt für alles Mögliche einen Zauber«, fing Lars an, »und da habe ich mir gedacht, es müsste ja auch etwas gegen die Kälte geben – einen Wärmezauber zum Beispiel«, ergänzte er.

Niko grinste und sagte: »Das war gut, Lars! Das gefällt mir!«

Niko hielt den rechten Daumen hoch.

Für einen Augenblick war es still.

»Was war das?«, fragte Niko plötzlich.

»Was war was?«, wollte Lars sofort wissen.

»Ich habe einen Luftzug gespürt. Du etwa nicht?«, fragte Niko irritiert.

Lars schüttelte den Kopf und warf einen stummen Blick zu Kaspar.

»Hast du das auch gespürt?«, rief Niko Kaspar zu.

»Was soll ich gespürt haben?«, rief Kaspar zurück.

»Ach, vergiss es und träume weiter«, winkte Niko ab und wandte sich wieder Lars zu.

»Balthasar hat gesagt, dass es bald schneien wird«, schnaufte Niko.

»Hoffentlich nicht«, bibberte Lars.

»So schlimm ist der Schnee nun auch wieder nicht«, fing Niko an, »dann können wir einen Schneemann bauen.«

»Ja, prima«, schwärmte Lars und lästerte: »Einen Schneemann mit schneeweißem Bart ...«

»... und Brille«, beendete Niko den Satz von Lars.

»Und mit langen, weißen Haaren ...«, grinste Lars, und Niko hielt sich den dicken Bauch vor Lachen.

»... und faltigem Gesicht und mit einem Zauberstab, den er in der rechten Hand hält ...«, ergänzte Niko.

»... und ... «, fing Lars an, und Kaspar rief: »Findet ihr das etwa komisch?«

»Ja«, rief Niko zurück.

»Was hat er denn nur für miese Laune?«, fragte Lars an Niko gewandt.

Niko zuckte mit den Schultern.

»Vielleicht hat er ja Langeweile«, antwortete Niko schließlich.

»Habe ich nicht«, rief Kaspar.

»Oder vielleicht hat er ja auch Liebeskummer«, hänselte Niko und grinste Kaspar dabei breit an.

»Sei vorsichtig, mit dem was du sagst«, drohte Kaspar.

»Was sonst?«, rief Niko. »Willst du mich etwa mit deiner miesen Laune erschlagen?«, brummte er. »Das könnte dir glatt gelingen«, sagte er noch.

»Was ist mit dir los?«, wollte Lars von Kaspar wissen.

»Nichts«, knurrte Kaspar.

»Das glaube ich dir nicht«, rief Lars. »Komm zu uns, und sag, was dich bedrückt. Wir sind schließlich deine Freunde«, forderte Lars Kaspar auf.

Kaspar sah, wie Lars dünne Beine zitterten.

»Ist dir kalt?«, fragte Kaspar.

»Ja, ich würde gerne reingehen«, antwortete Lars.

»Da rein?«, fragte Niko und deutet in Richtung Hütte.

Lars nickte.

»Für alles Gold dieser Welt gehe ich da nicht rein, bis Balthasar seinen Zaubertrank fertig hat«, entgegnete Niko.

»Aber heute wollte Balthasar doch mit dem Zaubertrank fertig werden«, sagte Lars.

»Ist er aber noch nicht«, fauchte Niko.

»Da drinnen ist es schön warm«, sagte Lars.

»Das mag schon sein, Lars, mein Freund«, stöhnte Niko und verdrehte die Augen dabei, »aber es stinkt nach totem Wiesel.«

»So schlimm ist es nun auch wieder nicht.«

»Dann kannst du ja hineingehen, Lars.«

»Hmmm«, brummte Lars.

»Was ist? Keinen Bock auf die Stinkhütte?«, fragte Niko mit lauerndem Blick.

Lars schüttelte sich, dann sagte er: »Bleiben wir lieber noch etwas hier draußen.«

»Wenn Balthasar fertig ist, müssen wir die Hütte gut durchlüften«, schlug Niko vor.

»Ja«, nickte Lars.

»Ich weiß gar nicht, wie Juana das da drinnen aushält«, schüttelte Niko den Kopf.

»Tja, wüsste ich auch mal gerne«, kratzte sich Lars am Kinn.

»Sie wollte ja unbedingt wissen, wie der Zaubertrank gemacht wird«, stöhnte Niko.

»Ob Balthasar seine alten Socken im Kessel mitkocht?«, lästerte Lars.

Niko lachte laut und sagte fröhlich: »Das war gut, Lars!«

Kaspar schüttelte verständnislos den Kopf und griff nach einer braunen Wollmütze, die in der Tasche seiner Felljacke steckte. Er setzte die Mütze auf seine lockigen, rotbraunen Haare und zog sie dann bis weit über die Ohren.

»Habt ihr eigentlich Nox gesehen?«, rief Kaspar und rieb sich die Hände vor Kälte.

»Nö, der hat sich ebenfalls verdrückt, als Balthasar anfing den Zaubertr... die Stinkbombe zu brauen«, antwortete Niko.

»Meine Hände frieren ein«, schimpfte Kaspar und steckte sie in die Tasche seiner Felljacke.

»Der Alte hat uns warme Mützen gegeben«, schimpfte Niko zurück, »aber die warmen Handschuhe hat er vergessen – Senilität, sage ich da nur.«

»Sollen wir etwas spielen, damit uns warm wird?«, fragte Lars vorsichtig.

»Was schwebt dir denn da so vor?«, fragte Niko schnell.

»Wir können Drachenjäger spielen«, antwortete Lars begeistert.

»Tolle Idee«, schwärmte Niko sofort und war mit voller Begeisterung bei der Sache. »Was ist mit dir, Kaspar? Spielst du auch mit oder willst du weiter schmollen?«, sprach Niko ihn laut an.

»Ich habe jetzt keine Lust zu spielen«, verzog Kaspar genervt das Gesicht.

»Egal, dann spielen wir ohne dich Drachenjäger«, schimpfte Niko und wandte sich Lars zu: »Komm, Lars, fangen wir an mit dem Drachenjägerspiel und lassen der Spaßbremse ...«, Niko deutete auf Kaspar, »... seine Ruhe.«

Lars nickte freudig.

»Dann legen wir mal los«, sagte Niko. »Hast du dein Schwert bei dir? Ach ja, ich sehe du trägst es bei dir«, sagte er.

»Und dieses Mal haben wir richtige Schwerter«, sagte Lars und deutete auf sein Schwert, das an seiner rechten Seite in der

Scheide steckte.

»Ja«, grinste Niko und umfasste seinen Schwertgriff, dann fuhr er mit verstellter Stimme fort: »Der Nordwald ist sehr alt, älter als jeder Drache auf dieser Welt, und er breitet sich weiter aus, denn an seinen Rändern wachsen neue Bäume heran.« Niko vollzog eine Geste mit der rechten Hand und sagte dann: »Inmitten dieses dunklen Waldes, wo oft ein dämmeriges Zwielicht herrscht, versteckt sich ein bösartiger ...«, Niko überlegte, »... Schwarzdrache«, hauchte er und fuhr mit fester Stimme fort, »der ein ganzes Dorf mit einem einzigen Feuerball vernichtet hat. Es ist unsere Aufgabe als Drachenjäger, dass wir uns in den finsteren Nordwald begeben, um den Drachen aufzuspüren und zur Strecke zu bringen.«

»Ja, und wir werden ihn zur Strecke bringen, darauf kannst du dich verlassen, mein Freund«, bekräftigte Lars und zog sein Schwert.

»Komm, mein Freund«, sagte Niko und zog ebenfalls sein Schwert, »folgen wir diesen Drachenspuren hier«, sprach er mit verstellter Stimme und deutete mit der Spitze seines Schwertes auf den Boden, wo tiefe Drachenspuren zu sehen waren.

»Inmitten dieses Waldes gibt es eine Reihe von Lichtungen«, sagte Lars und schwang sein Schwert, »auf einer von ihnen werden wir diesen Schwarzdrachen finden.«

»Das werden wir, mein Freund«, nickte Niko voller Leidenschaft, »und wir werden ihm sein schwarzes Drachenherz aus seiner Drachenbrust schneiden.«

Kaspar beobachtete stumm das Schauspiel.

»Hast du immer noch keine Lust Drachenjäger zu spielen?«, rief Lars Kaspar zu.

Kaspar schüttelte lustlos den Kopf, dann rief er: »Nein, wirklich nicht, Lars. Aber ich bin gespannt, wie ihr den bösartigen Schwarzdrachen vernichten wollt.«

Niko winkte ab und sprach weiter: »In diesem Wald erheben sich die letzten, gewaltigen Urbäume dieser Welt«, Niko legte die linke Hand auf die Schulter von Lars, »genau an diesen Bäumen müssen wir vorbei, um auf die große Lichtung zu kommen, wo sich der Drache aufhalten soll.«

Niko und Lars taten so, als würden sie durch einen Wald schleichen, vorbei an den mächtigen Urbäumen, an denen Niko ab und an aufblickte, um die imaginären, gewaltigen Baumkronen zu bewundern.

»Da vorne ist die Lichtung«, flüsterte Niko.

»Ja, ich sehe sie«, flüsterte Lars zurück.

»Wir müssen leise sein, damit uns der Schwarzdrache nicht kommen hört«, sagte Niko leise.

»Ja«, murmelte Lars.

Niko und Lars gingen nebeneinander ein paar Schritte vor.

»Es ist kein Drache auf dieser Lichtung zu sehen«, flüsterte Niko und schwang sein Schwert.

»Wir warten auf ihn«, Lars schwang ebenfalls sein Schwert, »bis er kommt, und dann kämpfen wir und werden die Bestie besiegen.«

Niko und Lars sahen sich an und riefen zur gleichen Zeit mit erhobenem Schert: »Wir sind die unbezwingbaren Drachenjäger.«

Kaspar spürte einen Luftzug im Nacken und sah empor zu den Sternen. Er legte die Hand auf den Schwertgriff, als er einen großen Schatten bemerkte, der schnell über ihn hinwegglitt. Kaspar lächelte vergnügt und ließ den Schwertgriff wieder los. Dann wandte er den Blick seinen beiden Freunden zu und verfolgte gespannt das Schauspiel. Dabei stieß er ein leises Seufzen aus, als er sah, dass die beiden Drachenjäger nicht bemerkten, wie sich ein gewaltiges Ungetüm ihnen von oben näherte. Kaspar beugte den Oberkörper leicht vor und wollte seine Freunde warnen, doch aus irgendeinem Grund ließ er es.

»Der Schwarzdrache wird bald kommen. Ich spüre es«, flüsterte Lars Niko zu, und Kaspar dachte: Damit liegst du völlig richtig, Lars, mein Freund.

»Wer wagt es mich zu jagen?«, donnerte eine mächtige Stimme vom Himmel herab. »Ah, da sind ja meine Todfeinde, die beiden Drachenjäger«, sagte die Stimme, und Niko und Lars warfen gleichzeitig den Kopf in den Nacken und blickten in das Gesicht eines zornigen Schwarzdrachens, der über ihnen kreiste.

»Ich werde euch das Fürchten lehren«, brummte der Drache, streckte seinen Kopf den Sternen entgegen und ließ ein gewaltiges Drachenfeuer ab.

Niko war der Erste der einen Schrei abließ, dann folgte Lars. Als Niko einen Schritt zurücktrat und prompt stolperte, fiel er auf den Po und ließ dabei das Schwert fallen.

Kaspar lächelte, als er Nikos ängstliche Miene sah.

Lars stand wie festgefroren und hatte das Schwert erhoben, als der Drache auf ihn zuflog und brummte: »Dein Mut wird dir nichts nützen, Drachenjäger, denn mit einem Schwert kannst du mich nicht töten. Du wirst mein Drachenfeuer zu spüren bekommen.«

Lars bewegte sich immer noch nicht.

»Hast du mich nicht verstanden, Lars?«, brummte der Drache. »Du wirst gleich mein Drachenfeuer zu spüren bekommen.«

»Lars ist vor Angst erstarrt«, rief Kaspar dem Drachen zu, »lass ihn einen Augenblick durchatmen, Numba. Lars und Niko haben dich wahrscheinlich nicht sofort erkannt.«

Kaspar vermutete, dass die kühle Nacht Numba heimkehren ließ, der nun lautlos dahinglitt und vor Balthasars Hütte landen wollte. Numba schüttelte den Kopf, und Kaspar glaubte dabei ein Lächeln über das Drachengesicht huschen zu sehen.

»Sag deinen Freunden, dass sie etwas Platz machen sollen. Ich werde nämlich gleich landen, und wir wollen ja nicht, dass deine Freunde Mus werden«, sprach Numba Kaspar an.

Lars löste sich aus der Starre und rannte zu Kaspar.

»Willst du dem Dicken nicht auf die Beine helfen?«, brummte Numba Lars hinterher. »Er versperrt mir den Landeplatz.«

»Wer ist hier dick?«, entgegnete Niko und kam auf die Beine. Gemächlich hob Niko sein Schwert auf.

»Komm endlich zu uns, Niko!«, schimpfte Lars, der wohl tatsächlich glaubte, Numba würde landen, während Niko auf der Lichtung stand.

Als Niko neben Kaspar trat, landete Numba. Obwohl Kaspar und seine Freunde Numba kannten und wussten, dass der Schwarzdrache ein guter Freund von Balthasar war und ihnen nichts antun würde, standen Niko und Lars ohne die kleinste Rührung und jeglichen Mucks vor ihm.

Der Erdgeist Nox erschien wie aus dem Nichts in einem leichten Nebel an Kaspars linker Seite und fragte: »Was ist das für ein Krach hier draußen? Balthasar will in Ruhe arbeiten.«

»Wir waren ganz leise«, wimmerte Lars.

»Ja, das waren wir«, schimpfte Niko laut, »erst als der da aufgetaucht war, ging der Lärm los.« Niko deutete mit der Schwertspitze auf Numba.

»Wähle deine Worte mit Bedacht«, sagte Numba lässig, »denn du könntest den Zorn eines Drachen auf dich ziehen«, ergänzte er und trat einen Schritt vor.

Niko zuckte unwillkürlich zurück und sagte kleinlaut: »Jetzt sei mal nicht gleich beleidigt.«

»Mensch, Niko, du sollst deine Worte mit Bedacht wählen, hat Numba doch gerade gesagt«, schimpfte Lars.

»Ich muss zurück zu Balthasar«, sagte Nox schnell.

»Ich dachte, du hättest dich auch verdrückt?«, fragte Kaspar.

»Habe ich ja auch, aber dann hat Balthasar doch noch nach mir gerufen«, jammerte Nox und hob seine Wurzelhände über den Kopf.

»Warte, Nox!«, sagte Niko laut, als er sah, wie sich Nox langsam in einer kleinen Nebelwolke auflöste. »Du willst uns doch nicht mit dem Ungetüm hier alleine lassen?«

»Ihr werdet das schon unter euch ausmachen müssen«, sagte Nox und schon war er verschwunden.

»Jetzt hast du wohl die Hosen voll?«, sagte Lars an Niko gewandt.

»Ach, sei still, Dumpfbacke«, fuhr Niko ihn scharf an.

»Selber Dumpfbacke«, entgegnete Lars.

»Sag du doch auch mal 'was, Kaspar!«, forderte Niko ihn auf.

Kaspar wandte den Kopf zur Seite und blickte zur Hütte. Durch das kleine Fenster sah er, wie Nox neben Balthasar stand, der sich mit der rechten Hand durch den langen weiße Bart fuhr und lachte. Juana kam rasch hinzu, und als Nox etwas zu ihr sagte, sah Kaspar, wie auch sie lachte.

»Also, ich weiß nicht, was ihr beiden jetzt macht, aber ich gehe jetzt zu Balthasar«, sagte Kaspar.

»Was? Du willst doch nicht in diese Stinkhütte gehen?« Niko war sichtlich entsetzt.

Kaspar nickt nur und wandte sich von seinen Freunden ab.

»Gute Nacht, Numba«, sagte Kaspar noch, als er ging.

»Ich wünsche dir auch eine gute Nacht, Kaspar«, sagte Numba sanft.

»Warte auf mich, Kaspar!«, rief Lars ängstlich und lief Kaspar hinterher.

»Feigling«, rief Niko seinem Freund nach. Doch als Numba den Kopf senkte, sah Kaspar von der Hütte aus, wie Niko geschwind das Schwert in die Scheide steckt und zur Hütte rannte.

»Alleine macht es draußen keinen Spaß«, sagte Niko, als er rasch an Kaspar vorbei in die Hütte trat.

»Natürlich macht es das nicht«, lächelte Kaspar und schloss die Tür hinter sich. »Aber du warst da draußen doch nicht allein«, ergänzte er.

Niko warf Kaspar einen zürnenden Blick zu.

Lars stand schon neben Juana und ließ sich von ihr erklären, was Balthasar für einen Zaubertrank braute.

»Komm, Niko, bin gespannt, wie weit Balthasar mit dem Zaubertrank gekommen ist«, sagte Kaspar.

»Hoffentlich kennt Balthasar einen Entstinkungszauber«, lästerte Niko und hielt sich die Nase zu. Balthasar rührte mit einer Kelle im Kessel, der über dem Feuer im offenen Kamin hing.

»Du kannst ja zu Balthasar gehen. Ich bleib lieber hier in der Nähe der Tür, dann kann ich zwischendurch noch mal frische Luft schnappen«, sagte Niko zu Kaspar und blieb stehen.

»Okay«, sagte Kaspar und ging zu den anderen.

Kaspar sah, wie Niko schmollend zum Fenster ging und hinausblickte.

»Was habt ihr gemacht?«, fragte Nox an Kaspar gewandt.

»Niko und Lars haben mit Numba Drachenjäger gespielt«, Kaspar lächelte, »und ich habe zugesehen.«

»Gib mir mal das Fläschchen dort«, sagte Balthasar an Nox gewandt.

»Bin schon unterwegs«, nickte Nox ihm zu.

»Verdammt, ich kann die beiden gar nicht mehr verstehen«, fluchte Niko laut, der immer noch am Fenster stand und sich nun seinen Freunden zugewandt hatte.

»Du hast doch nicht etwa den Transkribierer verloren?«, fragte Kaspar entsetzt.

Niko griff in seine Hosentaschen, dann in seine Jackentaschen, und nickte aufgeregt: »Doch, ich habe ihn verloren.«

»Das ist mal wieder typisch Niko«, schimpfte Juana.

»Jaja«, winkte Niko ab und ging zu seinen Freunden.

»Du solltest besser auf den Stein aufpassen«, tadelte Balthasar Niko.

»Jetzt kann ich Sie wieder verstehen«, sagte Niko freudig.

Balthasar schwieg und zog nur die Augenbrauen hoch, dann wandte er sich wieder dem Zaubertrank zu.

»Das liegt daran, dass Juana und Lars den Stein bei sich tragen«, erklärte Kaspar.

»Hier!«, sagte Lars und hielt den winzigen, runden, smaragdgrünen Transkribierer in der Hand, der an einem Lederband befestigt war, und den er wie auch Juana um den Hals trug.

»Ich hab' es ja kapiert, Lars«, sagte Niko genervt.

»Du hast es gut, Kaspar ...«, fing Niko an und winkte ab.

»Wie meinst du das?«, fragte Kaspar, als von Niko keine weitere Erklärung kam.

»Na, weil du ein Zauber-Gen besitzt und diesen blöden Stein nicht brauchst.«

»Hast du den Transkribierer vielleicht beim Drachenjägerspiel verloren?«, fragte Balthasar.

Niko überlegte angestrengt: »Also, beim Drachenjägerspiel habe ich ihn noch gehabt, weil ich mit Numba geredet habe.«

»Komm, wir gehen ihn suchen«, schlug Lars vor.

Niko nickte.

»Ich habe ihm schon so oft gesagt«, wandte sich Juana an Kaspar, als Niko und Lars die Tür hinter sich geschlossen hatten, »dass er auf den Stein gut aufpassen soll.«

Kaspar zuckte nur mit den Schultern.

Ein Augenblick verging, als Niko und Lars wieder eintraten, und Niko rief: »Wir haben ihn gefunden.« Er hielt das Lederband in der Hand, an dem der Stein befestigt war.

»Da habt ihr ja Glück gehabt«, warf Nox ein.

»Pass in Zukunft besser darauf auf!«, ermahnte Juana ihn.

»Ja«, sagte Niko nur und hing sich das Lederband um den Hals.

»So, der Zaubertrank ist gleich fertig«, sagte Balthasar.

»Da fehlt noch eine Zutat«, stellte Nox fest und blickte mit einer großen Portion Neugier über den Kesselrand.

Kaspar fiel auf, dass Balthasar etwas in den Taschen seines Umhangs suchte.

»Wo hab ich es denn nur?«, sprach Balthasar und wirkte auf Kaspar etwas zerstreut. »Ach ja, dort auf dem Regal steht die letzte Zutat für den Zaubertrank.« Als Balthasar den unförmigen Klumpen mit den Fingern zerkleinerte und die kleinen Stücke in den Kessel bröckelten, funkelten die glasklaren Augen in dem faltigen Gesicht.

»Sieht verdammt eklig aus, was Balthasar da in den Kessel tut«, flüsterte Lars Niko zu.

»Ja, es sieht wie gefrorene Froschkotze aus«, flüsterte Niko zurück.

»Euer Benehmen ist unmöglich«, ermahnte Juana die beiden.

Niko winkte ab und sagte zu Lars: »Lass die mal reden.«

»Jetzt kann es doch eigentlich nicht mehr lange dauern, bis der Zaubertrank fertig ist«, wandte sich Nox Balthasar zu.

»Hab noch ein wenig Geduld, alter Freund«, antwortete Balthasar in ruhigem Ton und sah Nox dabei über den Rand seiner Brille an, die er immer dann trug, wenn er an einem Zaubertrank arbeitete.

Nox zuckte mit den Schultern. »Geduld hab ich genug, Balthasar. Ich wollte nur wissen, ob ich schon mal das Abendessen vorbereiten soll.«

»Ich bin gleich fertig, Nox, dann überlasse ich dir die Feuerstelle, damit du kochen kannst«, nickte Balthasar.

»Ich habe Kohldampf«, sagte Niko, als Nox auf Nikos knurrenden Magen blickte.

»Kohldampf?«, wiederholte Nox verstört.

»Hunger«, sagte Niko nur.

»Ach so«, nickte Nox ihm zu.

Kaspar lächelte in sich hinein, als er sah, wie Lars einen ängstlichen Blick durch das kleine Fenster neben der Tür warf, durch das ein riesiges Drachenauge blickte.

»Numba ist aber sehr neugierig«, bemerkte Kaspar.

»Ja, in der Tat, das ist er«, bestätigte Balthasar ihm.

»Hoffentlich behält Numba sein Drachenfeuer für sich«, flüsterte Lars.

»Was meinst du denn damit?«, fragte Kaspar.

»Na, wenn der Drache jetzt niesen muss, dann werden wir gegrillt«, antwortete Lars.

»Wieso sollte er jetzt niesen?«, schüttelte Niko den Kopf.

»Kann doch sein, dass der Gestank von hier durch das undichte Fenster zieht und ihm in der Nase kitzelt«, antwortete Lars. »Und außerdem macht mir der Drache Angst«, gab er zu.

»Numba ist ganz friedlich«, wollte Nox Lars beruhigen, doch als er dann sagte: »Obwohl Numba ein Schwarzdrache ist, wird er euch nichts antun«, zitterten Lars' Storchbeine.

Lars fragte nervös: »Was heißt hier ›obwohl‹?«

Nox zwinkerte ihm zu und antwortete lässig: »Na ja, Lars, du musst wissen, ein Schwarzdrache ist eigentlich launisch und kämpferisch. Sie brennen schon mal Dörfer nieder und jagen

Königsarmeen in die Flucht. Sie vernichten Festungen, wenn ihnen danach ist, und sie ...«

»Hör auf, Nox! Lars hat schon genug Angst«, ermahnte Balthasar ihn mit erhobenem Zeigefinger.

Aus dem Gewand des Erdgeistes, das aus sich ständig erneuernden Wurzeln bestand, wuchs aus dem rechten Ärmel eine neue Wurzel.

»Er hat mich gefragt«, entgegnete Nox und zeigte mit seinem Wurzelzeigefinger auf Lars.

»Numba ist ein friedlicher Drache«, erklärte Balthasar in einem sanften Ton. »Du brauchst wirklich keine Angst vor ihm zu haben«, ergänzte er.

Balthasar rührte mit einem großen Holzlöffel im Kessel.

»Ich bin gleich fertig«, sagte Balthasar. »Du kannst dann das Abendessen vorbereiten, Nox.«

Nox schwebte ein Stück empor und lugte über Balthasars Schultern und fragte ihn dann: »Warum bereitest du eigentlich einen ganzen Kessel zu, wenn wir nur wenig davon brauchen?«

»Wenn dieser Trank richtig wirken soll, muss er in dieser Menge zubereiten werden«, antwortete Balthasar, »ansonsten geht seine Wirkung verloren, und er ist nicht mehr als eine Suppe«, erklärte Balthasar.

»Ja, eine sehr schmackhafte Froschkotzstinksuppe«, flüsterte Niko an Lars gewandt und fing sich dabei einen zornigen Blick von Juana ein.

Balthasar zog seinen Zauberstab aus einem Lederköcher hervor, den er an einem Stoffgürtel trug und sprach: »Tempore!«

Es blitzte im Kessel, dann sagte er freudig: »So, der Trank ist nun fertig.«

»Soll ich den Kessel von der Feuerstelle nehmen?«, fragte Nox schnell.

Balthasar nickte ihm zu und sagte: »Du kannst ihn dort in die Ecke stellen und nachher wie auch den ersten Zaubertrank in einen kleinen Lederbeutel füllen.«

Geschwind wuchsen Nox Wurzeln an den Ärmeln heraus,

die seine kleinen Wurzelhände verstärkten, und schwuppdiwupp stand der Kessel in der Ecke.

»Wieso zauberst du ihn nicht dorthin?«, fragte Lars.

»Er könnte dabei umkippen, und das wollen wir doch nicht, oder?«, entgegnete Nox.

»Warum brauchst du denn die Feuerstelle?«, fragte Niko neugierig. »Reicht der Herd nicht aus?«

»Auf dem Herd will ich eine Suppe zubereiten, und über der Feuerstelle will ich grillen«, antwortete Nox.

Kaspar sah, wie Nikos Augen vor Freude ganz groß wurden, und Niko fragte prompt: »Was willst du denn grillen?«

Juana runzelte die Stirn, und Kaspar konnte ihr ansehen, dass Niko ihr mit seiner Fragerei nach dem Abendessen auf die Nerven ging.

»Lass dich überraschen«, antwortete Nox und zwinkerte Niko zu.

Kaspar warf einen flüchtigen Blick durch das kleine Fenster, neben der Tür. Das Drachenauge war verschwunden.

»Numba ist eben zu seinem Schlafplatz gegangen«, klärte Nox Kaspar auf und deutete mit dem Wurzelfinger auf das etwas größere Fenster, durch das Kaspar einen Blick auf Numba werfen konnte.

Nox eilte zum kleinen Tisch, der mitten im Raum stand, wandte sich dann Niko und Lars zu und sagte: »Ihr beiden könnt schon mal die Stühle holen.«

Das ließ sich Niko kein zweites Mal sagen und stand schon bei den Stühlen, die Nox neben der Tür gestapelt hatte, damit er die Hütte besser säubern konnte. Lars folgte seinem Freund gemächlich.

Nox wandte sich wieder dem kleinen Tisch zu und sprach einen Vergrößerungszauber aus, und der kleine, runde Tisch dehnte sich schnell aus.

»Ein toller Zauber«, schwärmte Niko, als er den ersten Stuhl an den Tisch stellte.

Nox eilte zum Herd und zündete das Holz mit einem Feuerzauber an.

»Kann ich dir helfen, Nox?«, fragte Juana.

»Gerne«, nickte Nox, »du kannst schon mal den Tisch decken. Aber vorher sollten wir hier mal durchlüften.«

Juana begab sich sofort an die Arbeit.

»Und was soll ich machen?«, fragte Kaspar.

»Wir beide setzen uns dort drüben hin, dann stören wir Nox und deine Freunde nicht bei der Arbeit«, schlug Balthasar vor.

Balthasar setzte sich in den Schaukelstuhl, und Kaspar holte sich einen Holzstuhl vom Stapel neben der Tür und nahm neben dem Zauberer Platz.

»Das gibt wieder ein Festessen«, freute sich Niko und rieb sich die Hände.

***

Ein Springbockschenkel hing an einem Spieß über der Feuerstelle und drehte sich wie von Geisterhand. Ein Kessel mit Suppe stand auf dem Herd. Nox schnitt gerade das Brot, während Kaspar und seine Freunde am Tisch Platz nahmen. Balthasar öffnete die Schranktür und trat mit zwei Flaschen an den Tisch, die er in die Mitte stellte.

»Warum machst du dir eigentlich soviel Arbeit mit dem Essen? Du kannst es doch auch einfach fertig zaubern?«, rief Niko Nox zu.

»Das macht doch keinen Spaß«, winkte Nox ab.

»Der Springbockschenkel dreht sich doch auch durch einen Zauber von dir«, sagte Niko voller Ungeduld.

»Du kannst ihn ja auch drehen, wenn du willst«, sagte Nox.

Niko sah zum Kamin und sagte: »Das ist mir zu langweilig.«

»Na, siehst du, mir auch«, rief Nox und nahm den Suppenkessel vom Herd.

Nox stellte den Kessel auf den Tisch und setzte sich auf den freien Stuhl zwischen Balthasar und Niko. Niko wandte sich nach rechts Lars zu und sagte: »Wenn die Suppe so schmeckt wie sie riecht —«

Niko machte eine Pause, denn Juana, die neben Lars saß, warf Niko einen zornigen Blick zu.

»— dann nehme ich mir zwei oder drei Teller davon«, lächelte Niko sie an.

Kaspar wandte sich nach links Juana zu und sah, wie sich ihr zorniger Blick in ein Lächeln verwandelte.

Dann wandte sich Kaspar nach rechts Balthasar zu, als Balthasar sagte: »Morgen werden wir nach Urta aufbrechen und ...«

»Wer möchte Suppe?«, unterbrach Nox und hielt einen hölzernen Schöpflöffel in seiner Wurzelhand bereit.

»**ICH**«, rief Niko sofort.

Kaspar lächelte in sich hinein und flüsterte Juana zu: »Niko wird sich in dieser Beziehung wohl nicht mehr ändern.«

»Er ist und bleibt ein Egoist und Vielfraß«, sagte sie zornig, doch Niko ignorierte ihre Bemerkung.

Nox füllte Nikos Holzschale mit zwei Kellen Suppe, dann stand Nox auf und ging zu Juana und füllte ihre Schale.

»Setz dich wieder hin, Nox«, sagte Kaspar. »Wir können das auch selber machen, sonst kannst du ja nicht in Ruhe essen.«

»Ein bisschen Bewegung wird mir guttun«, sagte Nox, und auf seinem Wurzelgesicht zeichnete sich ein kleines Lächeln ab.

»Schmeckt gut«, schwärmte Niko, und seine Holzschale war schon halb leer.

Als Nox an alle Suppe verteilt hatte und wieder neben Niko Platz nahm, fragte Niko vorsichtig: »Kann ich noch etwas Suppe haben?«

»Es ist genug Suppe da«, sagte Nox und deutete auf den Kessel. »Nimm dir, soviel du willst«, ergänzte er.

»Das hätte Nox nicht sagen dürfen«, wandte sich Lars nach rechts Juana zu. »Jetzt bekommen wir keinen Nachschlag mehr.«

Juana nickte.

»Dann nehme ich mir noch schnell einen Löffel, bevor Niko seine zweite Schale Suppe aufgegessen hat«, bemerkte Kaspar.

Juana lobte das Essen, das Nox so liebevoll zubereitet hatte, und schon bald beteiligten sich alle an dem Gespräch. Nur Kaspar kehrte in sich und dachte über seine neue Aufgabe nach. Eigentlich hatte Balthasar ihm ja noch nicht viel darüber gesagt, und was ein Todbringer war, wusste er bis heute noch nicht. Balthasar war ihm auf viele seiner Fragen ausgewichen. Eigentlich waren sie ja auf der Suche nach den goldenen Drachentränen, doch der Zauberer hatte darauf bestanden, dass sie vorher nach Urta reisen mussten, um dieses Dorf von dem Todbringer zu befreien. Kaspar wandte sich Balthasar zu und wollte ihn gerade nach dem Todbringer ausfragen. Als er Juana laut lachen hörte und einen Augenblick später Nikos Lachen wahrnahm, wandte er sich stumm seiner Suppe zu.

»So, jetzt genehmige ich mir dieses besondere Tröpfchen«, sagte Balthasar und griff nach einer der beiden Flaschen auf dem Tisch.

»Was ist denn da drin?«, fragte Niko neugierig.

»Bier«, antwortete Balthasar und setzte die Flasche an die Lippen. Balthasar genoss den Schluck in vollen Zügen, und als er die Flasche auf den Tisch stellte, blickte er zu Kaspar: »Das Rezept für dieses ganz besondere Bier habe ich von deinem Großvater«, erklärte er.

Nox schielte auf die Flasche in Balthasars Hand.

»Die andere Flasche ist für dich, Nox«, sagte Balthasar.

»Danke.« Nox leckte sich die Wurzellippen. »Das Bier von den Menschen ist eines meiner Lieblingsgetränke.«

»Mein Großvater hat Ihnen das Rezept gegeben?«, hakte Kaspar nach.

Balthasar nickte vergnügt: »Ja, ich habe ihn darum gebeten.«

Nox reichte Niko eine Schüssel mit Brot. »Hier, nimm dir etwas und gib sie weiter.«

»Danke, Nox«, sagte Niko und griff zu.

»Morgen früh brechen wir nach Urta auf«, fing Balthasar an, während Nox aufstand und zum Kamin ging. »Mit deiner magischen Karte und meinen beiden Zaubertränken werden wir Gohr besiegen.«

»Ist das der Name des Todbringers?«, fragte Lars ängstlich.

»Ja«, bestätigte Balthasar.

»Schon wieder ein Monster, das einen Namen trägt«, warf Niko ein.

»Welches Monster mit Namen meinst du?«, fragte Lars.

»Na, dieses Pflanzending«, fing Niko an, »Odo«, sagte Niko.

»Odo ist kein Monster«, empörte sich Juana.

Niko zog die Augenbrauen hoch.

»Ist er denn nun gefährlich, dieser Gohr?«, lenkte Lars auf das eigentliche Thema zurück.

Balthasar nickte und sagte: »Sehr sogar.«

»Warum müssen wir Gohr denn unbedingt aus Urta vertreiben? Sollten wir uns nicht besser auf die Suche nach den goldenen Drachentränen machen?«, fragte Kaspar.

»Gohr ist ein Diener von Drawen. Er besitzt einen Gegenstand, den wir für die Suche nach den Drachentränen benötigen«, erklärte Balthasar.

»Und was ist das?«, wollte Kaspar wissen.

»Das weiß ich nicht.«

»Aber wie können Sie sich sicher sein, dass dort wirklich etwas ist, dass wir für die Suche benötigen?«, fragte Juana.

»Das dort etwas ist, kann ich mit Bestimmtheit sagen. Nur was es ist, das ist mir noch nicht bekannt. Wenn ich in meinen Visionen Urta sehe, dann enden sie immer abrupt.«

»Gut, dann werden wir tun, was wir tun müssen«, sagte Kaspar.

»Cooler Satz von dir«, sagte Niko mit erhobenem Daumen.

Nox kam mit einer Schüssel Springbockfleisch zurück und verteilte es auf die Teller.

»Jetzt wissen wir immer noch nicht genau, wer oder was Gohr ist«, wandte Lars ein.

»Lass dich überraschen«, grinste Niko ihn an.

»Dir wird das dämliche Grinsen im Hals stecken bleiben, wenn du diesem Gohr gegenüberstehst«, brummte Lars.

Niko nahm ein Stück Springbockfleisch vom Teller und biss

hinein.

»Wie werden wir nach Urta reisen?«, fragte Lars, obwohl er die Antwort schon wissen musste.

»Numba wird uns dorthin bringen«, sagte Balthasar beiläufig, als er ein Stück Springbockfleisch nahm.

»Muss das wirklich sein?«, hakte Lars nach.

»Ja«, nickte Balthasar, »es ist sehr weit, bis nach Urta.«

Niko schob sich ein Stück Fleisch in den Mund und schwieg.

»Willst du noch etwas Springbockfleisch?«, fragte Nox an Niko gewandt.

»Ja, gerne«, antwortete Niko schnell und wandte sich dann Juana zu. »Das ist ja schließlich unsere Henkersmahlzeit, da muss ich nochmal zuschlagen.«

Juana verzog die Mundwinkel.

»Und du, Kaspar, solltest endlich mal lernen mit dieser verdammten magischen Karte umzugehen. Dann könnten wir uns den Drachenflug ersparen«, murrte Niko.

***

Es war noch früh am Morgen, als Balthasar Kaspar und seine Freunde mit einem fröhlichen, »Habt ihr gut geschlafen?«, weckte.

Von wegen gut geschlafen, dachte Kaspar. Immer wieder war er aufgewacht, weil er von irgendwelchen Monstern geträumt hatte. Kaspar fühlte sich gerädert und wäre gerne noch etwas länger liegen geblieben.

Niko war der Erste, der aufstand. »Die Sonne ist ja noch nicht einmal aufgegangen«, brummte Niko, als er verärgert zum Fenster hinaussah.

Juana reckte sich und gähnte kurz, bevor sie sich aus ihrer Schlafstätte erhob, dann half sie Balthasar das Frühstück zuzubereiten.

Kaspar trat gähnend an den Tisch und setzte sich auf einen Stuhl. Schweigend beobachtet er seine Freunde.

»Wo ist Nox?«, fragte Juana.

»Er ist draußen bei Numba«, antwortete Balthasar.

Lars stand schweigend auf und ging zur Tür.

»Wo willst du denn hin?«, fragte Niko.

»Ich will mich waschen«, antwortete Lars.

»Was? Da draußen?«, fragte Niko verstört.

»Ja, natürlich da draußen«, sagte Lars.

»Es ist bitterkalt«, schüttelte Niko den Kopf.

»Wenn du rechts um die Hütte herum gehst, gibt es ein kleines Bad«, sagte Balthasar, der am Herd stand und mit einem Holzlöffel in einer Schüssel rührte.

»Seit wann ist denn da ein Bad?«, staunte Niko.

»Seit dieser Nacht«, antwortete Balthasar. »Nox hat es extra für euch gebaut«, erzählte Balthasar.

»Prima«, freute sich Lars.

»Warte, Lars! Ich komme mit dir«, sagte Niko.

»Ist es dort auch warm?«, rief Niko Balthasar zu.

»Nox hat dort einen Wärmezauber ausgesprochen«, antwortete Balthasar.

»Ladys First«, sagte Juana und trat mit erhobener Nase an Niko und Lars vorbei.

Bevor Niko oder Lars etwas sagen konnten, verschwand Juana durch die Tür.

»Seit wann ist die 'ne Lady?«, fragte Niko an Lars gewandt.

Lars zuckte nur mit den Schultern.

»Ich darf gar nicht daran denken«, schüttelte Niko den Kopf.

»Woran?«, fragte Lars schnell.

»Mit Numba zu fliegen«, antwortete Niko.

»Davor graust es mir auch schon«, sagte Lars.

»Ich werde mit einem Zauber dafür sorgen, dass uns während des Fluges nichts geschehen wird«, bemerkte Balthasar.

»Warum bloß können mich diese Worte nicht beruhigen?«, nuschelte Niko.

***

»Das Frühstück war wirklich gut«, lobte Niko.

»Danke«, lächelte Balthasar zufrieden.

»Das Bad und das Wasser waren schön warm«, schwärmte Lars.

»Ja, vielen Dank für alles, Nox«, sagte Juana freudig.

»Oh, bitte, bitte«, sagte Nox, »es freut mich, wenn es euch gefallen hat.«

Kaspar war schweigsam geworden.

»Bist du auch satt?«, fragte Nox an Kaspar gewandt.

»Ja«, sagte Kaspar beiläufig.

Balthasar nahm die beiden Lederbeutel, in denen die Zaubertränke waren, vom Regal und befestigte sie an seinem Gürtel.

Juana stand auf und wollte den Tisch abräumen, doch Nox sagte: »Lass alles stehen, Juana. Ich mach nachher den Abwasch, wenn ihr fort seid.«

»Du kommst nicht mit uns?«, fragte Lars irritiert.

»Nein«, schüttelte Nox heftig den Kopf, »ich bin doch nicht verrückt.«

»Wie meinst du das?«, wollte Niko sofort wissen.

»Ich fliege doch nicht mit einem Drachen«, winkte er ab, »viel zu gefährlich«, ergänzte er, und Kaspar sah, wie die Gesichter von Niko und Lars an Farbe verloren.

»Aber Balthasar schützt uns doch mit einem Zauber«, stotterte Lars.

Nox beugte sich vor, sah kurz zu Balthasar, der am Herd stand und ein wenig Proviant für die Reise einpackte, und flüsterte dann: »Also, beim letzten Mal, als ich mit Numba geflogen bin, hat Balthasar den Schutzzauber vergessen ...«

Nox schwieg, als Balthasar zu ihm blickte.

»Was ist dann passiert?«, fragte Lars schnell, als sich Balthasar wieder dem Herd zugewandt hatte.

Nox legte die Stirn in Falten und flüsterte: »Was glaubst du denn, was ohne Schutzzauber passiert?«

»Ihr seid doch nicht etwa heruntergefallen?«, fragte Niko besorgt.

Nox nickte heftig.

»Oh, doch, ganz gewiss ...«, fing Nox an, und ihm blieb das Wort im Mund stecken, als Balthasar hinter ihm stand und ihn ermahnte: »Erzähl' ihnen die ganze Geschichte, Nox!«

»Jaja, das habe ich doch getan.« Nox wurde verlegen.

»Hast du da nicht eine Kleinigkeit vergessen?«, sprach Balthasar mit tiefer Stimme.

»Nun ja«, fing Nox an und kratze sich verlegen mit seinem Wurzelzeigefinger am Hinterkopf, »also, ich ...«

»Nox hat zu mir gesagt, dass er den Schutzzauber aussprechen wollte«, erklärte Balthasar, »und deswegen habe ich es nicht mehr getan.«

»Nun ... ja, ... also«, stotterte Nox, »dieses kleine Missgeschick – du hättest es merken müssen, dass ich es vergessen hatte«, schimpfte Nox und schwebte zur Küche.

Kaspar legte etwas Proviant in seinen Rucksack zu den Schätzen. Der Rucksack hatte mit der Zeit an Gewicht zugenommen, dachte Kaspar. Es befanden sich mittlerweile eine goldene Kugel, ein Fläschchen mit dem magischen Gebirgswasser, ein kleiner Rubinschädel, ein Beutel Goldmünzen, ein goldenes Medaillon mit dem königlichem Wappen und ein goldenes Pferd darin.

Kaspar schulterte den Rucksack.

Balthasar verließ die Hütte.

Kaspar und seine Freunde standen bei Nox.

»Bis später, Nox«, murmelte Niko zum Abschied.

»Bis später«, sagte Lars.

»Bis bald, Nox«, lächelte Kaspar ihm zu und verabschiedete sich mit einem Handzeichen.

»Sei nicht böse auf Balthasar«, sagte Juana und gab Nox einen kurzen Kuss auf die rechte Wurzelwange, und Kaspar glaubte ein schimmerndes Rot in Nox' Gesicht zu sehen.

»Kommt, Freunde! Balthasar wartet auf uns«, sagte Kaspar und ging voraus.

»Jetzt mach mal keinen Stress hier«, schimpfte Niko und folgte Kaspar durch die Tür.

Kaspar wandte sich der Hütte zu.

Lars verabschiedete sich noch einmal von Nox: »Also, dann, Nox, bis später.«

Lars trat hinaus.

Juana folgte ihm.

***

Numba beugte bereitwillig seinen Kopf zu Boden. »Sollen wir wirklich mit dem Drachen fliegen?«, fragte Lars gequält, als Balthasar sie aufforderte auf Numbas Nacken zu steigen.

»Er wird uns sicher nach Urta bringen«, erklärte Balthasar in einem ruhigen Ton.

Balthasar machte den Anfang und nahm vorne Platz. Kaspar folgte ihm schnell.

»Kommt schon!«, drängte Kaspar seine Freunde und sagte zu Niko gewandt: »Du willst doch bestimmt zum Abendessen wieder hier sein?«

»Natürlich will ich das«, brummte Niko und folgte Kaspar.

Kaspar sah, wie Lars zögerte und ängstlich in Numbas Drachenaugen blickte. Und als Juana ihn aufforderte auf Numbas Nacken zu steigen, kletterte Lars vorsichtig an der schuppigen Drachenhaut empor. Juana schüttelte den Kopf und folgte ihm. Balthasar umschloss sie alle mit einem Schutzzauber, der verhindern sollte, dass sie während der Reise herunterfielen.

»Das Wetter meint es gut mit uns, aber der Schnee wird sicherlich noch kommen«, vermutete Balthasar.

Kaspar schaute in die blasse, kalte Sonne am morgendlichen Himmel, die ihre Strahlen über die Vulkanlandschaft sandte.

Die Sonne schaffte es noch nicht die nächtliche Kälte zu vertreiben. Und überall dort, wo die Sonne noch nicht hinkam, konnte Kaspar den Reif der Nacht erkennen.

Balthasar umschloss alle noch mit einem Wärmezauber, dann gab er einen Befehl, und Numba startete sofort. Niko und Lars hielten sich krampfhaft an der schuppigen Drachenhaut fest, während Kaspar und Juana freudig grölten.

»Flieg nicht so rasant«, ermahnte Balthasar den Drachen.

Numba drehte eine Ehrenrunde über Balthasars Hütte.

»Da unten ist Nox«, sagte Juana und winkte ihm zu.

Nox winkte zurück, und Numba beschleunigte schneller als ein Ferrari.

»**JUHU**«, schrie Kaspar.

»**JEH**«, schrie Juana.

»Wir sind am Arsch«, stöhnte Niko, und Lars hielt sich die Hand vor den Mund. »Kotz' mir bloß nicht ins Kreuz, Lars!«, ermahnte Niko seinen Freund.

Zu Fuß oder zu Pferd hätte die Reise wahrscheinlich Tage gedauert, ging es Kaspar durch den Kopf. Numba flog schnell, und schon bald hatten sie Feuerland hinter sich gelassen. In einer grandiosen Bergwelt hoch oben auf einer Bergspitze stand ein altes Kloster. Kaspar erfuhr von Balthasar, dass noch nie ein Fremder diese Anlage betreten hatte. Das Kloster war nach allen Seiten gesichert und uneinnehmbar. Die dort lebenden Mönche hüteten einen wertvollen Schatz. Schon oft hatten Diebe versucht, die verschlungenen Bergpfade zu passieren, wo auf Schritt und Tritt Gefahren lauerten. Die Gier nach dem Schatz war so groß, dass sie die Warnungen der Mönche missachteten und auf den schmalen Bergpfaden den Tod fanden. Kaspar warf einen letzten Blick auf das Kloster.

Eine gefühlte Stunde später folgten Kaspars Augen einer Herde Springböcke, die eine Ebene durchstreiften. Kaspar hielt sich fest, als Numba plötzlich an Höhe verlor und dem Erdboden entgegen raste.

»Nicht so schnell, Numba!«, ermahnte Balthasar.

Numba steuerte auf einen Wald zu und flog dicht über ihn hinweg.

»Wie weit ist es noch?«, fragte Niko, nachdem sie schon einige Stunden geflogen waren.

»Wir sind bald da«, sagte Balthasar.

»Wird ja auch langsam Zeit. Ich habe keine Lust im Dunkeln zu fliegen«, brummte Niko.

Juana lachte.

»Was gibt's denn da zu lachen?«, murrte Niko.

»Ach, nichts«, winkte Juana ab.

»Lande da unten auf der Lichtung zwischen den Bäumen, Numba«, sagte Balthasar. »In Urta ist kein Platz für dich«, ergänzte er noch.

Obwohl Numba aus großer Höhe auf Fels landete, machte er nicht mehr Lärm als Wassertropfen, die zu Boden fielen. Numba verharrte einige Sekunden, bevor er den Nacken senkte.

Lars war der Erste, der vom Drachen stieg, schnell folgte Niko, dann Juana und Kaspar. Bevor Balthasar abstieg, lobte er Numba, dass er sie wohlbehalten ans Ziel gebracht hatte.

»Es ist schon Nachmittag, und wir haben noch nichts gegessen.« Niko schielte auf den Beutel Proviant, den Balthasar an einem Riemen über der Schulter trug. »Ich hab vielleicht einen Kohldampf«, ergänzte Niko.

»Du musst dich noch etwas gedulden, Niko.« Balthasar klopfte mit der flachen Hand auf den Beutel. »Später, wenn die Arbeit getan ist, werden wir zusammen essen.«

»Na toll, bis dahin falle ich ja vom Fleisch«, schimpfte Niko. Balthasar übernahm mit Kaspar und Juana die Führung.

Niko und Lars folgten widerwillig. Numba blieb zurück und sollte hier auf ihre Rückkehr warten.

Sie passierten eine kleine Holzbrücke. Kaspar sah hinunter zum kleinen Bach, dessen kristallklares Wasser schnell unter ihnen dahinfloss. Der Wald endete, und die ersten Häuser kamen zum Vorschein. Ein schmaler Weg führte sie direkt auf den breiten Hauptweg, der quer durch Urta verlief. Es war still, nur in der Ferne hörte Kaspar ein Knurren, und irgendwo schloss jemand eine knarrende Tür. Rauchschwaden stiegen aus Kaminen empor.

Kaspar blieb stehen.

»Es ist unheimlich hier«, bemerkte Lars.

»Ja, es sieht hier aus wie in einer Geisterstadt«, hauchte Niko.

»Eigenartig«, sagte Juana.

»Ja«, bemerkte Kaspar.

Balthasar zuckte nur mit den Schultern, als Kaspar ihn fragend ansah.

»Ob Gohr angegriffen hat und deswegen niemand zu sehen ist?«, fragte Kaspar an Balthasar gewandt.

»Es liegt ein Schutzzauber über Urta, der in einem Obelisken steckt. Gohr kann Urta nicht gefährlich werden. Der Obelisk steht da hinten, mitten auf dem Dorfplatz. Agilon der Zauberer hatte ihn erschaffen«, erklärte Balthasar.

»Dann muss Agilon ein mächtiger Zauberer sein«, staunte Kaspar.

»Warum hat er Gohr nicht schon längst von hier vertrieben?«, fragte Juana schnell.

»Diese Frage lag mir auch gerade auf der Zunge«, sagte Kaspar.

»Er ist leider verstorben«, bedauerte Balthasar.

»Oh, das tut mir leid«, sagte Juana betrübt. »Wann ist er denn gestorben?«, wollte sie wissen.

»Schon vor einigen hundert Jahren. Steinalt ist er geworden – aber kommt jetzt, wir müssen weiter!«

Zwei Männer kamen aus einem Seitenweg. Sie waren gut bewaffnet. Jeder von ihnen trug ein Schwert auf dem Rücken, und am Gürtel einen langen Dolch, der in einer ledernen Scheide hing. Sie waren dem Wetter entsprechend gekleidet – wärmende Jacken mit Fell gefüttert. Der größere Mann sprach Balthasar an, während der kleinere, etwas untersetzte, Mann seine Hand auf den Dolchgriff legte.

»Seid gegrüßt, Fremde«, sagte der größere Mann. »Was führt euch hierher?«

»Mein Name ist Balthasar, und das sind meine Freunde«, antwortete Balthasar.

»Balthasar der Zauberer?«, fragte der kleinere Mann.

Balthasar nickte.

Der kleinere Mann nahm sofort seine Hand vom Dolchgriff und sagte: »Ja, jetzt erkenne ich Sie wieder. Es ist lange her, dass Sie in Urta waren.«

»Ja, eine Ewigkeit«, nickte Balthasar.

»Entschuldigen Sie, Balthasar, aber der Todbringer hat Söldner angeheuert, die Urta vor ein paar Tagen überfallen haben«, sagte der größere Mann. »Mein Name ist Shark«, verneigte er sich leicht vor Balthasar.

»Aber wir haben sie in die Flucht geschlagen«, sagte der kleinere Mann und klopfte dabei auf den Dolch. Er machte eine kurze Atempause. »Ihr könnt mich Thinky nennen«, sagte er beiläufig.

»Kommt ihr von Arasin?«, fragte Shark.

»Nein, wir sind von meiner Hütte in Feuerland aufgebrochen«, antwortete Balthasar.

»Seid ihr zu Fuß gekommen?«, fragte Thinky erstaunt.

»Nein wir sind mit Numba gereist«, antwortete Balthasar.

»Numba?«, fragte Thinky.

»Ja, einem Drachen«, brummte Niko.

Thinky lächelte leicht, als er in Nikos Gesicht blickte.

»Er wartet vor dem Dorf auf uns«, erklärte Balthasar.

»Was wollt ihr in Urta?«, fragte Shark und sagte dann: »Ich frage zu viel. Ihr seid bestimmt hungrig von der langen Reise und möchtet bestimmt ins Wirtshaus«, sagte er.

»**JA**«, kam es spontan aus Niko heraus.

»Dann wollen wir euch nicht länger aufhalten. Wir müssen unsere Runde drehen«, sagte Thinky.

»Wir sind wegen dem Todbringer hier«, erklärte Balthasar noch.

»Und wenn wir mit ihm fertig sind, braucht ihr euch nicht mehr um ihn zu kümmern«, prahlte Niko.

»Ach so, ja?«, sagte Shark und zog die Augenbrauen hoch, als er Niko ansah.

Niko kratzte sich verlegen am Kopf. Balthasar verabschiedete sich von den Männern und beschloss das Wirtshaus aufzusuchen. Eine Mahlzeit würde ihnen guttun, und außerdem wäre es nicht verkehrt dort zu übernachten. Müde und hungrig sollte man nicht in den Kampf ziehen, sagte der Zauberer zu Kaspar und seinen Freunden.

***

Ausgeschlafen und satt gegessen, verließen sie am frühen Morgen das Wirtshaus, das in der Nähe des Dorfplatzes lag. Kaspar und seine Freunde bekamen noch den Obelisken aus der Nähe zu sehen, der Urta vor dem Todbringer schützte. Natürlich lag Niko wieder eine Bemerkung auf den Lippen, und er fragte, ob Obelix den Hinkelstein dort abgestellt hatte. Lars bekam sich nicht mehr ein vor Lachen. Juana verzog genervt das Gesicht und schimpfte über die Kindereien von Niko und Lars. Niko stellte natürlich wie immer klar, dass sie schließlich noch Kinder waren. Doch Juana machte deutlich, dass nach all den Abenteuern, die sie zusammen durchgestanden hatten, er und Lars sich etwas erwachsener benehmen könnten.

»Komm schon, Juana. Das Leben ist ernst genug, da sollte man ab und zu mal Späße machen dürfen«, fuhr Niko sie an.

»Was weißt du schon vom Leben, Niko?«, zischte Juana.

»Ich denke, ich weiß …«, fing Niko an, und Kaspar fuhr ihm ins Wort: »Wir sollten uns auf unsere Aufgabe konzentrieren!«

Niko schwieg und schmollte.

Sie verließen Urta westwärts auf dem Hauptweg und folgten dann einem schmalen Pfad.

»Schützt uns der Obelisk hier auch noch?«, fragte Lars.

Balthasar schüttelte den Kopf.

»Nein«, sagte er nur und ging voraus.

Kaspar und Juana folgten ihm.

»Nein? Das war alles, was er uns zu sagen hatte?«, schimpfte Niko.

Niko und Lars folgten schnell.

Wasser gab es in dem bewaldeten Gelände genug. Überall

flossen kleine Bäche an ihnen vorbei oder kreuzten ihren Weg. Kaspar sah zum Himmel. Ein Bergadler kreiste hoch über ihnen und begleitete sie. Der schmale Pfad führte den bewaldeten Hügel hinauf.

»Bergauf«, stöhnte Niko.

»Ein bisschen Bewegung tut deiner Figur ganz gut«, fuhr Juana ihn an.

»Wir wollten uns doch nicht streiten, Juana«, sagte Kaspar mit Nachdruck.

Juana schwieg einen Moment, bevor sie zaghaft sagte: »Entschuldigung, Niko.«

Kaspar lächelte zufrieden, als Niko die Entschuldigung annahm.

Rechts, wo die Berge nicht so bewaldet waren, sahen sie eine Herde Bergziegen. Kaspar schaute nach links. Fast senkrecht wuchs dort eine Steilwand hoch, aus ihr schäumte ein kleiner Wasserfall. Nach der zweiten Biegung verließen sie den schmalen Pfad und wanderten durch hohes Gras.

»Es ist verzaubert, deswegen richtet es sich von selbst wieder auf«, erklärte Balthasar und beantwortete die Frage, die Kaspar gerade stellen wollte. »Dort oben auf dem Hügel befindet sich ein alter Kultplatz. In den dahinter liegenden Höhlen hat sich Gohr eingenistet.«

Schritt für Schritt näherten sie sich ihrem Ziel. Sie gingen auf einen Pfad zu, der steil aufwärts führte. Balthasar wollte eine kurze Rast einlegen, bevor sie die letzte Strecke zurücklegten. Auf einem Steinfeld, neben dem Pfad, fanden sie Platz.

»Puh, endlich sitzen«, schnaufte Niko und wandte sich dem steilen Weg zu. »Scheiße! Müssen wir da wirklich rauf?«, stöhnte er laut.

»Also, meine Freunde«, fing Balthasar an, »wenn wir die Kultstätte erreicht haben, ist höchste Vorsicht geboten. Gohr ist sehr gefährlich, tückisch und listig.«

»Wir haben schon gegen dämonische Hexen gekämpft«, protzte Niko, »und sie besiegt.«

Daran konnte sich Kaspar nur zu gut erinnern. Unendlich viele blaue Flecken hatte er bei diesem Kampf davongetragen. Haarscharf waren er und seine Freunde dem Tod entkommen. Sie hatten eine große Portion Glück gehabt, dass sie heute noch am Leben waren und hier beisammen sitzen konnten.

»Du solltest auf Balthasar hören«, ermahnte Kaspar seinen Freund Niko.

»Ach, komm schon, Kaspar. Da oben erwartet uns ein Gegner, und wir sind zu fünft. Was soll da schon schiefgehen?«, sagte Niko. »Was sagst du dazu, Lars?«, sprach Niko seinen Freund an.

Lars bohrte in der Nase, während Niko auf Antwort wartete.

»Ich sehe, du denkst über meine Frage scharf nach«, zischte Niko, während er immer noch auf Antwort wartete. »Du übst wohl schon für die Beamtenprüfung? Oder willst du mal Politiker werden?«, fragte Niko scharf.

»Was?«, flüsterte Lars abwesend.

»Kennst du die Beamtenprüfung nicht, Lars?«

»Nein.«

»Die ist ganz einfach.«

»Ach ja? Und wie ist die Politikerprüfung?«, fragte Lars interessiert.

»Ist gehopst wie gesprungen.«

»Sag schon! Wie ist sie!«

»Du schaust zwei Stunden aus dem offenen Fenster und denkst an nichts und bohrst dabei ab und zu in der Nase.«

»Hast schon mal bessere Witze gemacht«, schimpfte Lars.

Balthasar reichte ein Brot herum, von dem sich jeder ein Stück abbrach – Niko nahm natürlich das Größte. Als Balthasar den Lederbeutel Wasser herumgereicht hatte, brachen sie auf. Der steile Bergpfad führte durch kahles Gelände, und sie hatten einen tollen Blick auf die Berge ringsum. Während des Aufstiegs sprachen sie nicht miteinander, sondern wanderten durch die geheimnisvolle Stille der grandiosen Bergwelt.

Nach einem langen Aufstieg hörten sie plötzlich ein Rauschen, das vermutlich von einem Wasserfall stammte. Der Pfad machte eine Biegung, und Augenblicke später bot sich ihnen ein spektakulärer Anblick. Der Pfad führte weiter geradeaus in einen Tunnel hinein, rechts vom Pfad ging es steil abwärts. Ein mächtiger Wasserfall schoss über den Tunnel hinweg, fast senkrecht den Berghang hinab. Vor dem Tunneleingang blieben sie stehen. Kaspar trat an den Abgrund und schaute in die Tiefe und sah, wie sich das Wasser in einem gigantischen Steinbecken sammelte. Von da aus floss das Wasser über den felsigen mit tiefen Rinnen durchsetzten Untergrund weiter hinab.

Niko trat an Kaspars linke Seite. »Boah, voll cool«, schwärmte er. »Schau dir das an, Kaspar!«, sagte Niko und deutete in Richtung Felsrinnen.

Nachdem das Wasser über die Felsrinnen geflossen war, sammelte es sich am Fuß des Berges zu einem reißenden Strom, der an einem mit Bäumen gesäumten Ufer vorbeifloss.

»Ein schöner Ausblick«, schwärmte auch Juana, die jetzt an Kaspars rechter Seite stand.

»Ja, es ist wunderbar«, sagte Kaspar und lächelte sie an.

Juana blieb ernst. Kaspar vermutete, dass es wegen Niko war, der still dastand und horchte.

Kaspar wandte sich Balthasar zu, der sich mehr für den Tunnel interessierte als für die schöne Landschaft. Lars stand neben Balthasar. Kaspar vermutete, dass Lars Angst hatte zu nahe an den Abgrund zu treten.

»Kommt, wir müssen weiter«, sagte Balthasar.

Kaspar und seine Freunde wandten sich nun auch dem Tunneleingang zu. Das Ende des Tunnels war nicht zu erkennen.

»Müssen wir wirklich da durch?«, zitterte Lars.

»Es ist völlig ungefährlich, Lars«, wollte Balthasar ihn beruhigen, »der Tunnel schützt uns vor dem Wasserfall.«

Einen Augenblick später traten sie in den dämmrigen Tunnel ein, der schon bald einen Knick nach links machte. Es wurde heller, denn in der rechten Felswand befanden sich große Öffnungen, durch die Tageslicht in den Tunnel eindrang. Durch die

Öffnungen sahen sie, wie das schäumende Wasser in die Tief stürzte. Das tosende Geräusch des Wasserfalls ließ nach, nachdem sie den Tunnel verlassen hatten. Als der Pfad eine Linksbiegung machte, kehrte die geheimnisvolle Stille zurück.

»Komme mir vor wie auf einem Friedhof«, bemerkte Niko.

»Warum?«, fragte Lars.

»Grabesstille«, hauchte Niko.

Als die Sonne ihren Höchststand erreicht hatte, machte der Pfad noch einmal eine Linksbiegung, und endlich erreichten sie die alte Kultstätte. Auf merkwürdige Art und Weise schien es hier noch stiller zu sein als auf dem schmalen Bergpfad. Der Wind spielte mit dem Geäst der uralten Bäume, die gespenstische Schatten über sie warfen. Es schien Kaspar so, als ob die Schatten nach ihnen greifen wollten. Die fast vier Meter hohen Steinquader auf dem runden Platz vor ihnen bildeten einen Ring, in dessen Mitte sich ein Steintor befand.

»Es ist unheimlich hier«, flüsterte Lars, und Niko bestätigte ihm das mit einem schweigsamen Nicken.

Neben der Kultstätte befand sich ein gewaltiger Steinwall, hinter dem eine steile Felswand aufragte. Dort war eine breite Höhlenöffnung zu sehen. Kaspar vermutete, dass der Todbringer in dieser Höhle zu finden war. Kaspar ließ den Blick schweifen und suchte nach einem Weg, um über den Wall zu gelangen, aber er fand keinen.

»Ihr wartet bei den Steinquadern. Ich werde mir die Höhle ansehen«, sagte Balthasar.

»Viel Spaß beim Klettern«, scherzte Niko.

»Ich werde doch nicht über den Steinwall klettern«, schüttelte Balthasar den Kopf. »Das ist mir viel zu gefährlich. Die Steine sehen locker und brüchig aus«, ergänzte er.

»Und wie wollen Sie über den Steinwall kommen?«, fragte Lars.

»Mensch, Lars«, atmete Juana schwer. »Balthasar ist ein Zauberer, da wird er bestimmt eine Möglichkeit finden. Er könnte den Steinwall zum Beispiel mit einem Zauber überwinden.«

»Na, toll. Das ist ja ganz toll«, brummte Niko laut. »Dann hätte Balthasar uns ja auch hierher zaubern können, anstatt mit uns den Berg hoch zu kraxeln.«

Balthasar lachte herzlich und schüttelte den Kopf, als er sagte: »Für einen Ort zu Ort Zauber habe ich nicht die richtigen Zutaten dabei.«

»Also hätten Sie es tun können«, stellte Niko fest.

Balthasar nickte.

Niko schmollte.

Lars verzog das Gesicht.

»Aber die Zutaten für diesen Zauber sind schwer zu besorgen«, stellte Balthasar klar. »Es ist eine ganz besondere Pflanze dazu nötig, die wir vorher hätten suchen müssen. Sie muss nämlich frisch benutzt werden.«

»Hmmm«, stutzte Lars. »Warum sind wir nicht mit dem Drachen hierher geflogen?«, fragte er. »Platz dafür wäre hier ja genug.«

»Über dieser Stätte liegt ein Drachenabwehrzauber, deswegen ging es nicht«, erklärte Balthasar.

»Schade«, jammerte Lars.

»Wie wollen Sie den Wall bezwingen?«, fragte Juana gespannt.

»Ich nehme diesen Weg dort. Er führt durch den Steinwall hindurch«, grinste Balthasar freundlich und deutete nach links.

Kaspar und seine Freunde mussten sich anstrengen, damit sie den Weg erkennen konnten.

»Ich werde das Gefühl nicht los«, flüsterte Niko Kaspar zu, »dass der Zauberer uns manchmal verarschen will«, sagte er barsch.

»Was sollen wir tun, während Sie in die Höhle gehen?«, fragte Juana.

»Ihr wartet hier, bis ich euch ein Zeichen gebe, dann kommt ihr nach«, sagte Balthasar und machte sich auf den Weg.

»Der behandelt uns als wären wir noch Kinder«, knurrte Niko, als Balthasar außer Hörweite war.

»Er ist besorgt um uns«, verteidigte Juana ihn. »Außerdem

sagst du doch immer wieder, dass du noch ein Kind bist«, stellte Juana klar.

»Ja, das stimmt, wir sind noch Kinder«, warf Lars ein.

»Ja, du vielleicht, Lars«, brummte Niko ihn so laut an, dass Lars einen Schritt zurücktrat.

Kaspar sah, wie Balthasar im Steinwall verschwand.

»Und nun?«, fragte Lars.

»Jetzt warten wir«, sagte Kaspar.

»Langweilig«, sagte Niko.

»Besser Langeweile haben, als in eine Falle zu tappen«, kam es von Juana.

Kaspar kramte aus seinem Rucksack etwas hervor, das in ein Tuch eingewickelt war. Unter den neugierigen Blicken seiner Freunde faltete er das Tuch auf und überreichte ihnen je ein Stück Springbockfleisch. Nikos Miene hellte sich sofort auf, als er den ersten Bissen nahm. Sie tranken Wasser aus einem ledernen Beutel. Niemand sprach ein Wort. Kaspar sah zum Steinwall, aber von Balthasar war noch immer nichts zu sehen. Es vergingen viele Minuten. Langsam machte sich Kaspar Sorgen um den Zauberer. Hoffentlich hatte der Todbringer ihm keine Falle gestellt.

»Wenn Balthasar nicht bald auftaucht, gehe ich zu ihm«, sagte Kaspar nach weiteren Minuten fest entschlossen.

»Aber er hat gesagt, dass wir hier warten sollen«, wandte Lars ein.

»Er ist schon lange fort«, sagte Kaspar.

»Ja, zu lange.« Niko kratzte sich am Kinn. »Also, ich bin auch dafür, dass wir mal nachsehen sollten, wo der Zauberer bleibt.«

»Okay«, sagte Juana, »wenn er nicht bald kommt, gehen wir zur Höhle.«

Kaspar lächelte zufrieden, als seine Freunde seinem Vorschlag zustimmten.

»Jaja, schon gut«, brummte Lars, »natürlich werde ich mit euch kommen«, sagte er, als Kaspar ihn ansah.

»Ich habe das Gefühl, dass da etwas nicht stimmt ...« Kaspar spürte eine Hand an seinem rechten Fußgelenk. Kurz darauf griff eine andere Hand nach seinem linken Fußgelenk. Ehe Kaspar reagieren konnte, fiel er bäuchlings zu Boden. Die Wucht mit der Kaspar auf dem Boden auftraf, ließ ihn Sterne sehen.

Juanas heller Schrei zerriss die Stille. Niemand hatte die Kreatur kommen sehen. Sie hatte sich lautlos herangeschlichen.

»Kacke«, schrie Niko.

»Ein Werwolf«, rief Lars. »Was sollen wir jetzt bloß tun? Wo ist Balthasar?«, winselte Lars. »**BALTHASAR**!«, schrie er aus voller Kehle.

»Ob das der Todbringer ist?«, fragte Niko und stolperte vor Schreck rückwärts, als die Kreatur, die einem Werwolf ähnlich sah, den Kopf hob und knurrte.

»Es muss der Todbringer sein«, hauchte Juana.

»Wo ist denn Balthasar?«, fragte Niko laut. »Verdammt! Wenn man ihn braucht, ist er nie da.«

»Der Werwolf hat ihn gefressen«, winselte Lars.

»Rede keinen Blödsinn, Lars«, sagte Niko und stutze. »Vielleicht hast du ja ...«

»Tu doch was!«, forderte Lars Niko auf. »Er wird Kaspar fressen.« Das Entsetzen stand Lars ins Gesicht geschrieben.

»Was soll ich denn deiner Meinung nach tun?«, fuhr Niko Lars an.

Juana schwieg und rannte fort.

»**JUANA**!«, rief Lars ihr nach. »Wo willst du denn hin?«

»Scheiße«, sagte Niko nur.

Kaspar strampelte mit den Beinen und konnte das rechte Bein aus dem eisernen Griff des Werwolfs lösen. Kaspar lag nun keuchend auf dem Rücken. Er musterte seinen Bezwinger, während er weiter strampelte und versuchte sich ganz zu befreien. Die Kreatur fletschte die spitzen Zähne, die gefährlich nahe an Kaspar herankamen.

»Ist ja eklig ... Werwolfrotz«, sagte Niko, als Schleim aus dem Maul des Todbringers auf Kaspars Kleidung tropfte. Als Juana mit einem dicken Ast angelaufen kam und ihn mit voller Wucht gegen den Hinterkopf des Todbringers schlug, konnte sich Kaspar aus dem eisernen Griff des Monsters befreien.

»Ja, das hat gesessen, Juana«, jubelte Niko.

Kaspar griff nach seinem Schwert, und die Schwertspitze deutete auf den Kopf seines Feindes.

»Komm nur«, knurrte Kaspar ihn laut an.

»Fordere ihn besser nicht heraus«, winselte Lars.

»Sei still, Angsthase«, fuhr Niko Lars an und zog ebenfalls sein Schwert.

Voller Zorn schwang Kaspar das Schwert. Als der Todbringer auf ihn zukam, sauste Kaspars Schwert seinem Gegner entgegen. Der Todbringer wich geschickt zurück. Doch Juana verpasste ihm mit einem Schwertstreich eine Wunde am Hinterbein. Der Todbringer wandte sich ihr knurrend zu und setzte zum Sprung an. Doch Kaspar war schneller und stach zu. Mit der Spitze seines Schwertes verletzte Kaspar den Todbringer am Rücken. Irritiert und zähnefletschend zog er sich ein Stück zurück.

»Da hast du dich mit den Falschen angelegt«, jubelte Niko.

Kaspar wandte sich Niko zu.

»Jetzt sind wir nicht nur Drachen- sondern auch Werwolfjäger«, sagte Niko begeistert.

»Was machen wir nun?«, fragte Lars, der nun neben Niko stand und mit zitternden Händen sein Schwert hielt.

Die pechschwarzen Augen des Todbringers nahmen Kaspar ins Visier. Er setzte zum Sprung an. Kaspar regte sich nicht. Erst als der Todbringer ihn fast erreicht hatte, duckte er sich geschwind und rollte sich nach vorne über die rechte Schulter ab. Die scharfen Krallen verfehlten ihn um Haaresbreite. Schnell war Kaspar wieder auf den Beinen und stand direkt hinter dem Todbringer. Kaspars Schwert sauste dem Todbringer entgegen, der geschickt auswich, so dass Kaspar die Schwertspitze in den Boden rammte. Kaspar und der Todbringer standen sich Auge in Auge gegenüber. Kaspar blickte kurz zu Juana, die sich rechts von ihm befand. Niko und Lars standen einige Meter hinter

Kaspar.

»Nur du und ich«, zischte Kaspar seinen Feind an.

»He, was soll das, Kaspar?«, rief Niko und machte einen Schritt vorwärts. Als Kaspar ihm ein Handzeichen gab, blieb Niko stehen.

»Bist du jetzt total übergeschnappt?«, rief Niko.

Kaspar schwieg und ließ den Todbringer nicht mehr aus den Augen. Kaspar lächelte zufrieden und sagte lässig, als er sein Schwert senkte: »Kleine Überraschung.«

Niemand außer Kaspar hatte Balthasar bemerkt, der hinter dem Todbringer am Steinwall stand und seinen Zauberstab kreisen ließ. Ein leuchtend glühender Feuerball raste auf den Todbringer zu und schleuderte ihn von Kaspar und seinen Freunden fort.

»Der Zauberer lebt«, jubelte Niko. »Du hast Balthasar gesehen, nicht wahr?«, trat Niko an Kaspars Seite.

Kaspar nickte.

»Und ich dachte schon, dir wäre das Heldentum zu Kopf gestiegen«, klopfte Niko Kaspar auf die Schulter.

Kaspar lächelte.

Balthasar kam schnell näher, und wieder raste ein Feuerball dem Todbringer entgegen, der ihn jedoch dieses Mal verfehlte und knapp neben seinem Kopf in den Boden einschlug. Erde spritze dem Todbringer entgegen.

»Hier, Kaspar«, sagte Balthasar und überreichte ihm einen Lederbeutel. »Du musst den Zaubertrank unter dem Steintor verteilen. Mit deinem Schwert oder meinen Feuerbällen können wir Gohr nicht bezwingen«, erklärte Balthasar, »nur mit den beiden Zaubertränken ist dies möglich. Ich muss diesen Zaubertrank«, Balthasar hielt den anderen ledernen Beutel in der linken Hand, »über Gohr verteilen.«

Kaspar nickte und rannte zum Steintor. Balthasar näherte sich dem Todbringer und hielt ihn mit Feuerbällen in Schach. Als Balthasar vor dem Feind stand, ließ er den Zauberstab sinken.

»Was macht er denn da? **KASPAR**!«, rief Niko, als der Todbringer zum Sprung ansetzte und Balthasar dastand, als wäre er von einem Zauber gelähmt worden. Der Todbringer sprang. Balthasar bewegte sich geschmeidig wie eine Raubkatze. Die scharfen Krallen verfehlten Balthasars Gesicht nur um Zentimeter. Balthasars Körper kippte um fünfundvierzig Grad, ohne dass er zu Boden fiel.

»Ich bin fertig«, rief Kaspar Balthasar zu.

Der Todbringer merkte gar nicht, wie Balthasar den Zaubertrank über ihn verteilte.

»Eno esa enom«, rief Balthasar mit kreisendem Zauberstab.

Aus den Augenwinkel sah Kaspar, wie sich eine Windhose rechts von ihm bildete und auf den Todbringer zuraste. Der Todbringer versuchte zu entkommen. Vergebens. Die Windhose erfasste ihn.

Kaspar trat vom Steintor zurück. An der Stelle, an der er den Zaubertrank verteilt hatte, fing der Boden an zu brennen. Kurze Zeit später stand das ganze Steintor in Flammen. Die Windhose fegte mit dem Todbringer durch das brennende Steintor hindurch und verschwand.

»Krass«, staunte Niko.

Das Feuer erlosch langsam.

»Wo waren Sie denn nur solange?«, fragte Juana an Balthasar gewandt.

»Ich habe in der Höhle diesen goldenen Spiegel gefunden.« Balthasar hatte den leeren Lederbeutel an seinen Gürtel gehangen und hielt einen Spiegel in der Hand.

»Na toll, das ist ja wirklich ganz prima«, fauchte Niko. »Und dafür wären wir hier fast gestorben?«, schimpfte er.

»Das ist kein gewöhnlicher Spiegel«, fing Balthasar an und betonte: »Es ist ein magischer Spiegel. Mit diesem Spiegel konnte Gohr Kontakt zu Drawen herstellen. Außerdem hätte Gohr den Zauberer mit diesem Spiegel befreien und ihn in diese Welt zurückholen können. Dafür musste er nur die richtige Sternenkonstellation abwarten.«

46

»Das wäre ja furchtbar gewesen«, sagte Juana.

Balthasar nickte.

»Der Spiegel war magisch geschützt«, fuhr Balthasar fort, »doch es gelang mir den Bann zu brechen. Leider habe ich da eine Kleinigkeit übersehen, und plötzlich war ich in einem magischen Kreis gefangen«, Balthasar sah zu Niko, »und deswegen hat es ein wenig länger gedauert.«

»Wo ist denn der Todbringer jetzt?«, fragte Lars leise und sah zum Steintor. Die Flammen waren erloschen.

Balthasar zuckte mit den Schultern.

»Er ist besiegt«, erklärte Balthasar.

»Ist er tot?«, fragte Lars vorsichtig.

»Nein«, schüttelte Balthasar den Kopf. »Gohr ist in der Leere gefangen. Von dort wird er nicht mehr zurückkehren können.«

»Hier, Kaspar, der Spiegel gehört dir.« Balthasar überreicht Kaspar den goldenen Spiegel.

»Mir?«, fragte Kaspar erstaunt.

Balthasar nickte nur.

»Was ist denn eine Leere?«, fragte Lars an Niko gewandt.

»Keine Ahnung«, antwortete Niko. »Ist auch egal, Hauptsache das Ungeheuer ist fort.«

Kaspar verstaute den goldenen Spiegel in seinem Rucksack.

»Wofür brauche ich ihn?«, fragte Kaspar an Balthasar gewandt.

»Wenn die Zeit kommt, dann wirst du es wissen«, antwortete Balthasar. »Unsere Aufgabe ist erfüllt. Wir sollten nach Feuerland zurückkehren«, schlug Balthasar vor.

»Ja«, sagte Kaspar, »aber vorher sollten wir den Bewohnern von Urta sagen, dass sie den Todbringer nicht mehr fürchten müssen.«

Balthasar nickte zufrieden.

***

Das Abenteuer in Urta war überstanden, und sie reisten am

nächsten Morgen nach Feuerland zurück. Die ersten Schneeflocken fielen vom Himmel, als sie am Nachmittag Balthasars Hütte erreichten. Nox begrüßte sie vor der Hütte und wischte sich mit seinen Wurzelfingern Schneeflocken aus dem Gesicht. Er war sichtlich erleichtert, dass sie unversehrt heimgekehrt waren.

»Heute Abend bereite ich ein Festessen zu«, versprach Nox.

»Was willst du denn kochen?«, wollte Niko sofort wissen.

»Das ist eine Überraschung, mein Freund«, antwortete Nox.

Nox stand neben Niko, als er sich mit einem breiten Lächeln in einer kleinen Nebelwolke auflöste. Durch das Fenster konnten Kaspar und seine Freunde sehen, wie Nox am Herd wieder auftauchte.

»Ich muss sofort zu Nox«, sagte Niko und eilte zur Hütte.

»Warte auf mich«, rief Lars ihm nach und folgte seinem Freund schnell.

Juana lächelte Kaspar an.

»Dann gehe ich auch mal rein. Mir ist nämlich kalt.« Juana sah kurz zum wolkenverhangenen Himmel, aus dem jetzt dicke Schneeflocken fielen.

Numba war schon um die Hütte zu seinem Schlafplatz gegangen. Kaspar blieb zusammen mit Balthasar noch ein wenig draußen.

»Einen goldenen Spiegel haben wir gefunden, aber das Wichtigste haben wir noch nicht ... die goldenen Drachentränen«, sagte Kaspar.

»Geduld, Kaspar«, rügte Balthasar ihn freundlich, »auch die Drachentränen werden wir finden ... ganz bestimmt.«

»Ich könnte einen Schutzzauber gegen den Schnee aussprechen«, schlug Balthasar vor.

»Ich würde lieber die Schneeflocken spüren.«

Kaspar und Balthasar sahen noch eine Weile dem Schneetreiben zu, bevor auch sie in die warme Hütte gingen.

Der Schattenzauber

»**K**ASPAR!«

Kaspar stand auf einem leuchtenden Kreis, rings um ihn herum schloss ihn die Dunkelheit ein.

»**Ich warte auf dich**!«

Kaspar horchte.

»**Ich warte auf dich**!«, rief die Stimme wieder, die aus der unergründlichen Dunkelheit zu kommen schien.

Wo war er? War es wieder ein Traum, der ihn gefangen hielt oder war es wieder eine Zeitreise, bei der er gleich den jüngeren Balthasar treffen würde?

»**KASPAR**!«

Wer rief ihn da bloß? Gut oder Böse? Freund oder Feind?

»**Komm zu mir, Kaspar**!«

Verdammt! Wohin sollte er gehen? Etwa in die Dunkelheit? Auf gar keinen Fall. Nein. Er war doch nicht so leichtsinnig, blindlings in eine Falle zu tappen. Sollte derjenige, der ihn rief, doch zu ihm kommen. Er blieb hier stehen, auf dem leuchtenden Kreis. Hier war er in Sicherheit, und niemand konnte ihn dazu bewegen in die Dunkelheit zu treten.

»Ich kann nicht weiter zu dir vordringen. Du musst die Barriere überwinden, Kaspar«, hörte Kaspar die Stimme rufen, die sich langsam von ihm zu entfernen schien.

Kaspar wollte warten, bis er aus dem Traum erwachte. Es musste ein Traum sein, eine andere Erklärung wollte er nicht akzeptieren. Kaspar lauschte, als die Stimme wieder seinen Namen rief. Diesmal klang sie wieder näher.

»Ich habe dir etwas zu sagen«, erklärte die Stimme.

Nun kam Kaspar die Stimme vertraut vor. Wem gehörte sie

bloß? Lag die Antwort irgendwo hinter dieser Dunkelheit?

»Wer bist du?«, wollte Kaspar nun wissen.

Kaspar spähte in die Dunkelheit hinein. Konnte es sein, dass es … nein, dachte Kaspar, unmöglich. Warum sollte …

»Luck?«, flüsterte Kaspar. »Bist du es, Luck?«, fragte er vorsichtig.

»Ja«, rief die Stimme aus der Dunkelheit. »Ich bin es. Luck. Ich muss dir etwas mitteilen.« Die Stimme verblasste und wurde leiser. Schon bald war sie kaum mehr als ein Flüstern. »Komm zu mir, Kaspar!«

Kaspar fror und wurde müde. Er schüttelte den Kopf. Auf gar keinen Fall durfte er jetzt einschlafen.

»Warum kommst du nicht zu mir?«, rief Kaspar.

Es verging ein langer Moment.

Stille.

Dunkelheit.

Unbehagen.

Angst.

»Ich kann nicht. Es tut mir leid, Kaspar. Alles ist meine Schuld.« Ein kurzes Schweigen trat ein. »Als ich zu dir Kontakt aufnahm, hat Drawen einen Dunkelzauber heraufbeschworen. Mit diesem Zauber hat er dich an diesen Ort hier gebracht. Dann wollte er mit dem Zauber die Verbindung zwischen uns trennen. Ich habe alle Möglichkeiten versucht, den Zauber zu brechen – ohne Erfolg«, erklärte Luck mit kräftiger Stimme, »aber ich habe es geschafft, dass wir uns weiter unterhalten können.«

Kurze Zeit war es wieder still. Als Luck endlich weitersprach, war seine Stimme leiser geworden, aber immer noch gut zu verstehen. »Es steht sehr viel auf dem Spiel, und ich weiß, dass du schnellstmöglich die goldenen Drachentränen finden musst und keine Zeit für andere Aufgaben hast. Aber Drawen hat es geschafft, Kontakt zu den Geisterwesen aufzunehmen.«

Kaspar kratzte sich am Kopf. Rechts von Kaspar flackerte kurz ein Licht auf. Er trat einen Schritt vor und spähte in die

Dunkelheit.

Nichts.

Es war wieder fort.

»Hast du das auch gesehen, Luck?«, fragte Kaspar.

»Was hast du gesehen?«

»Ein Licht.«

»Hmmm«, überlegte Luck.

»Was hast du?«, fragte Kaspar mit zitternder Stimme.

»Vielleicht hat Drawen die Barriere überwunden und ist auf dem Weg zu dir«, vermutete Luck, »also höre mir jetzt gut zu, Kaspar!«

Es folgte ein langgezogenes, erschütterndes Brüllen wie von einem wilden Tier, das Kaspar durch Mark und Bein ging. Es ließ den Boden unter Kaspars Füßen erzittern. Kaspar dachte schon, das Brüllen würde niemals enden. Doch plötzlich trat eine Stille ein. Eine unheimliche Stille. Würde jetzt eine Stecknadel zu Boden fallen, hätte man sie hören können, dachte Kaspar.

»Was war das?«, hauchte Kaspar erschrocken.

»Das hat nichts Gutes zu bedeuten«, kam es von Luck.

Kaspar fror immer noch, und als er in die Dunkelheit spähte, glaubte er in der Ferne ein Leuchten wie von einer Laterne zu sehen. Dann bebte der Boden unter Kaspars Füßen, und vor ihm wich die Dunkelheit zur Seite. Eine verschneite Straße tauchte auf. Kaspar wollte nicht lange darüber grübeln, woher die Straße kam und was das zu bedeuten hatte.

»Was immer du mir zu sagen hast, Luck, tu es schnell«, forderte Kaspar ihn auf.

»Also, Drawen will ein Bündnis mit den Geisterwesen schließen und hofft mit ihrer Hilfe, der Zwischenwelt entkommen zu können.«

»Was für ein Bündnis soll das denn sein?«, fragte Kaspar.

»Es geht um irgendein Artefakt, das Drawen braucht, damit er der Zwischenwelt entkommen kann, dabei spielt eine richtige Sternenkonstellation eine wichtige Rolle«, erklärte Luck.

»Um was für ein Artefakt handelt es sich?«

»Das weiß ich nicht.«

»Es könnte sich um den goldenen Spiegel handeln, den wir Gohr abgejagt haben«, vermutete Kaspar und blickte dabei die verschneite Straße entlang und beobachtete das Leuchten, das langsam näher kam. Im nächsten Augenblick löste sich auch die Dunkelheit über der verschneiten Straße auf und ein wolkenverhangener Himmel kam zum Vorschein, aus dem nun Schneeflocken rieselten. Ein starker Wind blies ihm dicke Flocken ins Gesicht.

»Toll. Ganz toll«, murmelte Kaspar. »Mir ist auch schon ohne Schnee kalt genug.«

Kaspar wischte sich den Schnee aus dem Gesicht.

»Was haben denn die Geisterwesen von dem Bündnis mit Drawen?«, hakte Kaspar nach.

Lucks Stimme klang hektisch: »Ich habe erfahren, dass Drawen den Geisterwesen als Gegenleistung den Zugang zur Zwischenwelt versprochen hat ...«

»Was wollen die Geisterwesen denn in der Zwischenwelt?«, unterbrach Kaspar.

Kaspar hörte ein Kreischen, und als er die verschneite Straße entlang blickte, sah er nun eine Gestalt mit einer Laterne näher kommen, und vor ihr flog ein Schwarm kreischender, schwarzer Vögel.

»Erlösung aus ihrem Dasein«, antwortete Luck schnell, und Kaspar sah, wie der Vogelschwarm schnell näher kam.

»Scheiße!«, fluchte Kaspar. »Was sind denn das für Viecher?«

Die Vögel waren groß wie ausgewachsene Raben und spien Feuer wie Drachen.

»Dämonische Feuervögel«, antwortete Luck hektisch.

»Du kannst sie auch sehen?«, fragte Kaspar.

»Ja, ich sehe die Vögel und die verschneite Straße und die Gestalt mit der Laterne«, sagte Luck.

»Kannst du erkennen, wer das ist?«

»Nein«, antwortete Luck und fuhr schnell fort: »Auf jeden

Fall versammeln sich die Geisterwesen nun in den Wäldern von Eduan, um über das Bündnis mit Drawen zu beraten.«

Eine Feuerkugel flog auf Kaspar zu, die aus der Richtung des mysteriösen Unbekannten kam. Kaspar duckte sich schnell, und das war auch sein Glück, denn die Feuerkugel hätte ihn sonst voll erwischt.

»Wie komme ich hier fort?«, wandte sich Kaspar in die Richtung, aus der Lucks Stimme kam.

»Halte noch ein wenig durch«, rief Luck, und Kaspar wandte sich wieder der verschneiten Straße zu.

Kaspar kniff die Augen zusammen und sah, wie die Straße in der Ferne auf eine Kreuzung führte. Kaspar schlang sich die Arme um den Leib.

»Es wird immer kälter«, rief Kaspar. »Bitte hilf mir, Luck«, flehte er.

Kaspar wurde auf ein rauschendes Geräusch aufmerksam und sah mit großem Entsetzen, wie ein gewaltiger Wasserstrahl um die rechte Ecke der Kreuzung schoss.

Ich bin verloren, dachte er.

»Luck! Luck!«, brüllte Kaspar panisch. **»Luck, wo bist du**?«

Keine Antwort.

Luck war verschwunden.

Eine Männerstimme tauchte in der Dunkelheit neben Kaspar auf. Tief und bestimmend, wie die Stimme einer Person, die ihr ganzes Leben damit verbracht hatte, Befehle zu geben.

»Kaspar? Kannst du mich hören?«, sagte sie.

Kaspar drehte sich im Kreis und suchte nach einem Ausgang. Vergebens.

»Ja, ich höre Sie!«, sagte Kaspar.

»Ich bin es, Balthasar«

»Balthasar?«, hauchte Kaspar.

»Ja. Ich bin es, Balthasar.«

Jetzt erkannte Kaspar Balthasars Stimme. Sie klang jetzt näher. Da war noch etwas anderes an dieser Stimme, sie klang besorgt.

»Wie geht es dir, Kaspar?«

»Im Augenblick lebe ich noch«, sagte Kaspar schnell, »aber wenn ich nicht bald hier fortkomme, wird sich das rasch ändern.«

Kaspar sah, wie die Vögel rasch näher kamen. Sie würden ihn bald erreichen. Die Gestalt mit der Laterne nahm langsam Konturen an. Die langen, schwarzen Haare auf dem Kopf des Unbekannten, erinnerten ihn an Drawens widerliche Frisur. Was sollte der Blödsinn? Wenn es Drawen war, wollte er ihn etwa dreimal töten? Er schickte die feuerspeienden Vögel – dann kam Drawen selbst und schoss Feuerbälle auf ihn – und schließlich kam das reißende Wasser, um ihn zu ertränken. Kaspar zog sein Schwert und wich bis zur Dunkelheit hinter seinem Rücken zurück. Wenn er schon sterben sollte, dann wollte er ein paar dieser Viecher mit in den Tod nehmen. Der Wind nahm zu und blies ihm dicke Schneeflocken ins Gesicht. Die ersten Vögel kamen. Kaspar erhob sein Schwert und schlug zu. Eine kräftige Hand packte Kaspar am Kragen und zog ihn in die Dunkelheit hinein. Er sah, wie ein Vogel ihm feuerspeiend hinterher flog. Doch als das Biest ihm in die Dunkelheit folgte, fing es Feuer und brannte lichterloh. Mit einem Krächzen stürzte es in die Tiefe. Kaspar blickte dem brennendem Vogel nach. Er bemerkte, dass es keinen Boden unter seinen Füßen gab, dennoch fiel er nicht. Wer immer ihn da zu fassen bekam, zerrte ihn immer weiter in die Dunkelheit hinein. Kaspar sah nur noch schemenhaft, wie der Schwarm feuerspeiender Vögel um die Gestalt kreiste, die versuchte mit der Laterne in die Dunkelheit zu leuchten.

»Helft mir!«, hörte Kaspar die Stimme sagen. »Schnell, Nox, Niko, Juana!«, sagte sie noch, bevor die Dunkelheit Kaspar gänzlich umgab.

Kaspar verlor das Bewusstsein.

»**Geschafft**!«, brüllte ihm eine Stimme ins Ohr, und Kaspar schreckte hoch. Niko, dachte Kaspar benommen und stellte fest, dass er wieder in Balthasars Hütte war.

»Wir haben ihn«, jubelten Nox und Juana gleichzeitig.

»Ich bin froh, dass dir nichts passiert ist«, blinzelte Juana Kaspar zu, der sie verstört ansah.

Kaspar wandte sich an Balthasar und sah in das besorgte Gesicht des Zauberers, das aber schon bald ein kleines Lächeln zeigte.

»Das war ganz schön knapp«, sagte Balthasar, »aber – schön dich zu sehen, Kaspar – lebend«, ergänzte Balthasar erleichtert.

Kaspar fielen Schneeflocken aus dem Haar und von der Kleidung.

»Was ist geschehen?«, fragte Kaspar an Balthasar gewandt.

»Luck nahm Kontakt zu dir auf, dadurch konnte auch Drawen eine Verbindung zu dir herstellen. Er beschwor einen Dunkelzauber herauf und wollte dich damit vernichten«, erklärte Balthasar.

»Ja«, nickte Kaspar, »Luck hat mir von dem Dunkelzauber erzählt.«

»Und wie haben Sie mich gefunden?«, fragte Kaspar.

»Nachdem der Kontakt zwischen Luck und dir abgebrochen war, nahm Luck Verbindung zu Nox auf. Er schaffte es, Nox noch mitzuteilen, was geschehen war, bevor Drawen auch diese Verbindung mit dem Dunkelzauber unterbrach«, erklärte Balthasar ruhig. »Nox und ich haben uns sofort an die Arbeit gemacht und einen Aufspürzauber heraufbeschworen, um dich zu finden.«

»Danke«, schnaufte Kaspar.

»Das war ganz schön knapp, mein Freund«, sagte Nox.

Kaspar wandte sich Nox zu.

»Du kennst Luck?«, fragte Kaspar erstaunt. Nox bestätigte Kaspars Frage mit einem Nicken. »Da habe ich ja wohl großes Glück gehabt«, sagte Kaspar.

Kaspar klopfte sich den Schnee von der Kleidung.

»Dann war es dieses Mal kein Traum, sondern ich war wirklich an diesem seltsamen Ort?«, fragte Kaspar.

»Die Macht des Dunkelzaubers hat dich von hier fortgetragen«, nickte Balthasar. »Du warst sowohl hier als auch dort«, sagte Balthasar.

Kaspar sah den Zauberer verdutzt an. »Ich war an beiden Orten gleichzeitig?«, stutzte Kaspar.

Balthasar nickte.

»Wie soll das gehen?«, fragte Kaspar.

»Zauberei«, sagte Niko ernst.

»Wo ist eigentlich Lars?«, fragte Kaspar schließlich und wollte über den Dunkelzauber nicht weiter nachdenken.

»Ich habe ihn zu Numba geschickt und wollte mir mit den beiden eine Option offen halten, um dich zu retten.«

Kaspar sah Balthasar schweigend an.

»Lars wollte mit dem Drachen fliegen, um mich zu retten?«, fragte Kaspar verstört.

Niko grinste und sagte schließlich: »Er stand uns hier im Weg.«

Kaspar lächelte.

»Du kannst Lars wieder hereinholen, Nox«, sagte Balthasar.

Nox machte eine Bewegung nach rechts und löste sich in einer Nebelwolke auf.

»Und du, Kaspar, kannst mir gleich beim Frühstück erzählen, was Luck von dir wollte«, sagte Balthasar.

Lars kam in die Hütte hineingestürmt. Als er vor Kaspar stand, trat er nervös von einem Bein auf das andere, während er sagte: »Mein Gott, ist das Schnee?«

»Ja«, lachte Kaspar.

Niko stutzte. »Eine andere Frage fällt dir da wohl nicht ein, Lars?«, sagte er.

»Ach ja ...«, fing Lars an, und Niko unterbrach ihn: »Ist das Schnee?«, schüttelte Niko den Kopf. »Vielleicht hättest du mal fragen können, wie ...«, sagte Niko, und Kaspar unterbrach ihn mit sanfter Stimme: »Ist schon gut, Niko.«

»Bin froh, dass dir nichts passiert ist«, sagte Lars an Kaspar gewandt.

Kaspar nickte ihm zu.

»Wann gibt's 'was zu essen? Wo ist Nox?«, fragte Niko in die Runde.

Juana schüttelte den Kopf.

Balthasar und Kaspar lächelten, als Lars mit Schmollmund brummte: »Das waren wirklich zwei überaus kluge Fragen von dir, Niko.«

Niko starrte Lars verblüfft an.

***

Kaspar sah zum Fenster hinaus. Die Landschaft war mit einer Schneedecke überzogen. Es hatte aufgehört zu schneien. Kaspar ging so einiges durch den Kopf, als er sich an den Tisch zu den anderen setzte, um mit ihnen zusammen zu frühstücken. Kaspar nahm wieder neben Balthasar Platz. Er wandte sich nach rechts dem Zauberer zu, der schweigend seinen Tee trank. Dann wandte sich Kaspar kurz nach links Juana zu. Sie aß ein Stück frisches Brot, das Nox eben gebacken hatte. Kaspar dachte an den Tag zurück, an dem sie die magische Karte gefunden hatten. Durch diese Entdeckung hatte sich sein Leben und das Leben seiner Freunde total verändert. Nichts würde mehr so sein wie früher. Er musste an so vieles denken: An die Rollenspiele und die Schwertkämpfe, an seine Fantastereien von fremden und mystischen Welten, an die Kämpfe mit imaginären Drachen und Dämonen. Kaspar atmete schwer. Jetzt war es mehr als nur ein Spiel.

Kaspar dachte an seine Visionen, seine geheimnisvollen Träume und natürlich auch an seine wundersame Reise in die Andere-Welt. Die magische Karte, die er nun besaß, verfügte über ganz besondere Kräfte. Auch wenn er diese zur Zeit weder verstehen noch erklären konnte, eines Tages würde er die magische Karte kontrollieren können.

Niko räusperte sich.

Kaspar blickte zu Niko, der mit vollem Mund fragte: »Was ist mit dir, Kaspar? Träumst du noch?«

Kaspar schüttelte den Kopf.

»Ich musste an so manche Dinge denken«, antwortete Kaspar.

»An was denn?«, wollte Lars wissen.

»Nicht so wichtig, Lars.«

Kaspar wandte sich dem Zauberer zu, der von ihm wissen wollte, wie das Treffen mit Luck verlaufen war. Kaspar erzählte von dem seltsamen Ort, an den er durch den Dunkelzauber gelangt war.

»Wer sind diese Geisterwesen«, wollte Kaspar wissen, als er alles berichtet hatte, »und woher kommen sie?«

»Das ist eine etwas längere Geschichte«, antwortete Balthasar.

»Wollen wir gleich irgendwohin aufbrechen?«, fragte Niko kess.

»Nein«, antwortete Balthasar.

»Dann ist genügend Zeit für eine längere Geschichte«, sagte Niko.

Balthasar lächelte.

»Ich weiß ja, woher die Geisterwesen kommen«, warf Nox ein. »Ich räume dann mal den Tisch ab und bereite noch eine Wurzelcreme vor.«

Balthasar fuhr sich durch den langen Bart und sagte: »Wo fange ich denn am besten an?«

»Am Anfang?«, sagte Niko dreist.

»**NIKO**!«, ermahnte Juana ihn.

Balthasar begann mit der Geschichte: »Die Geisterwesen waren einst ein Wandervolk, und sie kamen in Scharen aus einem fernen Land. Sie überquerten den großen Ozean mit Schiffen und ließen sich hier in den Wäldern von Eduan nieder. Binnen weniger Sonnentage hatten sie ihre Zelte aufgeschlagen. Die Siedler mussten noch viel von der neuen Welt lernen, von deren Existenz sie nie zuvor etwas geahnt hatten. Sie konnten sich vorher nicht vorstellen, dass es außer ihnen noch andere Völker jenseits von ihrem Land gab. Sie glaubten bis dahin, ihr Volk wäre ganz allein auf dieser Welt und freuten sich, als sie dem damaligen König und seinem Volk begegneten. Sie suchten keinen Streit mit dem Volk, sondern wollten mit ihm in Frieden leben. Die Siedler waren neugierig darauf, die neue Welt zu entdecken, und verwundert, dass der König sie ablehnte. Der König ließ einen Zauberer herbeibringen ...«

»Warum konnte der König die Siedler denn nicht leiden?«, fragte Lars dazwischen.

»Lass Balthasar doch in Ruhe erzählen«, ermahnte Niko ihn, »es ist gerade so spannend.«

»Ich will aber wissen ...«

»Sei still!«, winkte Niko ab.

»Also, wenn jemand von euch eine Frage hat, darf er sie gerne stellen«, stellte Balthasar klar und wandte sich Lars zu: »Warum der König sie nicht leiden konnte, wusste niemand zu erklären. Vielleicht, weil er fürchtete, dass sie eines Tages mehr von seinem Land in Anspruch nehmen würden und er dadurch langsam seine Macht verlieren könnte.« Balthasar legte eine kurze Atempause ein. »Der König lehnte sie also ab«, wiederholte Balthasar, »trotzdem waren es glückliche Zeiten für die Siedler, in denen es keinen Krieg zwischen ihnen und dem König gab, denn die Siedler konnten sich nicht vorstellen, zu töten und zu morden. Sie suchten nur einen friedlichen Platz zum Leben. Die Siedler brachten neue Götter in die Welt des Königs und gaben sich selbst den Namen Eduaner – in Anlehnung an den Namen der Hochebene, die jetzt zu ihrer neuen Heimat geworden war, und als die Siedler dann auch noch eine Stadt bauten, mit einer weißen Stadtmauer, weißen Türmen und Häusern, der sie den Namen Ednu gaben, zeigte der König eine tiefe Abneigung gegen die Siedler. Sie waren ihm ein Dorn im Auge, und er wollte sie mit allen Mitteln aus seinem Königreich vertreiben.«

Balthasar atmete tief durch die Nase ein. Kaspar lag eine Frage auf der Zunge, doch als er Balthasar in die Augen sah, ließ er ihn in Ruhe erzählen.

»Der König ließ also einen Zauberer herbeibringen, dem er mit dem Tode durch das königliche Zepter drohte, das die

Macht besaß einen Zauberer zu vernichten. Daraufhin gehorchte der Zauberer dem König willenlos und versprach, dass er bei der Vernichtung der Eduaner helfen würde«, erzählte Balthasar und griff nach der Tasse Tee. »Oh, sie ist schon leer«, stellte Balthasar fest.

Kaspar schluckte. Er erinnerte sich wieder an einen Traum, den er vor sehr langer Zeit hatte. Nox kam herbeigeeilt und goss Balthasar Tee in die Tasse ein.

»Danke Nox.«

»Gern geschehen.«

Balthasar nahm einen Schluck Tee zu sich.

»Die Creme riecht gut«, lobte Niko. »Wie weit bist du denn?«, fragte Niko vorsichtig.

»Sie ist bald fertig«, antwortete Nox.

»Prima«, freute sich Niko.

»Der Schluck Tee hat mir gut getan«, sagte Balthasar sichtlich zufrieden. »Hat jemand eine Frage?« Balthasar wartete einen Augenblick. »Also, dann«, sagte er und fuhr mit der Geschichte fort: »Die schreckliche Tat, die der König plante, verbreitete sich im ganzen Königreich, und schließlich erfuhren auch die Völker jenseits des Königreichs von dem grausamen Vorhaben. Doch noch bevor die Elfen, Feen und Zwerge, sowie die Drachen und andere Zauberer und die Könige anderer Königreiche den Siedlern zu Hilfe eilen konnten, ließ der König die Siedler in den Wäldern von Eduan wie eine Viehherde zusammentreiben, und der Zauberer vernichtete sie letztendlich mit einem Schattenzauber, der die Körper der Eduaner zerfließen ließ als wären sie Eisblöcke, die einer großen Hitze ausgesetzt wurden. Jedoch blieben bei diesem Zauber ihre Körperschatten erhalten, aus denen sich dunkle Geistergestalten formten, so dass die Seelen der Eduaner weiter existieren konnten – und so erhielten sie den Namen Geisterwesen. Der Zauberer brachte es nicht über sein Herz die Eduaner wirklich zu töten, denn er hoffte eines Tages einen Umkehrzauber zu finden, der es ihm ermöglichte, den Eduanern ihre eigentliche Gestalt zurückzugeben.«

60

»Oh, wie furchtbar«, wisperte Juana, als Balthasar eine kleine Teepause einlegte.

»Ja, ein echt fieser Kerl, dieser König«, brummte Niko laut.

»Wie geht es denn weiter? Hat der Zauberer einen Umkehrzauber gefunden?«, fragte Lars.

Kaspar schwieg. Er glaubte, den Namen des Zauberers zu kennen, der die Eduaner in Geisterwesen verwandelt hatte.

Balthasar schüttelte den Kopf. »Nein«, sagte er bedrückt und erzählte mit ernster Stimme: »Hunderte Eduaner waren bereits zu Geisterwesen geworden, doch der grausame König wollte den Tod aller Siedler. Der Zauberer hörte nicht auf, sie auf Befehl des Königs zu jagen und den Schattenzauber anzuwenden, bis schließlich der letzte Siedler ausgelöscht war. Der Schattenzauber hinderte die Gestorbenen daran, in die Zwischenwelt zu gleiten, und so kam es, dass sie in den Wäldern von Eduan als Geisterwesen weiterleben mussten – Männer, Frauen und Kinder. Doch das reichte dem König immer noch nicht ...«

»Was hat er denn noch gemeines getan?« Lars war sichtlich entsetzt.

»Wenn du mal die Klappe halten würdest, dann würdest du es auch gleich erfahren, Lars«, fuhr Niko ihn an und fing sich daraufhin einen tadelnden Blick von Balthasar ein.

»Entschuldigung, Lars«, nuschelte Niko.

Balthasar lächelte zufrieden und erzählte weiter: »... der König veranlasste, dass die wunderbare weiße Stadt in einem Flammenmeer vernichtet wurde.«

Ein bedrückendes schweigen breitete sich am Tisch aus, als Balthasar eine Pause einlegte und Nox bat, ihm noch eine Tasse Tee einzuschenken. Balthasar nahm in Ruhe einen Schluck Tee zu sich, tupfte mit einem weißen Tuch seine Lippen trocken, und fuhr mit der Geschichte fort: »Nach dieser grausamen Tat breitete sich ein riesiger, dunkler Schatten über das Königreich aus. Eine unbekannte, rätselhafte Bedrohung die alle Schrecken des Todes über das Königreich brachte. Als der König und sein Königreich von dem dunklen Schatten vernichtet waren, machte sich der Schatten auf die Suche nach dem Zauberer. Doch er konnte ihn nirgends finden, und so zog sich der Schatten in die Wälder von Eduan zurück und zerfiel wieder in Geisterwesen, die dort blieben, wo einst ihre Heimat gewesen war. Der Zauberer fürchtete um sein Leben, wenn er den Geisterwesen begegnen würde, und so kam es, dass der Zauberer das Weite suchte und nie mehr gesehen wurde. Aus alten Schriften des Zauberers habe ich erfahren, dass er noch Jahre an dem Umkehrzauber gearbeitet hatte – jedoch ohne Erfolg. Der Zauberer konnte die Geisterwesen nicht von ihrem Schicksal erlösen.«

»Haben Sie schon mal versucht, den Geisterwesen zu helfen?«, fragte Lars.

Balthasar schüttelte den Kopf und sagte ernst: »Auch wenn ich mich als guter Zauberer bewiesen habe, weiß ich nicht, was mit mir geschehen würde, wenn ich den Geisterwesen begegnen sollte – Drawen geht ein großes Risiko ein.«

Balthasar machte eine Atempause, und Kaspar horchte aufmerksam, als Balthasar fortfuhr: »Nach einer Legende soll es ein goldenes Portal geben, durch das die Geisterwesen die Zwischenwelt betreten können. Allerdings benötigen sie dafür ein goldenes Artefakt. Durch den Eintritt in die Zwischenwelt könnten sie endlich ihren ersehnten Frieden finden.

»Was ist das für ein Artefakt?«, fragte Kaspar.

Balthasar wusste es nicht.

»Ich hoffe, der fiese König hatte einen schrecklichen Tod«, schimpfte Niko.

»Ja, das hoffe ich auch«, warf Lars laut ein.

»**NIKO! LARS**!« Juana zeigte sich entsetzt. »So etwas wünscht man doch niemandem.«

»Was hättest du denn dem König für eine Strafe gewünscht, Juana?«, fragte Niko.

Juana schwieg.

»Es ist ja nicht nur der König gestorben«, fing Balthasar an, »auch viele Unschuldige sind bei dem Massaker, den der dunkle Schatten angerichtet hatte, ums Leben gekommen.«

Niko schwieg.

»Wie ist denn der Name des Zauberers?«, fragte Juana an Balthasar gewandt.

»Ich kenne diesen Zauberer«, warf Kaspar plötzlich ein, »sein Name ist Acaton.«

Balthasar legte die Stirn in Falten und fragte: »Woher kennst du Acaton? Er hat vor sehr langer Zeit gelebt.«

»Ich habe geträumt – es war glaube ich mehr als nur ein Traum, wenn ich heute darüber nachdenke«, fing Kaspar an, »jedenfalls sind mir Acaton und seine Tochter Manju in diesem Traum begegnet, und dort habe ich auch diesen fiesen König gesehen.«

»Kaspar spricht mit den Toten«, staunte Niko.

»Nein, sie waren nicht tot«, schüttelte Kaspar den Kopf, »vielleicht war es eine Art Zeitreise, die ich unternommen habe. Ist ja auch egal, was es war«, sagte Kaspar. »Acaton hielt mich für einen großen Zauberer, weil er mich nicht sehen, sondern nur hören konnte. Ich kenne die Geschichte, Balthasar, und ich weiß, dass Acaton kein böser Zauberer war. Der König hatte ihn zu dieser Tat gezwungen. Er drohte nämlich seine Pflegetochter Manju zu töten, und das konnte Acaton auf keinen Fall zulassen.«

»Aber trotzdem«, warf Niko ein, »ein Leben im Tausch gegen ein ganzes Volk. Das scheint mir nicht gerecht zu sein.«

»Acaton wollte den König mit dem Schattenzauber überlisten – es misslang«, verteidigte Kaspar den Zauberer. »Als ich Acaton mein Alter verriet, sagte er zu mir, dass ich eine ganz besondere Gabe hätte. Er erzählte mir seinen Plan, dass ...«

»Erzähl uns die ganze Geschichte, Kaspar«, bat Balthasar ihn.

Balthasar und Kaspars Freunde erfuhren, wie Kaspar in seinem Traum in einer Königshalle stand und eine geheimnisvolle Gestalt beobachtete, die einen braunen Umhang trug und bewegungslos wie eine Steinfigur auf einer Empore stand. Als Kaspar rätselte wer dieser Fremde war und gerade auf die Empore zugehen wollte, schwang die große Pforte auf. Der König betrat den Saal. Die unheimliche Gestalt auf der Empore löste sich in Luft auf und erschien direkt neben Kaspar. Die Gestalt und auch der König nahmen keine Notiz von Kaspar. Kaspar erzählte, dass diese Gestalt der Zauberer Acaton war und dass der König Acaton mit Folter und dem königlichem Zepter drohte, das die Macht besaß einen Zauberer zu vernichten, falls er dem König nicht helfen sollte, die neuen Siedler zu vernichten. Der König konnte seine Armee nicht gegen die Siedler einsetzen, weil dies bei seinem Volk und den Völkern seiner Nachbarländer nicht gut angekommen wäre. Acaton weigerte sich trotzdem dem König zu gehorchen, aber der König drohte, dass er Manju etwas Schreckliches antun würde. Als der König die Halle verlassen hatte, sprach Acaton Kaspar an, der ihn hören aber nicht sehen konnte. Kaspar erzählte, dass Acaton einen Schattenzauber auf die Siedler anwenden wollte, jedoch nach einer Möglichkeit suchen würde, um den Zauber wieder Rückgängig zu machen. Acaton musste diesen Zauber anwenden, sonst wäre Manju etwas Schreckliches widerfahren, verteidigte Kaspar den Zauberer. Kaspar erzählte, dass Acaton ihn gebeten hatte, seinen Schattenzauber rückgängig zu machen, falls es ihm selbst nicht gelingen würde.

»Das ist ja unglaublich«, hauchte Lars.

»Voll krass«, sagte Niko.

»... und deswegen ist es meine Pflicht den Siedlern zu helfen. Ich muss nach Eduan, Balthasar!«, beendete Kaspar die Geschichte.

»Wir müssen die goldenen Drachentränen finden«, wandte Juana ein.

»Ja, genau«, stand Niko ihr bei.

»Ich muss mein Versprechen gegenüber Acaton einlösen«, sagte Kaspar mit Nachdruck.

»Gegenüber eines Toten?«, stutzte Niko.

»Was hat denn das damit zu tun, dass Acaton gestorben ist, Niko?«, entgegnete Kaspar.

Niko zuckte mit den Schultern, dann sagte er: »Ich dachte

nur, die Drachentränen wären wichtiger als die Siedler.«

»Ich denke, Kaspar sollte entscheiden, was zu tun ist«, schlug Balthasar vor.

»Ich will den Siedlern helfen«, sagte Kaspar spontan.

»Wie willst du das tun?«, fragte Juana mit sanfter Stimme.

»Balthasar hat eben erzählt, dass die Siedler mit einem goldenen Portal und einem goldenen Artefakt befreit werden können.«

»Wo willst du denn das goldene Portal und das goldene Artefakt finden?«, schüttelte Niko den Kopf.

»Keine Ahnung«, schnaufte Kaspar.

»Also, ich gehe mit Kaspar nach Eduan«, sagte Juana.

Kaspar wandte sich Niko zu.

»Ja, ist schon klar, ihr beiden hängt ...«, sagte Niko und schwieg, dann murrte er: »Na ja, ich komme dann mal mit euch. Einer muss ja auf euch aufpassen.«

»Danke, Niko«, sagte Kaspar.

»Ich weiß nicht ...«, winkte Niko ab und schluckte die letzten Worte herunter.

»Was ist mit dir, Lars?«, fragte Kaspar.

Lars schwieg.

»Du kannst hier auf uns warten«, schlug Kaspar vor.

»Ich werde mit euch kommen«, hauchte Lars.

Balthasar lächelte zufrieden.

»Ich hoffe, ich bereue meine Entscheidung nicht«, fügte Lars hinzu.

»He, was soll das denn heißen, Lars, mein Freund?«, sagte Niko und fuhr fort: »Einer für alle ...«, rief Niko und klopfte Lars auf die Schulter.

»... und alle für einen«, murmelte Lars den Satz zu Ende.

»Ja, zusammen besiegen wir alle Feinde ... und alle Drachen«, brüllte Niko.

Lars zeigte ein kleines Lächeln.

»Es gefällt mir, dass ihr zusammenhaltet«, freute sich Balthasar über die gemeinsame Entscheidung.

»Ihr seid euch also einig geworden?«, fragte Nox, der die Schüssel Wurzelcreme auf den Tisch stellte.

Kaspar nickte Nox freudig zu.

»Ich hole noch die Schalen, dann ...«, sagte Nox.

»Warte, Nox, das mach ich«, unterbrach Juana ihn.

»Riecht gut«, lobte Niko und schnupperte.

»Wann brechen wir auf?«, fragte Lars, und ein wenig Widerwille schwang in seiner Stimme mit.

»Morgen«, antwortete Balthasar knapp.

Kaspar nickte dem Zauberer zu.

Die weiße Stadt

Es war ein frostiger Morgen, als Kaspar und seine Freunde reisefertig aus der Hütte ins Freie traten.

»Brrrrrr«, schüttelte sich Lars vor Kälte.

»Scheißwetter«, fluchte Niko.

Kaspar blickte zum Himmel, wo helle Wolken standen. Balthasar erzählte, dass der Winter in diesem Jahr früh nach Feuerland gekommen war und dass er streng werden würde.

»Sollen wir bei diesem Wetter wirklich fliegen?«, fragte Niko. »Wir werden erfrieren.«

»Ich werde uns mit einem Wärmezauber vor der Kälte schützen«, erklärte Balthasar.

An diesem Morgen wäre Kaspar freudig in die warme Hütte zurückgekehrt, hätte ihn jemand dazu aufgefordert. Doch ihre Mission war zu wichtig und dringlich – aufschieben ging nicht.

Numba beugte bereitwillig seinen Kopf zu Boden. »Jetzt gibt es wohl kein zurück mehr«, sagte Lars mit einem gequälten Lächeln.

»Es ist ganz allein deine Entscheidung, Lars«, sagte Balthasar in ruhigem Ton.

»Ja, natürlich.« Lars verzog trotzig die Mundwinkel.

Balthasar machte den Anfang, und Kaspar folgte ihm schnell.

»Kommt schon!«, drängte Kaspar seine Freunde.

»Jetzt sei mal nicht so hektisch, mein Freund«, schimpfte Niko und folgte Kaspar.

Lars zögerte wie auch beim ersten Drachenflug. Er tastete mit den Fingerspitzen vorsichtig über die Drachenschuppen, dann folgte er seinen Freunden.

Juana lächelte Kaspar zu und folgte Lars.

Balthasar umschloss sie alle mit einem Schutzzauber, der verhindern sollte, dass sie während der Reise herunterfielen. Dann legte er noch einen Wärmezauber um sie alle, damit sie nicht erfroren. Das Wetter meinte es dieses Mal nicht gut mit ihnen, denn die ersten Schneeflocken fielen vom Himmel.

Balthasar gab den Befehl, und Numba startete. Niko und Lars hielten sich krampfhaft an der schuppigen Drachenhaut fest.

»Flieg nicht so rasant, Numba! Bitte«, sagte Balthasar.

Numba stieg langsam empor, drehte noch eine Runde und flog über Balthasars Hütte hinweg, so dass Kaspar und seine Freunde Nox zuwinken konnten. Numba stieg weiter hinauf, und Nox wurde immer kleiner, bis er nur noch ein brauner Punkt im weißen Schnee war. Numba drehte nach Westen ab.

Die schneebedeckten Feuerberge waren ein sagenhaftes Panorama. Obwohl ein Schutz- und Wärmezauber über ihnen lag, konnte Kaspar die herrlich frische Luft einatmen. Er schaute sich nach allen Richtungen um. Dann nahm er noch einen tiefen Atemzug.

Nach ein paar Stunden hatten sie das Gebiet von Feuerland verlassen. Der Schnee wurde weniger, bis sie hier und da nur noch einen nicht weggetauten Schneehaufen sahen. Nach einer weiteren Stunde änderte sich die Landschaft unter ihnen, und sie sahen nur Steine, Geröll und Felsen. Ab und zu fand die Sonne einen Weg durch die Wolkendecke und schien auf sie herab. Sie verloren langsam an Höhe. Unter ihnen nahm eine Herde Tiere Reißaus, als der Schatten des Drachen über sie fiel.

»Hier ist der Winter zum Glück noch nicht eingekehrt«, sagte Niko.

»In dieser Gegend schneit es schon seit sehr langer Zeit nicht mehr«, erklärte Balthasar. »Was nicht heißen soll, dass es hier nicht auch kalt werden kann.«

»Warum schneit es hier nicht?«, wollte Juana von Balthasar wissen.

»Unter uns sind die Wälder von Eduan. Bevor die Geisterwesen erschaffen wurden, gab es auch dort einen strengen Winter«, erzählte Balthasar.

»Und seitdem nicht mehr?«, fragte Juana.

Balthasar nickte und sagte: »Es wird kalt und stürmisch, aber geschneit hat es auf der Hochebene Eduan von da an nicht mehr.«

Numba drehte nach links ab und flog am Waldrand vorbei, auf die Hochebene zu. Der Drache stieg wieder aufwärts und flog schließlich über ein mit bunten Sträuchern bewachsenes Flachland hinweg, an dessen Ende gewaltige Felswände in den jetzt wolkenlosen Himmel ragten.

»Numba sucht einen Landeplatz«, erklärte Balthasar.

»Hier auf dem Hochplateau?«, stutzte Niko.

»Hast du Lust, am Fuß des Hochplateaus zu landen und hinauf zu laufen?«, fragte Balthasar mit hochgezogener Stirn.

»Nö«, grölte Niko, »soll Numba mal einen Landeplatz suchen.«

»Ist hier die weiße Stadt?«, fragte Juana den Zauberer.

»Ja, hier irgendwo befindet sich Ednu«, antwortete Balthasar.

»Und wo genau?«, fragte Niko.

»Wenn ich das wüsste«, antwortete Balthasar. »Die Stadt ist irgendwo in den Wäldern unter uns.«

»Na toll, dann müssen wir das ganze Grünzeug dort unten nach dieser Stadt durchkämmen«, fluchte Niko.

»Gewiss, es gibt keine Karte, die uns zeigen kann, wo Ednu liegt«, verdeutlichte Balthasar, »aber Kaspar wird den Weg dorthin finden«, war sich der Zauberer sicher.

»Was ist los mit dir, Lars? Du sagst ja gar nichts mehr«, stupste Niko seinen Freund an.

Lars schwieg weiter.

Niko zuckte mit den Schultern.

Numba flog auf die Felswände am Ende der Hochebene zu, die vor ihnen hoch in den Himmel wuchsen.

Majestätisch, gewaltig und gefährlich.

Die bizarren Steilwände hatten es Kaspar angetan. Er bewunderte ihre Schönheit und fragte den Zauberer: »Hat schon jemand diese Gipfel bezwungen?«

»Nein«, schüttelte Balthasar den Kopf. »Das sind die Todeswände von Eduan. Alle die es je versucht haben, sind gescheitert«, erklärte Balthasar.

»Sind sie abgestürzt?«, fragte Juana.

»Ja«, antwortete Balthasar.

In der Nähe der Felswände steuerte Numba auf eine Lichtung zu und setzte zur Landung an. Als sie von Numba abgestiegen waren und neben dem Drachen standen, sah Kaspar zu den Gipfeln der Felswände hoch. Er kam sich so winzig vor.

Kaspar wandte sich Juana zu und sah, wie sie sich ebenfalls die Steilwände betrachtete und sich dabei ihre Stirn in Falten legte. Sie schien über etwas nachzudenken. Kaspar ließ sie in Ruhe und sah hinüber zu Niko und Lars. Die beiden waren in ein Gespräch vertieft. Als sich Kaspar Balthasar zuwandte, sah er, wie sich der Zauberer mit dem Drachen unterhielt. Alle schienen irgendwie beschäftigt zu sein.

»Von dort oben muss man einen wunderbaren Weitblick haben«, hörte Kaspar Juanas Stimme neben sich. Kaspar wandte sich ihr zu und schwärmte: »Ich würde jetzt gerne dort oben sein.«

»Ja, ich auch«, Juana sah Kaspar in die Augen, »mit dir zusammen«, sagte sie sanft.

Kaspar wurde rot im Gesicht.

Er erinnerte sich an seine Ehrung im Königspalast von Persian und daran, wie er und Juana dort auf einen Turm gestiegen waren. Es war eine wunderbare, sternenklare Nacht gewesen. Er hatte Juanas Hand gehalten, und sie hatten gemeinsam die Sterne beobachtet. Als sie ihn mit ihren strahlend grünen Augen angesehen hatte, hatte er etwas getan, wofür er sich damals am liebsten selber einen Tritt in den Hintern gegeben hätte – er war näher zu ihr gerückt und hatte ihr einen sanften Kuss gegeben. In diesem Augenblick hatte er geglaubt, dass sie ihm eine gehörige Abreibung verpassen würde – er wusste ja, wie energisch sie werden konnte. Doch Juana hatte etwas getan, womit er nie im Leben gerechnet hätte. Sie hatte seinen Kuss erwidert.

Kaspar lächelte glücklich.

»Na, was hast du, Kaspar?«, fragte Niko, der an seine Seite trat.

Kaspar fuhr erschrocken herum, und dann erinnerte er sich daran, wie Niko und Lars plötzlich auf dem Turm aufgetaucht waren. Lars hatte von dem Kuss nichts mitbekommen, doch Niko hatte gesehen, wie er und Juana sich geküsst hatten. Bis heute aber hatte Niko dieses Geheimnis für sich behalten.

»Hast du die Höhenkrankheit?«, fragte Lars ernst, der neben Niko stand und Kaspar anblickte.

»Wieso?«, fragte Kaspar verdutzt.

»Dein Kopf ist knallrot«, sagte Niko und grinste breit.

Kaspar schwieg.

»Kommt alle zu mir«, rief Balthasar, und Kaspar war der Erste, der ging.

»Was hat er denn?«, hörte Kaspar Lars fragen.

»Was weiß denn ich«, hörte Kaspar Niko antworten.

»Was glaubst du denn, was Kaspar hat, Juana?«, fragte Lars. Juana schwieg.

Sie standen in Richtung Wald. Ein eisiger Wind kam auf, pfiff über die schwingenden Baumkronen hinweg, und brauste direkt auf sie zu.

»Brrrrr«, schüttelte sich Lars.

»Scheißwetter«, fluchte Niko.

»Wo kommt der Wind so plötzlich her?«, fragte Juana.

Der Zauberer wandte sich ihr zu: »Mir scheint es so, als wollte jemand uns von dort fernhalten.«

»So? Wer denn?«, fragte Lars schlotternd.

»Na, wer könnte uns wohl von diesem Wald fernhalten wollen, Lars?«, hauchte Niko geheimnisvoll und sah in Lars' ängstliches Gesicht. »Natürlich die Geisterwesen«, platzte es aus Niko heraus.

Verflucht, dachte Kaspar, die Geisterwesen lauern in diesem

dichten Wald wie Spinnen in ihren Netzen. Sollten sie wirklich in diesen Urwald hineingehen?, fragte er sich im Stillen. Sie wären eine leichte Beute für diese Wesen, war Kaspar überzeugt.

»Was grübelst du?«, fragte Niko an Kaspar gewandt.

»Ich schau mir bloß den Wald an«, antwortete Kaspar.

»Friedhofsatmosphäre«, stöhnte Niko.

»Ja«, nickte Kaspar, »kommt mir auch so vor.«

Kaspar wandte sich wieder dem Wald zu. Irgendwo dort im Dickicht lag die weiße Stadt Ednu verborgen. Für einige Momente nahm ihm eine Nebelwolke die Sicht.

»Ob das die Geisterwesen sind?«, hauchte Niko und deutete in Richtung Wolke.

Lars trat einige Schritte zurück.

»Es ist nur Nebel«, beruhigte Balthasar ihn mit sanfter Stimme.

Der Nebel verzog sich rasch und gab die Sicht auf den ganzen Wald wieder frei.

»He, was ist denn mit deinem Rucksack los, Kaspar?«, fragte Lars, der einige Schritte hinter ihm stand.

»Was soll damit los sein?«, fragte Kaspar irritiert.

»Wir sind reich«, jubelte Niko.

»Dein Rucksack schimmert golden«, sagte Juana.

Kaspar nahm den Rucksack vom Rücken. Als Balthasar den Rucksack prüfte und sagte, dass er mit richtigem Gold überzogen sei, jubelte Niko wieder.

»Krieg dich mal wieder ein«, fuhr Juana ihn an.

»Was hat das zu bedeuten?«, fragte Kaspar an Balthasar gewandt, doch der Zauberer wusste keine Antwort.

Als Kaspar den Rucksack öffnete und die Schätze hervorholte und auf den Boden legte, war jeder von ihnen mit einem goldenen Schimmer überzogen. Kaspar sah an Balthasars Gesichtsausdruck, dass der Zauberer rätselte, was der Grund für diesen goldenen Schimmer war. Eine Sorgenfalte legte sich auf Balthasars Stirn. Einen Augenblick war es still, dann verkündete Balthasar: »Es ist deine Bestimmung, Kaspar. Es ist dein Weg ...«

Balthasar brach ab.

»Also, das ist doch wieder mal ...«, fing Niko an, doch Juanas bissiger Blick brachte ihn sofort zum Schweigen.

»Diese Reaktion wurde durch dein Zauber-Gen ausgelöst«, erklärte Balthasar zufrieden und deutete auf die goldenen Schätze. »Es ist dein Schicksal nach Ednu zu gehen, nicht unseres.« Balthasar schwieg.

»Kaspar soll alleine in diesen Wald gehen?« Juana war außer sich vor Sorge um Kaspars Leben. »Nein«, sagte sie energisch, »wenn Sie nicht mitgehen wollen, das ist Ihre Entscheidung. Ich begleite auf jeden Fall meinen Freund.«

»He, ich bin auch noch da«, fuhr Niko Juana an. »Ich komme auch mit, das ist doch wohl klar.«

Niko wandte sich Lars zu, der zögerlich sprach: »Nun ja, Balthasar benötigt bestimmt ... also, ich meine .... jaja, ich komme natürlich auch mit euch.«

»Fein«, freute sich Niko über die Entscheidung von Lars.

»Ich finde es beeindruckend, dass ihr so fest zusammenhaltet. Das ist wahre Freundschaft«, lobte Balthasar sie, »doch ihr dürft Kaspar nicht begleiten. Es ist Kaspars Schicksal, dass er nach Ednu geht – **allein**«, betonte Balthasar.

»Das ist doch ...«, fing Niko an, doch als Balthasar ihn streng ansah, schwieg er sofort.

Kaspar wandte sich dem Wald zu, als ein kühler Luftzug von dort auf sie zuwehte. Unschlüssig stand er da und blickte über die Schulter zurück zu Balthasar. Ein zweiter Luftzug wehte heran. Kaspar wandte sich wieder dem Wald zu und sagte: »Ich werde gehen.«

»Ja, aber ...«, fing Niko an.

»Ohne euch«, unterbrach Kaspar ihn und wandte sich Niko mit ernstem Blick zu.

Niko schaute ernst zurück.

Kaspar spürte, dass der Weg für ihn bestimmt war. Er musste nach Ednu gehen, daran führte kein Weg vorbei. Was ihn dort erwarten würde, wusste er nicht, und auch der Zauberer konnte ihm keinen Ratschlag geben. Was würden die Geisterwesen tun, wenn er ihnen begegnete? Kaspar musste es herausfinden. Sein Großvater hatte oft zu ihm gesagt, dass er dem Schicksal in die Speichen greifen soll, und genau das wollte er jetzt tun. Kaspar nahm sich vor, die schwierige Angelegenheit mutig und entschlossen in Angriff zu nehmen. Kaspar hob nach und nach die Schätze auf und legte sie in den Rucksack zurück. Zuerst griff er nach der goldenen Kugel, dann nahm er das Fläschchen mit dem magischen Gebirgswasser, den kleinen Schädel aus rotem Rubin, den Beutel Goldmünzen, das goldene Medaillon mit dem königlichem Wappen, den goldenen Spiegel und zuletzt griff er nach dem goldenen Pferd.

Kaspar fuhr mit den Fingern über das goldene Pferd und sagte dabei: »Es ist schön.« Kaspar sah, wie das Pferd seinen Kopf zu ihm drehte. Die goldenen Augen sahen ihn direkt an. Kaspar wandte sich seinen Freuden zu, die wohl nichts bemerkt hatten. Auch Balthasar schien die Bewegung des Pferdes nicht gesehen zu haben.

»Ja, es ist wirklich sehr schön«, bemerkte Juana.

»Ja, es ist goldig«, schwärmte Niko. »Wenn wir es mit nach Hause nehmen, könnten wir es auf ebay versteigern«, schlug Niko vor.

Juana verzog die Mundwinkel und fuhr Niko an: »So was Blödes kann ja nur von dir kommen.«

»Wieso ist das blöd?«, bellte Niko sie an.

Juana winkte ab.

»Halt deinen Mund!«, sagte sie scharf.

»He ...«, fing Niko an und sagte dann: »Habt ihr das auch gesehen?« Niko deutete auf das goldene Pferd.

»Was?«, fragte Lars zögernd und trat einen Schritt vor.

»Es hat sich bewegt«, antwortete Niko.

Das goldene Pferd bewegte seine vorderen Hufe, dann wieherte es leise.

»Was geschieht hier?«, fragte Kaspar den Zauberer.

»Das sind die Wunder der Magie«, antwortete Balthasar in ruhigem Ton.

Kaspar setzte das goldene Pferd zu Boden, das wie eine Miniatur vor ihm stand und die Mähne schüttelte.

»Es wächst«, stellte Lars fest und trat zwei Schritte zurück.

Tatsächlich wuchs das Pferd heran, bis ein prachtvoller, goldener Hengst vor Kaspar stand und ihn mit leuchtenden, goldenen Augen anblickte. Sekunden verstrichen, bevor sich Kaspar in Bewegung setzte und einmal um den Hengst schlich.

»Er lebt«, stellte Kaspar verblüfft fest.

»Stellt euch mal vor, wenn wir ihn jetzt auf ebay anbieten würden«, fing Niko an, »die Gebote würden in den Himmel schnellen und ...« Niko schwieg für ein paar Sekunden und sah direkt in Juanas mahnende Miene. »Man darf ja wohl mal vom großen Reichtum träumen«, schimpfte Niko.

Juana schüttelte verständnislos den Kopf.

Kaspar stellte sich auf die Zehenspitzen und streichelte dem Hengst über die Mähne.

»Sei vorsichtig«, ermahnte Juana ihn.

»Es fühlt sich weich an«, sagte Kaspar.

Kaspar wandte sich Balthasar zu, der daraufhin sagte: »Es ist ein Zeichen, Kaspar.«

Kaspar nickte.

»Von was für einem Zeichen redet der Zauberer da?«, flüsterte Lars unüberhörbar Niko zu.

Niko zuckte mit den Schultern.

»Kaspar wird sich mit dem Pferd auf die Suche nach Ednu begeben«, erklärte Balthasar.

Der Hengst stand vor Kaspar und schabte mit dem rechten Vorderhuf über den Boden. Am Sattel hing ein goldener Gürtel, an dem sich acht Schlaufen in verschiedenen Größen und Formen befanden.

»Es sieht so aus ...« Kaspar unterbrach mitten im Satz und griff nach dem Gürtel.

»Was hast du vor?«, wollte Juana wissen.

Doch anstatt ihr zu antworten, schnallte sich Kaspar den

Gürtel um den Bauch und öffnete seinen Rucksack. Er holte den Rubinschädel hervor, suchte die passende Schlaufe und setzte den Schädel hinein.

»Cool«, sagte Niko nur.

Ein Schatz nach dem anderen fand den Platz an Kaspars neuem Gürtel. Nur das goldene Medaillon mit dem königlichem Wappen hing sich Kaspar um den Hals.

»Hier den kannst du haben.« Kaspar hielt Niko den goldenen Rucksack hin.

»Ehrlich?«

»Ja.«

»Der gehört jetzt mir?«

»Ja.«

Niko nahm den goldenen Rucksack mit gierigen Augen entgegen.

»Danke«, sagte er und jubelte: »Ich bin reich!«

»Kannst deinen Reichtum ja auch mit einem Freund teilen«, schlug Lars ihm mürrisch vor.

»Nö«, sagte Niko kopfschüttelnd.

»Geizhals«, brummte Lars.

Niko klopfte Lars freundschaftlich auf die Schulter und sagte breit lächelnd: »Den bieten wir gemeinsam bei ebay an und teilen uns den Gewinn.«

»Ehrlich?«, fragte Lars.

Niko nickte.

»Und was ist mit Juana?«, fragte Lars.

Niko sah ihr schweigend in die Augen.

»Ihr könnt euren Schatz behalten. Ich will nichts davon haben«, winkte Juana ab.

»Ehrlich nicht?«, fragte Lars.

Juana nickte.

»Wir beide sind reich«, jubelte Niko wieder.

Lars grinste zufrieden.

Kaspar schüttelte den Kopf und sah, wie Balthasar vergnügt lächelte. Kaspar bestieg den goldenen Hengst.

»Sei vorsichtig, Kaspar«, ermahnte Juana ihn mit einem gequälten Lächeln auf den Lippen.

»Bis dann«, sagte Niko.

Lars winkte Kaspar kurz zu.

»Du wirst das schon schaffen, Kaspar«, sprach Balthasar ruhig, »davon bin ich überzeugt. Du bist mutig wie ein Mann«, nickte Balthasar.

»Danke, Balthasar«, sagte Kaspar und ritt mit einem flauen Gefühl im Magen seinem unvermeidlichem Schicksal entgegen.

Du bist mutig wie ein Mann, gingen ihm Balthasars Worte durch den Kopf. Sein Gefühl und sein Magen sagten ihm etwas anderes. Ihm war flau, und eine Gänsehaut überfiel ihn, als ein Vogel irgendwo im Baum krächzte. Hoffentlich ging alles gut und sein angeblicher Mut brachte ihn nicht um. Bevor Kaspar in den Wald ritt, hielt er das Pferd an und wandte sich seinen Freunden zu und sah, wie Niko den Rucksack mit beiden Händen über seinen Kopf hielt.

»Wir sind reich«, rief Niko, und in diesem Augenblick verschwand der goldene Schimmer, und Niko hielt wieder einen ganz normalen Rucksack in seinen Händen.

»Verdammte Krötenkacke«, fluchte Niko laut, als er die Bescherung sah.

Lars lachte laut, als er in das verdutzte Gesicht von Niko blickte, der deprimiert auf den Rucksack starrte.

»Jetzt sind wir wieder arm«, fluchte Niko.

Lars klopfte ihm freundschaftlich auf die Schulter.

Kaspar lächelte wie auch Juana und Balthasar.

»Wie gewonnen so zerronnen«, stöhnte Niko unüberhörbar. »Pass auf dich auf, Kumpel!«, rief er Kaspar nach.

Kaspar wandte sich wieder dem Wald zu und ritt hinein. Als er sich nochmals seinen Freunden zuwandte war nichts mehr von ihnen zu sehen. Der Urwald hatte ihn verschlungen.

***

Kaspar ritt ziellos durch den Wald. Als er sich einer kleinen Lichtung näherte, auf dessen Mitte eine alte Eiche stand, glaubte er im rechten Augenwinkel einen Schatten zwischen den Bäumen gesehen zu haben. Es war ungewöhnlich warm geworden, und auf Kaspars Oberlippe bildeten sich Schweißtropfen. Er fuhr sich mit der Hand über die Stirn. Schweiß tröpfelte seinen Rücken hinunter. Er rückte die Felljacke zurecht und überlegte, ob er sie nicht ausziehen sollte.

Kaspar ritt auf die Lichtung. Als er die schwüle Luft einatmete, rann ihm der Schweiß von der Stirn. Verdammte Hitze. Wo kam sie nur so plötzlich her? Kaspar schaute zum Himmel, wo gerade eine graue Wolke kurz die Sonne verdeckte. Er blickte zur Eiche mit ihrem gewaltigen Stamm. Wie konnte er nur so unvorsichtig sein? Auf dieser Lichtung war er völlig ungedeckt. Eine perfekte Beute für einen Jäger, ging es ihm durch den Kopf.

Ein tierisches Brüllen durchbohrte die Stille und ließ Kaspar im Sattel zusammenfahren. Schnell legte er die Hand auf den Schwertgriff. Andere Geräusche drangen aus dem Wald zu ihm vor: Irgendwo rechts hörte er Vögel zwitschern, in der Ferne heulte ein Tier, und von links drang ihm wieder das tierische Brüllen entgegen.

Vorsichtig ritt Kaspar zur Eiche und stieg ab. Eigentlich wollte er so schnell wie möglich wieder in den Wald reiten, aber hier mitten auf der Lichtung hatte er einen guten Überblick.

Als Kaspar den Kopf nach rechts drehte, bemerkte er ein Glitzern auf dem Boden, das etwa fünfzig Meter von ihm entfernt lag. Er kratzte sich an der rechten Wange. Sollte er hingehen und nachsehen, wodurch das Glitzern verursacht wurde?

»Was denkst du? Kannst du mir nicht einen Ratschlag geben?«, sprach Kaspar den goldenen Hengst an, der still und geduldig an seiner Seite stand.

»Ich denke, ich sollte herausfinden, wodurch das Glitzern verursacht wird«, sprach sich Kaspar Mut zu. »Du bleibst hier stehen«, sprach er zu dem Hengst.

Als er losging, hatte er das Gefühl, als würde Glas unter seinen Schuhen knirschen. Er blickte zum Boden, dort war aber nur Gras. Kaspar ging weiter auf die glitzernde Fläche zu und blieb kurz vor ihr stehen. Der Gestank, der vom Wind zu ihm getragen wurde, traf ihn wie ein Hammerschlag. Der faulige Geruch war eine Mischung aus Schimmel und Tierkot. Der goldene Hengst wieherte und bäumte sich auf. Es war der Geruch eines Wildtieres, schoss es ihm durch den Kopf, der Geruch des Bösen und des Todes.

Kaspar zog sein Schwert und trat einen Schritt zurück und sah, wie eine behaarte Bestie hinter einem Baum hervorsprang und ihm ein Brüllen entgegenschleuderte, das so gewaltig war, dass er vor Schreck wie gelähmt dastand. Die Bestie stand am Rand der Lichtung und machte sich zum Spurt bereit. Sie war so groß wie ein ausgewachsener Tiger. Ihre langen Reißzähne glitzerten in der Sonne.

Kaspar löste sich aus der Starre und stolperte rückwärts der Eiche entgegen, wo der goldene Hengst auf ihn wartete. Er wandte sich dem Hengst zu und lief. Die Bestie setzte ihm nach. Obwohl sie noch weit von ihm entfernt war, stachen ihre Ausdünstungen ihm in die Nase wie Säure. Kaspar war zu ihrer Beute geworden. Er umklammerte sein Schwert fest und spürte, wie seine Muskeln sich spannten. Weglaufen war keine Lösung. Die Bestie würde ihn einholen. Auch wenn es ihm gelingen sollte mit dem Hengst zu fliehen, sie war schneller – schneller als sein Hengst, davon war er überzeugt. Er musste sich ihr stellen.

Kaspar blieb stehen und wandte sich der Bestie zu.

Verdammt.

Sie kam.

Der Hengst wieherte wild.

Die Bestie brüllte und stürmte auf Kaspar zu. Als die Bestie näher an ihn herangekommen war, erkannte Kaspar ein rotes Mal auf ihrer Stirn.

»Drawen«, flüsterte Kaspar hoffnungslos.

Ihm war klar, dass der Tod nur noch Sekunden von ihm entfernt war. Die Bestie diente dem Zauberer Drawen, das erkannte Kaspar an dem roten Mal auf der Stirn dieses Ungeheuers. Die Bestie machte einen Satz, und Kaspar hob sein Schwert. Er atmete heftig und wartete auf den Aufprall.

Während die Bestie auf ihn zusprang, veränderten sich ihre Vorderläufe in Arme und zeitgleich die Hinterläufe in Beine. Sie kam vor ihm auf den Händen auf und rollte sich über die Schulter ab, und plötzlich stand sie auf zwei Beinen vor ihm. Sie war doppelt so groß wie er und hatte kräftige Muskeln unter ihrem Fell. Die gewaltigen behaarten Hände schwangen ein breites Kampfbeil. Woher dieses so plötzlich gekommen war, war Kaspar ein Rätsel.

Als die Schneidfläche auf Kaspar niedersauste, duckte er sich schnell. Um Haaresbreite verfehlte sie seinen Kopf. Wieder hob die Bestie das Kampfbeil. Im letzten Augenblick verlagerte Kaspar das Gewicht und ließ sich zur Seite fallen. Das Beil hämmerte in den Boden und riss ein großes Loch.

Die Bestie drängte ihn zurück, auf die glitzernde Fläche zu. Kaspar blickte auf die messerscharfen Reißzähne in ihrem Gesicht. Die Bestie brüllte und schwang wieder das Kampfbeil. Kaspar wandte sich der glitzernden Fläche zu. Er schüttelte den Kopf und glaubte an eine Sinnestäuschung, als er das besorgte Gesicht von Balthasar dort wie in einem Spiegel sah, der ihm zurief: »Treib die Bestie hierher!«

Kaspar duckte sich wieder, als das Kampfbeil auf ihn zukam. Er wich nach rechts aus und lief davon. Der Zauberer hat gut reden, dachte Kaspar. Wie sollte er diese Kreatur auf die glitzernde Fläche treiben? Im Augenblick trieb sie ihn, ging es Kaspar durch den Kopf.

Kaspar lief im Zickzack davon. Die Bestie folgte ihm beharrlich. Kaspar hörte den Hengst schnauben, dann vernahm er galoppierende Hufe und schließlich ein lautes Wiehern dicht hinter ihm. Er wandte sich um und sah, wie sich die Sonnenstrahlen in der Schneidfläche des Kampfbeils spiegelten, das die Bestie mit beiden Händen über ihrem Kopf hielt.

Kaspar stolperte und fiel zu Boden.

Die Bestie brüllte und schlug zu.

Der goldene Hengst bäumte sich auf, und die Vorderhufe trafen die Bestie in den Rücken. Sie verlor den Halt und fiel zu Boden. Noch während sie sich von dem schweren Tritt erholte, sprang Kaspar auf den Sattel und galoppierte davon. Die Bestie rappelte sich auf und folgte ihrer Beute rasend schnell auf zwei Beinen.

Kaspar lenkte den Hengst auf die glitzernde Fläche zu. War der Hengst schnell genug? Der Abstand zwischen ihm und der Bestie verringerte sich rasant. Noch ein paar Meter, und sie hatten ihr Ziel erreicht. Kaspar spornte den Hengst an, der kurz vor der glitzernden Fläche zum Sprung ansetzte. Mit einem gewaltigen Satz flog der Hengst über sie hinweg und landetet sicher an ihrem anderen Ende.

Die Kreatur brüllte vor Schmerzen auf, als sie die glitzernde Fläche betrat. Sie blieb unverhofft stehen. Ob der Schmerz zu groß war und sie deswegen nicht weiterlaufen konnte oder ob Balthasars Magie sie gefangen hielt, wusste Kaspar nicht. Es war ihm auch egal. Hauptsache er war außer Gefahr.

Das Glitzern verwandelte sich in eine spiegelglatte Fläche. Wieder brüllte die Kreatur und kippte nach vorn. Das Kampfbeil fiel ihr aus der Hand und durchschlug den Boden, als wäre er aus Glas. Risse breiteten sich in alle Richtungen aus, bis der Boden gänzlich splitterte. Die Stücke rieselten, wie Schneeflocken die vom Himmel fielen, in eine dunkle, tiefe Leere. Mit ihnen fiel auch die Bestie in die Dunkelheit hinein. Sekunden später war der Spuk vorbei, und Kaspar blickte auf eine Wiesenfläche.

»Danke, Balthasar«, flüsterte Kaspar, dann streichelte er dem Hengst über die goldene Mähne. »Ich danke auch dir, mein goldener Freund«, sagte er.

Warum hatte die Bestie ihn nicht angesprungen? Sie hätte ihn mit Leichtigkeit zerfleischen können, anstatt ihn mit einem Kampfbeil zu jagen. Vermutlich wollte sie ihren Spaß mit ihm haben, bevor sie ihn tötete. Das war ein schwerer Fehler, den sie jetzt nicht mehr Rückgängig machen konnte. Zum Glück.

Kaspar ritt an der alten Eiche vorbei, auf einen schmalen Pfad zu, der in den Wald hineinführte. Er setzte die Suche nach Ednu fort.

***

Warum war es auf der Lichtung bloß so warm gewesen? Es war wie an einem heißen Sommertag. Lag es vielleicht an Balthasars Zauber oder war der Diener von Drawen dafür verantwortlich?, zerbrach sich Kaspar den Kopf. Auf jeden Fall ließ die Hitze im Wald wieder nach.

Der Kampf mit dieser Bestie ließ in Kaspar wieder die Erinnerung an den Kampf mit den dämonischen Hexen aufkommen, die sich mit ihren Zwergdrachen auf ihn und seine Freunde gestürzt hatten. Manchmal wachte er Nachts hustend auf, weil er im Traum von den Hexen verfolgt wurde und die Zwergdrachen ihr Drachenfeuer auf ihn losließen. In diesem Traum ritt er auf einem Pferd schnell vor ihnen davon und konnte die Hitze auf seiner Haut spüren, wenn das Drachenfeuer ihn knapp verfehlte. Kaspar hatte sich bis dahin noch nie Gedanken über den Tod gemacht. Warum sollte er auch? Er war ja noch viel zu jung dafür. Hatten auch seine Freunde nach diesem unbarmherzigen Abenteuer Alpträume? Er hatte sich bis heute nicht gewagt, sie danach zu fragen.

War es überhaupt möglich, dass er diese Geisterwesen bekehren konnte, oder würden sie ihn bei der ersten Begegnung sofort töten? Balthasar hatte Respekt vor diesen Wesen, und das sicherlich aus gutem Grund, ging es Kaspar durch den Kopf.

Kaspar kam an einer Weggabelung an. Welchen der beiden Wege sollte er nehmen? Wäre Balthasar doch nur hier. Er wüsste bestimmt einen Rat.

Kaspar entschied sich für den rechten Weg. Nach etwa gefühlten zehn Minuten wurde der Weg schmaler. Tief herunterhängende Äste berührten manchmal sein Haupt. Alle möglichen Geräusche drangen an seine Ohren – Vogelgezwitscher; Knacken von Ästen; Laufgeräusche, die vermutlich von einem aufgescheuchten Tier stammten; ein durchdringendes Heulen wie von einem Wolf und Stimmen.

Stimmen?, hallte es in seinem Kopf. Woher kamen sie? Waren es die Geisterwesen, die sich irgendwo hier versteckt hielten, um ihm aufzulauern?

Kaspar fuhr herum, als ein lautes Knacken hinter ihm zu hören war. Sein Herz klopfte schnell, sein Puls raste. Vermutlich ein Tier, ging es ihm durch den Kopf. Dann flog etwas auf ihn zu und krächzte laut: »Guten Tag, der Herr. Rarara!« Kaspar atmete erleichtert auf und sah einem bunten Papagei hinterher, der vor ihm den Weg entlang flog. »Rarara! Folge mir, mein junger Freund«, krächzte der Vogel.

Kaspar stutzte. Sollte er das wirklich tun? Was konnte schon großartiges geschehen, wenn er dem Vogel folgen sollte? Er ritt langsam weiter. Eine andere Möglichkeit hatte er ja auch nicht. Der Wald war an dieser Stelle zu dicht, um nach rechts oder links mit dem Pferd auszuweichen. Also blieb ihm nur die Möglichkeit dem Papagei zu folgen oder umzukehren. Etwas später verzweigte sich der Weg einige Male. Er folgte dem Papagei.

Der Wald wurde lichter, und schon bald konnte er wieder die Sonne sehen, die schon sehr tief stand. Es musste schon spät am Nachmittag sein. Es war angenehm warm, nicht so heiß wie auf der kleinen Lichtung und nicht so kalt wie dort wo Numba gelandet war. Es war wie an einem schönen Frühlingstag, an dem seine Mutter ihn oft zum Einkaufen mitnahm und sie anschließend in den Park gingen und bei einem bunten Eiswagen ein Eis kauften.

Kaspar sah in der Ferne Grashalme und den Umriss des Papageis vor dem strahlend blauen Himmel. Der Papagei krächzte laut und verschwand. Kaspar hielt den Hengst an. Irgendetwas stimmte hier ganz und gar nicht. Er setzte den Weg langsam fort, ritt aus dem lichten Wald hinaus auf eine große Lichtung, die mit einer saftig grünen Wiese überzogen war. Ein Bach lief quer über sie hinweg, den Kaspar an einer seichten Stelle überquerte. Er sah eine Ansammlung von Felsen, hörte das Summen von Insekten und das Knirschen von Steinen unter dem Tritt seines Hengstes. Er hielt an und wandte sich kurz dem Bach zu. Das Sonnenlicht glitzerte auf dem Wasser, das teils über moosbewachsene Steine floss. Ein Summen ließ ihn nach vorne schauen. Er sah funkelnde Lichter bei der Felsansammlung, die wirr darüber hinwegflogen. Als er sich ihnen langsam näherte, glaubte er seinen Augen nicht zu trauen.

»Träume ich?«, flüsterte Kaspar. »Das gibt's doch nicht«, sagte er laut.

Vor ihm erhob sich eine schleierartige, durchsichtige Wand. Es war so, als würde er durch ein Fenster in eine andere Welt blicken. In der Ferne konnte er schemenhaft die Umrisse einer weißen Stadt erkennen.

Als er daran dachte, dass er nicht auf der Erde sondern in der Anderen-Welt war, nickte er, und seine Worte waren nur ein leiser Hauch: »Das muss Ednu sein.«

Kaspar schloss die Augen, um sich zu sammeln, und als er sie wieder öffnete, sagte er: »Sie ist noch da. Es ist also keine Sinnestäuschung.«

Der Papagei ist also durch diesen Schleier geflogen und verschwunden, vermutete Kaspar. Er hielt Ausschau nach dem Vogel. Aber weder den Papagei noch irgendeinen Bewohner bekam er zu sehen. Auf dem Boden schimmerte Etwas, und als er genauer hinblickte, sah er die knochigen Überreste eines Vogels.

Der Papagei, vermutete Kaspar. Also, konnte er nicht einfach durch den Schleier reiten, wollte er nicht ebenso enden wie der arme Vogel. Einen Haken musste die Sachen ja haben, dachte er, sonst wäre es ja auch zu einfach gewesen.

Er musste den Schleier passieren. Aber ohne einen Schutz wäre es Selbstmord. Wie konnte er den dichten Schleier unversehrt überwinden?

Etwas wurde warm auf seiner Brust, und als er die Jacke öffnete und mit den Fingerspitzen über das Wollhemd fuhr, bemerkte er, dass es das Medaillon war, das er an einem Lederband um den Hals trug. Er zog das Medaillon am Lederband hervor und betrachtete das königliche Wappen, das dort zu sehen war und so stark glühte, dass Kaspar glaubte, das Medaillon müsste jeden Augenblick schmelzen. Als er es in die Hand nahm, wunderte er sich, dass es sich kühl anfühlte.

Ein kaum hörbares Flüstern lenkte seinen Blick auf die andere Seite des Schleiers. Als er die Gestalt sah, die hinter dem Schleier stand und seinen Namen rief, hatte er das Gefühl, dass sein Herz einen Schlag aussetzen würde. Die Gestalt winkte ihn mit der Hand zu sich heran.

Was wollte sie von ihm? War es eine Falle?

»Du trägst den Schlüssel bei dir«, flüsterte die Gestalt ihm zu, bevor sie ihm den Rücken kehrte und in Richtung Ednu verschwand.

War etwa das glühende Medaillon in seiner Hand der Schlüssel, von dem die Gestalt gesprochen hatte?

Vorsichtig ritt Kaspar dicht an den Schleier heran und zuckte entsetzt zurück. Ein Schatten wanderte über den Schleier. Dann ließ er das Medaillon los, so dass es über dem Wollhemd hing, die Felljacke ließ er offen.

Kaspar hielt den Atem an. Sein Herz raste, als er durch den Schleier ritt.

Ein brennender Schmerz legte sich über seinen Körper.

Er war blind.

Der Hengst wieherte mehrmals.

Kaspar bereute seinen Entschluss, und das Bild des Papageis stand ihm vor Augen – ein Vogelskelett, das auf dem Boden lag und langsam zu Staub verfiel.

Kaspar schloss die Augen und wartete auf den Tod. Doch als er sie wieder öffnete, hatte er den Schleier unversehrt passiert, und sein Blick fiel auf die weiße Stadt in der Ferne – er hatte Ednu gefunden.

Wie von Geisterhand erweckt, erwachte die Umgebung zum

Leben. Kaspar blickte empor, als er ein Krächzen vernahm: »Du hast den Eingang gefunden.« Der bunte Papagei, der ihn das letzte Stück seines Weges begleitet hatte, flog quicklebendig an ihm vorbei. Kaspar lächelte zufrieden.

Die Stadt war umgeben von weiten Feldern und Weiden auf dem Springbockherden gehalten wurden. Ein angenehm warmer Wind wehte ihm entgegen. Als er seinen Weg fortsetzte, zog er die Felljacke aus und legte sie vor sich auf den Sattel. Rechts befand sich ein kleines Wäldchen. Er kam an Bauernhöfen vorbei und wurde freundlich gegrüßt. Hier waren nirgends Geisterwesen zu sehen. Alle, die ihm begegneten, sahen so lebendig aus wie er.

Hatten vielleicht die Bewohner der weißen Stadt die Existenz der Geisterwesen vorgetäuscht, um Fremde von hier fernzuhalten?

Kaspar erinnerte sich an seine Traumreise, wo er dem Zauberer Acaton begegnet war. Vielleicht hatte Acaton die Siedler ja gar nicht mit seinem Schattenzauber vernichtet – vielleicht hatte sich Acaton in dieser Hinsicht geirrt. Und Balthasar kannte die Geschichte der Siedler ja nur aus alten Überlieferungen – er wusste es ja nicht anders. Alle hatten sich geirrt. Wohin Kaspar auch schaute, erblickte er gelbgrüne Weizenfelder und sattgrüne Weiden, und die Obstbäume trugen schon die ersten Früchte.

Kaspar ritt mit dem goldenen Hengst zielstrebig auf Ednu zu.

Das Bündnis

Kaspar erreichte den Stadtrand von Ednu. In der Nähe musste ein Gotteshaus sein, denn eine Glocke erklang. Ihr Schlag war langsam und setzte plötzlich aus. Als er an der nächsten Weggabelung nach rechts abbog, füllte sich die Straße mit Leben. Nirgendwo auf seinem Weg durch die weiße Stadt begegnete ihm ein Geisterwesen. Irgendwo erklang ein Horn, und er hörte in der Ferne eine weitere Glocke fünfmal läuten.

Zwei Reiter preschten aus einer Seitenstraße heraus, direkt auf ihn zu. Er befürchtete schon, dass sie ihn aufhalten wollten, doch sie ritten dicht an ihm vorbei. Wieder erschallte das Horn. War es vielleicht ein Alarm? Aber niemand schien wegen des Horns oder dem Glockengeläut beunruhigt zu sein, also ritt er in Ruhe weiter und kam an einem kleinen Markt vorbei.

»Seid gegrüßt, Fremder«, sprach ihn ein alter Mann mit grauem Bart an.

Er reichte ihm freundlich einen Apfel. Woher wusste der Mann, dass er ein Fremder war? Kaspar kratzte sich verlegen am Kopf. Sehr wahrscheinlich hatte der goldene Hengst seine Aufmerksamkeit erweckt, ging es ihm durch den Kopf. Kaspar nahm dankend den Apfel entgegen.

»Ein schönes Pferd«, bewunderte der Mann Kaspars Hengst, »und es hat ein prächtiges, schwarzes Fell.«

Wieso schwarz? Sah der Mann denn nicht, dass der Hengst goldfarben war? Kaspar sah, wie der Mann über das Fell strich, und hörte, wie er wieder die wunderbare Farbe lobte. Für ihn war der Hengst wirklich schwarz. Das war gut so, denn mit einem goldenen Hengst wäre er sofort aufgefallen. Kaspar vermutete, dass auch die anderen Bewohner den Hengst so wahrnahmen, wie der alte Mann es tat.

»Wo finde ich den König?«, fragte Kaspar den Mann.

»Den König?«, fragte er verwirrt und trat einen Schritt zurück. Seine Stimme klang nun nicht mehr so freundlich wie vorhin.

»Den König von Ednu«, stotterte Kaspar.

Der alte Mann lächelte wieder.

»Einen König haben wir nicht«, sagte er freundlich, »aber einen Wortführer gibt es schon«, erklärte der Mann. »Ihr findet ihn in dem Herrenhaus am anderen Ende der Stadt. Ihr könnt es nicht verfehlen, es liegt auf einer kleinen Anhöhe.«

»Ich danke Euch«, verneigte sich Kaspar kurz.

Der alte Mann verabschiedete sich mit einem Nicken und verschwand auf dem Markt. Kaspar biss in den Apfel und folgte dem Hauptweg, dabei atmete er tief die Luft ein und genoss den Duft, den sie verströmte. Aus offenen Fenstern roch es nach Fleischgerichten mit verschiedensten Gewürzen. Er kam an einem Sattelmacher vorbei und vernahm den unverwechselbaren Geruch frischen Leders. Nahe einer Schmiede stieg ihm der Geruch von glimmenden Kohlen in die Nase, in denen Eisen erhitzt wurde. Rechts spielte eine Gruppe Kinder Fangen.

»Wer bist du?«, sprach ihn ein Jungen an, der etwa in seinem Alter zu sein schien.

»Mein Name ist Kaspar«, stellte er sich vor.

»Ich bin Shadi«, sagte der Junge.

Kaspar zügelte den Hengst und stieg ab. Er musterte Shadi kurz, der eine helle Wollhose und ein dunkelbraunes Wollhemd trug und so groß war wie er. Die Sandalen des Jungen waren rissig. Einen langen Fußmarsch hätte er mit ihnen nicht mehr bewältigen können.

»Ich habe dich hier noch nie gesehen«, sprach Shadi ihn neugierig an, während er sich eine braune Strähne aus der Stirn strich. Die vollen Haare fielen ihm bis auf die Schulter.

»Ich bin nicht von hier. Ich bin gekommen, um mit eurem Wortführer zu reden«, sagte Kaspar.

»Kommt Ihr etwa vom König?«, platze es aus Shadi heraus, und seine kastanienbraunen Augen musterten Kaspar scharf. Dabei schlug Shadis freundlicher Gesichtsausdruck in eine ernste Miene um.

Kaspar schüttelte den Kopf.

»Nein«, sagte Kaspar, »mich hat kein König zu euch geschickt.«

»Dann bist du hier Willkommen«, sagte Shadi, und in seinem schmalen Gesicht zeichnete sich wieder ein Lächeln ab.

Kaspar nahm die Zügel in die rechte Hand und ging voraus. Der Hengst folgte ihm, und Shadi ging an seiner linken Seite.

»Eine schöne Stadt«, fing Kaspar an, »es wirkt alles so friedlich.«

Shadi nickte. Der Junge fragte Kaspar Löcher in den Bauch. Er wollte wissen, woher Kaspar kam. Warum er mit dem Wortführer von Ednu reden wollte, und vieles mehr. Kaspar antwortete geduldig und spürte, dass seine Kehle von Satz zu Satz immer trockener wurde. Der Durst wurde unerträglich. Warum hatte er nicht daran gedacht, etwas Wasser mitzunehmen? Rechts an der Straße trommelten drei Musiker rhythmische Klänge. Kaspar blieb stehen. Wäre Niko mitgekommen, hätte er bestimmt wieder etwas zu lästern gehabt.

»Magst du die Musik?«, wollte Shadi wissen.

»Ja.«

»Heute Abend spielt die Band Furunkel auf dem Stadtplatz«, sagte Shadi. »Wir könnten ja zusammen hingehen«, schlug er vor.

An diesem Bandnamen hätte Niko garantiert Freude gehabt, und er hätte mit Sicherheit solange über ihn gelästert, bis Juana ausgeflippt wäre. Kaspar wusste noch nicht, ob er heute Abend überhaupt noch hier war, dennoch sagte er: »Würde ich gerne tun.«

Kaspar ging weiter, und Shadi folgte ihm.

»Wo bekomme ich hier etwas zu trinken, Shadi?«

»Dort ist ein Wirtshaus, und da hinten ist ein kleiner Laden.«

Das war ja alles schön und gut, aber er hatte kein passendes Zahlungsmittel. Kaspar stutze. Er trug einen Beutel voller Goldmünzen an seinem Gürtel. Eine Münze könnte er für einen Lederbeutel voll Wasser opfern. Doch er überlegte es sich anderes und sagt: »Vielleicht später.«

»Wenn du nur Wasser trinken willst, dafür gibt es Quellen in der Stadt. Ich kann dich zu einer hinführen«, schlug Shadi vor.

»Gerne«, nickte Kaspar freudig, so bekam er noch etwas mehr von Ednu zu sehen.

Während sie sich gemeinsam auf den Weg machten, dachte Kaspar, dass er nicht zu lange fortbleiben sollte, denn sonst würden sich Balthasar und seine Freunde bestimmt Sorgen um ihn machen. Stirnrunzelnd riss er sich aus den Gedanken und bemerkte, dass sie an einem Steinbrunnen angekommen waren, über dem an einer Winde ein Holzeimer an einem Seil hing.

»Hier kannst du deinen Durst löschen«, grinste Shadi ihn an.

Kaspar ließ die Zügel los und marschierte schnurstracks auf den Brunnen zu. Er wollte schon nach der Kurbel greifen, um den Eimer hinabzulassen, als Shadi rief: »Auf der Rückseite befindet sich ein Wasserhahn.«

Kaspar ging um den Brunnen herum, und tatsächlich befand sich an der Brunnenmauer ein Wasserhahn aus Holz.

»Den Eimer benutzen nur wenige. Die meisten füllen ihren Wasserbeutel auf«, sprach Shadi ihn von der Seite an.

»Das ist praktisch«, sagte Kaspar und ging in die Hocke.

Vorsichtig drehte er den Hahn auf und ließ etwas Wasser in die Handflächen laufen, das er hastig trank. Eine Frau kam vorbei und grüßte freundlich. Kaspar grüßte zurück und nahm noch zwei Schlucke Wasser zu sich.

»Das hat gutgetan«, sagte Kaspar, als er sich wieder erhoben hatte.

Shadi lächelte ihn an. Gemeinsam setzten sie den Weg fort. Zwei Männer standen in der Tür des Wirtshauses und starrten auf die Straße. Kaspar bemerkte die neugierigen Blicke der beiden Männer, als er mit Shadi an ihnen vorüberging.

»Hallo, Shadi«, grüßte der Mann mit den auffällig breiten Schultern.

Shadi grüßte zurück.

»Hast du einen neuen Freund gefunden?«, wollte der andere Mann von Shadi wissen.

»Ja, ich habe ihn eben kennengelernt«, antwortete Shadi zufrieden.

Das Wirtshaus war ein lang gestrecktes Gebäude mit schneeweißen Bretterwänden und hatte eine Dachbedeckung aus Stroh. Auf einem Balkon im obersten Stock stand ein Mann mit Pfeife und blickte auf die Straße zu Kaspar und Shadi.

»Hallo, Shadi«, grüßte auch der Mann mit Pfeife.

Shadi grüßte zurück.

»Du kennst hier aber viele Leute«, bemerkte Kaspar.

»Ja«, sagte Shadi nur.

»Möchtest du mit deinem Freund eine Limonade trinken?«, fragte der breitschultrige Mann. »Ich lade euch ein«, sagte er.

Kaspar nickte zustimmend Shadi zu, der ihn fragend ansah.

»Wir kommen«, rief Shadi fröhlich.

Kaspar und Shadi betraten das Wirtshaus. Der breitschultrige Mann folgte ihnen und rief dem Wirt die Bestellung zu. Nachdem er Shadi und Kaspar noch einen guten Aufenthalt in dem Wirtshaus gewünscht hatte, trat er wieder nach draußen. Drinnen sah es sehr gepflegt aus – Kaspar hatte da schon andere Wirtshäuser in der Anderen-Welt kennengelernt, die sich an diesem hier ein Beispiel hätten nehmen können. Kaspar hatte damit gerechnet hier einen Haufen versoffener Männer vorzufinden, jedoch war das Gegenteil der Fall. Kaspar und Shadi gingen zur Theke, wo der Wirt gerade zwei große Krüge mit gelber Limonade aus einem Fass befüllte. Hatten Wirte eigentlich immer dicke Bäuche?, ging es Kaspar durch den Kopf, als er den Wirt kurz beobachtete. Kaspar sah Männer und Frauen an Tischen sitzen, die sich die Zeit mit irgendeinem Kartenspiel oder Würfelspiel vertrieben und – Kaspar wunderte sich – Limonade oder Tee tranken. Natürlich stiegen Kaspar auch die Gerüche stark riechender Schnäpse und herber Biere in die Nase, sowie wohlriechende Düfte von gebratenem Fleisch mit süßen Gewürzen. Auf der Theke standen unter einer Glasabdeckung verschiedene Kuchen.

»Da sind wir ja gerade zur richtigen Zeit hier vorbeigekommen«, sagte Shadi an Kaspar gewandt, als sie an der Theke standen und auf die Limonade warteten.

Kaspar sah Shadi schweigend an.

»Wir haben späten Nachmittag und da ist gerade Teezeit«, erklärte Shadi. »Wo willst du eigentlich übernachten?«, fragte Shadi ihn.

Kaspar überlegte. Was hatte er sich nur gedacht? Natürlich konnte er bis zum Abend nicht mehr zu Balthasar und seinen Freunden zurückkehren. Sie waren zwar früh am Morgen von Feuerland aufgebrochen, aber Stunden mit dem Drachen unterwegs gewesen. Erst dann hatte er sich alleine mit dem Hengst aufgemacht. Er hatte gegen eine Bestie gekämpft und war einem Papagei hierher gefolgt.

»Ehrlich gesagt, habe ich mir darüber noch keine Gedanken gemacht«, antwortete Kaspar.

»Du kannst bei mir Übernachten«, kam es prompt aus Shadi heraus.

Kaspar lächele und sagte: »Danke, Shadi, für das Angebot, aber deine Eltern müssen da erst einmal zustimmen.«

Shadi winkte ab und nahm vom Wirt den Krug Limonade entgegen.

»Die freuen sich immer über einen Besuch«, sagte Shadi.

»Okay«, sagte Kaspar, »wenn das so ist, nehme ich das Angebot natürlich gerne an.«

Der Wirt stellte den Krug Limonade vor Kaspar auf die Theke.

»Danke«, sagte Kaspar an den Wirt gewandt.

»Habt ihr sonst noch einen Wunsch?«, fragte der Wirt und sah, wie Shadi auf den Kuchen schielte.

»Nein, danke«, antwortete Kaspar.

»Nein«, sagte auch Shadi.

Der Wirt lächelte Shadi zu.

»Einen Kuchen magst du doch bestimmt essen?«, fragte er.

Shadi verzog die Lippen und schüttelte den Kopf. Der Wirt holte einen Teller hervor und stellte Shadi ein großes Stück Kuchen vor die Nase.

»Ich gebe euch ein Stück Kuchen aus«, sagte der Wirt. »Ihr seht mir nämlich verdammt hungrig aus«, ergänzte er.

»Möchtest du auch einen Nusskuchen haben wie dein Freund?«, fragte der Wirt an Kaspar gewandt.

Kaspar nickte.

»Vielen Dank«, sagte Kaspar, als der Wirt ihm den Teller brachte.

Shadi setzte sich auf einen freien Barhocker, und Kaspar rückte einen Barhocker neben den von Shadi. Als sie anfingen zu essen, erzählte Shadi etwas über sich. Kaspar erfuhr, dass Shadi tatsächlich in seinem Alter war und nicht weit von hier zur Schule ging. Heute hatte Shadi früher schulfrei, weil ein Lehrer krank geworden war. Shadi erzählte, dass sein Onkel eine Farm westlich der Stadt hatte, wo er Springböcke züchtete. Shadis Vater arbeitete im Stadtrat, und seine Mutter kümmerte sich um Haus, Hof und Kinder. Shadi hatte nämlich noch eine Schwester, die zwei Jahre jünger war als er und noch einen Bruder, der gerade vier Jahre geworden war. Sein Bruder pupste zwar nicht mehr in die Windeln, erzählte Shadi freudig, aber seine Mutter hatte trotzdem noch alle Hände voll mit ihm zu tun. Außerdem hatten sie noch einen großen Garten, wo seine Mutter Gemüse anpflanzte und Obstbäume standen, die zweimal im Jahr Früchte trugen und geerntet werden mussten.

»Der Kuchen war gut«, lobte Shadi, als der Wirt kam und die leeren Teller mitnahm.

»Sehr gut sogar«, schwärmte Kaspar dem Wirt vor. »Nochmals, vielen Dank.«

Der Wirt nickt Kaspar freudig zu und sagte: »Die Kuchen backt meine Frau.«

Kaspar freute es, dass er so viele nette Bewohner traf. Er spürte, dass Harmonie und Zusammenhalt unter der Bevölkerung herrschte.

»Die Zeit ist gekommen«, drang eine dunkle Stimme aus der hinteren rechten Ecke zur Theke hin, und die Gäste verstummten.

Kaspar hörte, wie eine Frau aufschrie und kurz darauf ein Glas zersplitterte. Kaspar wandte sich der Stimme zu, doch niemand war zu sehen.

»Wer war das?«, fragte Kaspar an Shadi gewandt.

Die Angst stand Shadi ins Gesicht geschrieben.

»Wir müssen gehen«, sagte Shadi.

»Wer war das, Shadi?«, wiederholte Kaspar die Frage.

Shadi schwieg.

Kaspar glaubte im Augenwinkel einen Schatten vorbeihuschen zu sehen. Blitzschnell sprang er vom Hocker, doch der Schatten war verschwunden.

»Danke für den Kuchen«, rief Shadi dem Wirt zu.

»Komm, Kaspar, wir sollten jetzt den Wortführer aufsuchen«, sagte Shadi ein wenig betrübt.

»Was ist hier los?«, wollte Kaspar wissen, doch Shadi verließ schweigend das Wirtshaus.

Kaspar schnappte sich die Zügel und folgte Shadi schnell.

»He, warte auf mich, Shadi!«, rief Kaspar.

Gemeinsam folgten sie der Straße.

»Warum sagst du mir nicht, was los ist?«

»Können wir nicht von etwas anderem reden?«

Shadis Blick wirkte traurig.

»Ja, wenn du unbedingt willst«, sagte Kaspar.

Shadi lächelte wieder leicht.

»Sag, wie ist es denn so, da draußen?«, fragte Shadi.

»Hast du die Stadt etwa noch nie verlassen?«, stutzte Kaspar.

»Nein, bin bis jetzt noch nicht dazu gekommen«, antwortete Shadi.

»Was willst du denn wissen?«

»Egal, erzähl mir etwas von der Welt da draußen.«

Zum Herrenhaus war es noch ein weiter Marsch. Sie hätten auch zusammen mit dem Hengst reiten können, aber Kaspar wollte lieber mit seinem neuen Freund zu Fuß gehen. Kaspar wusste ja noch nicht, wie lange er in Ednu bleiben würde. Vielleicht musste er hier gar nicht übernachten und würde nach dem Gespräch mit dem Wortführer aufbrechen. So konnte er mehr Zeit mit Shadi verbringen, und Shadi erfuhr von ihm so einiges über die Andere-Welt. Dass er eigentlich aus der Menschenwelt kam, verschwieg er seinem neuen Freund. Ein breiter, gepflasterter Weg schlängelte sich die Anhöhe hinauf und führte zu einem Eisentor. Dahinter führte der Weg geradewegs, durch einen kunstvoll angelegten Garten, auf das Herrenhaus zu.

Wie alle Wege, die man im Leben ging, hatte auch dieser Weg sein Ende gefunden. Das schneeweiße Herrenhaus war zwei Stockwerke hoch. Die schiefergraue Dachbedeckung war stellenweise mit Moos bewachsen. Kaspars Blick wanderte über die Fassade. Die Fensterrahmen waren in einem hellen grün gestrichen. Kaspar blickte zur weißen Eingangstür, zu der fünf Steinstufen führten, die von zwei schwarzen Steindrachen flankiert wurden, deren Flügel auf dem Rücken gefaltet waren. Kaspar war vorsichtig an die Drachen herangetreten und betrachtete sie gründlich.

»Sie wirken düster, findest du nicht auch, Shadi?«, fragte Kaspar über seine Schulter an Shadi gewandt.

»Ja, früher waren sie weiß und schön«, antwortete Shadi, »heute wirken sie düster und abstoßend«, nickte er.

Kaspar band die Zügel an einen Holzpfahl links neben dem Treppenanstieg fest und trat an den Fuß der Steintreppe.

»Ich warte dann hier auf dich«, sagte Shadi.

»Ist gut, dann bis nachher, Shadi.«

Kaspar hatte ein beklemmendes Gefühl, als er die erste Stufe betrat. Er blickte nochmals kurz zu einem der Steindrachen und betrat die zweite Stufe. Es wurde kühler je näher er der Eingangstür kam.

Kaspar überwand die dritte und vierte Stufe. Als er vor der Tür stand rieb er sich die Hände vor Kälte und suchte vergeblich nach einer Klingel, Glocke oder etwas ähnlichem, womit er sich bemerkbar machen konnte.

Kaspar wandte sich Shadi zu, der ihm aufmunternd zulächelte. Mit einem Knarren und Quietschen schwang die Eingangstür auf.

»Die müsste unbedingt mal geölt werden«, flüsterte Kaspar und starrte gespannt auf die geöffnete Tür, aus der ein Mann mittleren Alters trat, dessen Haut von der Sonne gebräunt war.

»Willkommen, junger Mann«, begrüßte er Kaspar. »Was führt dich hierher?«, fragte er.

»Ich suche den Wortführer«, antwortete Kaspar zurückhaltend.

Die dunkelbraunen Augen des Mannes musterten Kaspar neugierig.

»Was willst du von ihm?«

»Ich möchte mit ihm reden.«

»Und über was?«

»Über Ednu.«

»Ah«, sagte der Mann, »du möchtest also etwas über diese Stadt erfahren.«

»Ja«, nickte Kaspar. »Würden Sie bitte dem Wortführer sagen, dass ich ihn gerne sprechen möchte«, sagte Kaspar, im Glauben einen Diener des Hauses vor sich zu haben.

»Du sprichst bereits mit ihm«, schmunzelte der Mann.

Kaspar schwieg vor Verlegenheit.

»Ich würde dich ja gerne in das Haus hineinbitten, aber leider reicht die Zeit dafür nicht«, sagte der Wortführer und schaute zum Himmel. Die Sonne war fast untergegangen.

Warum sollte die Zeit nicht reichen?, wunderte sich Kaspar.

»Du bist anders als die, die ich kenne«, sagte der Wortführer und trat an Kaspar vorbei.

»Ähm, ach ja?«, stotterte Kaspar.

»Ja«, sagte der Wortführer und schritt die Steintreppe hinab.

Kaspar folgte ihm.

»Hallo, Shadi«, sagte der Wortführer, als er vor Shadi stehen blieb. »Hast du einen neuen Freund gefunden?«

»Ja«, nickte Shadi, »er ist wirklich nett, nicht so wie die anderen«, ergänzte er.

Welche anderen?, ging es Kaspar durch den Kopf.

Der Wortführer wandte sich Kaspar zu und fragte: »Ist das dein Pferd?«

»Ja«, nickte Kaspar.

»Es ist schön«, lobte der Wortführer. »So eine Farbe habe ich bei einem Pferd noch nicht gesehen.«

»Ähm«, stotterte Kaspar.

War der Wortführer etwa der Einzige, der sehen konnte, wie sein Hengst wirklich aussah? Kaspar kratzte sich verlegen am Kopf und wusste nicht, was er sagen sollte.

»Ich soll dir also etwas über Ednu erzählen«, sagte der Wortführer.

Obwohl Kaspar so viele Fragen auf der Zunge lagen, nickte er erwartungsvoll.

»Ednu war eine wundervolle Stadt, die aus dem Staub und den Steinen dieser Hochebene entstanden war. Sie erlangte den Glanz und die Schönheit einer Göttin. Überall in der Stadt waren Quellen, aus denen reinstes Wasser floss«, erzählte der Wortführer schwungvoll. »Früher wurde auf den Straßen und Märkten in Ednu eifriger Handel betrieben. Es gab Seide und Gold, Obst und Getreide, wohlriechende Essenzen und Gewürze – an nichts davon mangelte es in Ednu«, die Stimme des Wortführers verlor an Elan, eine gewisse Traurigkeit schwang in ihr mit. »Wir haben doch niemandem etwas Böses angetan. Wir waren ein friedliches Volk und neugierig auf alle Dinge, die wir nicht kannten.«

Der Wortführer legte eine kurze Pause ein.

Warum sprach er die ganze Zeit in der Vergangenheit?, ging es Kaspar durch den Kopf. Kaspar hatte die weiße Stadt doch genauso erlebt, wie es der Wortführer beschrieben hatte.

»Ich verstehe nicht ganz«, schüttelte Kaspar den Kopf.

»Wir waren voller Hoffnung in dieses neue Land gekommen und hatten hier glückliche Zeiten verlebt«, erzählte der Wortführer weiter, »doch der König hasste uns, weil wir anders waren als er«, die Stimme des Wortführer klang zornig. »Wir wollten hier in Frieden leben, doch die Finsternis fuhr auf Ednu nieder und überzog sie mit einem Schatten«, erklärte der Wortführer mit rauer, tiefer Stimme, und Kaspar bemerkte, dass die Haare auf dem Kopf des Wortführer sich von der Spitze her auflösten und wie Sandkörner zu Boden rieselten. »Der Schatten öffnete das Tor zum Totenreich, doch ...«

Kaspar hörte dem Wortführer nicht weiter zu, er wandte sich an Shadi und fragte schnell: »Was geschieht hier?« Und als Kaspar sah, dass sich auch die langen Haare von Shadi auflösten und wie Sandkörner zu Boden rieselten, schrie er: »**NEIN! SHADI! Bitte, lieber Gott mach, dass dies nur ein böser Traum ist. Bitte, bitte!**«

Doch nicht nur Shadis Haare zerfielen zu schwarzem Sand, auch Shadis Körper löste sich allmählich auf.

»Sei nicht traurig, Kaspar«, sagte Shadi mit einem gequälten Lächeln. »Du warst mir in der kurzen Zeit ein wirklich guter Freund.«

Kaspar standen die Tränen in den Augen, und es traf ihn wie ein Hammerschlag – er wusste nun, dass alle Geschichten, die man sich über Ednu erzählte, der Wahrheit entsprachen.

»Nein, Shadi«, wimmerte Kaspar und trat auf ihn zu. »Wie kann ich helfen?«

»Gegen den Schattenzauber bist du machtlos«, lächelte Shadi gequält und reichte ihm die Hand. Als Kaspar sie ergriff, zerfiel sie langsam zu Sand. Kaspar musste mitansehen, wie sein neuer Freund letztendlich ganz zerfiel. Als sich Kaspar dem Wortführer wieder zuwandte, war sein Körper schon halb zerfallen. Kaspar blickte in quälende, langgestreckte Gesichtszüge und fragte energisch: »Was kann ich tun?«

Bevor der Wortführer ihm antworten konnte, zerfiel sein

Kopf zu schwarzem Sand, und der Körper fiel in sich zusammen.

Kaspar schwang sich auf den Hengst und ritt im Galopp den gepflasterten Weg entlang, die Anhöhe hinunter, in die Stadt hinein. Ein riesiger Schatten legte sich über alles, wie ein Wesen, das er noch nie gesehen hatte; wie eine Kreatur der Finsternis fiel sie über die weiße Stadt her. Sie nistete sich nicht nur in der Bevölkerung sondern auch in Bäume und Häuser, in jedes Gestein und in jede Pflanze ein. Kaspar sah, wie sich der Schatten langsam wie ein großer Flügel eines mörderischen Dämons über die ganze Stadt legte. Als Kaspar am Marktplatz vorbeikam, zerfielen die Bewohner dort zu schwarzem Sand. Kaspar spürte, wie schnell sein Herz schlug, und er befürchtete, dass es jeden Moment aus seinem Brustkorb springen könnte.

Dann kam ihm ein schrecklicher Gedanke. Was wäre, wenn ihn der Schattenzauber auch befiel? Würde er dann genauso enden wie die Bevölkerung von Ednu?

Kaspar drehte sich mit dem Hengst um die eigene Achse. Scheinbar hatte niemand den Schattenzauber überlebt. Wie ein schwarzes Tuch hatte sich der Schatten über Häuser, Bäume und Felder gelegt. Der Glanz der weißen Stadt war restlos verschwunden, und ein kühler Wind wehte Kaspar entgegen.

Was sollte er jetzt machen? Sollte er zu seinen Freunden zurückkehren und Ednu verlassen? Nein! Er war schließlich hierhergekommen, um den Bewohnern zu helfen, ihnen die Erlösung zu bringen, und genau das wollte er jetzt tun.

Funkelnde Lichter tanzten über den Boden hinweg, und aus dem schwarzen Sand wuchsen Geisterwesen empor. Als die funkelnden Lichter verschwunden waren, wurde Kaspar von einer kleinen Gruppe Geisterwesen umzingelt. Unbehagen stieg in ihm auf. Was wollten sie von ihm? Rache?

Die Sekunden zogen sich endlos dahin. Kaspar versuchte seine Nervosität und Angst zu unterdrücken. Hinter der kleinen Gruppe tauchte ein Geisterwesen auf, das eine gewisse Ähnlichkeit mit dem Wortführer hatte. Kaspar ritt langsam auf dieses

Geisterwesen zu, die Gruppe teilte sich und ließ ihn ungehindert passieren.

»Es ist also doch wahr«, fing Kaspar an, seine Hände zitterten leicht, »ihr existiert wirklich.«

»Du hättest nicht hierher kommen sollen«, sagte der Wortführer.

»Ich will euch doch bloß helfen.«

»Ich weiß, Kaspar, du hast ein gutes Herz, aber trotzdem solltest du gehen.«

Kaspar schaute sich um. Hinter ihm versammelten sich immer mehr Geisterwesen, und einige von ihnen machten einen bedrohlichen Eindruck auf ihn. Kaspar wandte sich wieder dem Wortführer zu.

»Wenn du die Geschichten über uns kennst, weißt du ja sicherlich, was hier vorgefallen ist«, fing der Wortführer an, »und deshalb denke ich, dass es jetzt besser für dich wäre, wenn du gehen würdest, Kaspar«, betonte er scharf.

Für einen Moment wollte Kaspar den Rat des Wortführers befolgen. Plötzlich schwebte ein Geisterwesen neben ihm und tippte ihm auf die Schulter. Kaspar spürte die Berührung. Sie war kalt. Es war Shadi. Kaspar konnte seinen neuen Freund nicht diesem Schicksal überlassen. Er musste helfen, egal wie groß die Gefahr für ihn auch war.

»Shadi«, flüsterte Kaspar.

Shadi nickte und lächelte nur.

»Wenn ihr nicht meine Hilfe wollt«, wandte sich Kaspar den Geisterwesen zu, die hinter ihm waren, »meinen Freund werde ich auf jeden Fall aus diesem elenden Schicksal befreien.«

»Komm, folge mir, Kaspar«, sagte Shadi an seiner Seite. »Ich werde dich zu dem Schleier begleiten. Hier ist es zu gefährlich für dich.«

»Was soll denn das?«, sagte Kaspar und wandte sich wieder den Geisterwesen zu: »Ich will doch nur versuchen, euch von eurem Schicksal zu erlösen. Ich bin doch nicht euer Feind.«

Doch die steinharten Mienen der Geisterwesen verrieten

Kaspar, dass seine Worte an ihnen abprallten wie Geschosse an einem Granitfelsen.

»Kannst du nicht mit ihnen reden und sie zur Vernunft bringen, Shadi?«, fragte Kaspar.

Shadi schüttelte den Kopf.

»Folge mir, Kaspar, bitte«, sagte er, »bevor es zu spät ist.«

Kaspar wandte sich dem Wortführer zu.

»Wenn ich könnte, würde ich dir helfen, Kaspar«, sagte er.

Kaspars Nervosität und Angst vor diesen Wesen, schlug in Wut auf sie um. Als ein Geisterwesen von kräftiger Gestalt sich von der Gruppe löste und Kaspar streifte, überzogen kleine Eiskristalle Kaspars Kleidung und Haare. Als Shadi das Geisterwesen zurechtwies und auch der Wortführer ernst zu ihm sprach, zog sich das Geisterwesen wieder zur Gruppe zurück.

»Komm!«, sprach Shadi Kaspar an.

Kaspar nickte stumm und folgte Shadi. Die Geisterwesen ließen ihn und Shadi passieren.

»Was ist das für ein eigenartiger Brunnen?«, fragte Kaspar und lenkte den Hengst auf den kleinen, gepflasterten Platz.

»Wir sollten nicht zu lange hier bleiben«, ermahnte Shadi ihn eindringlich.

Kaspar nickte. Der eckige Brunnen hatte einen hölzernen Aufbau. Vier Stämme liefen von den Ecken aus spitz nach oben zusammen. Oben war eine kleine Plattform über der eine Schale schwebte. Einen Eimer, um das Wasser aus der Tiefe zu befördern, gab es nicht.

»Komisches Ding«, bemerkte Kaspar und stieg vom Hengst ab.

»Keine Ahnung wer ihn gebaut hat«, sagte Shadi.

Ein Stück hinter dem Brunnen befanden sich zwei große Säulen mit Symbolen verziert, die Shadi fremd waren. Shadi erzählte, dass hier der erste Gebetsplatz von Ednu errichtet worden war. Aus dieser Zeit stammen die beiden Säulen. Später hatte man eine richtige Kirche gebaut, die ein paar Gassen weiter stand. Kaspars Blick wanderte die Säule empor, dann wandte er sich wieder dem Brunnen zu.

»Wir sollten gehen«, ermahnte Shadi ihn.

»Nur noch einen Augenblick, Shadi.«

»Ich fürchte den haben wir nicht mehr«, sagte Shadi nachdrücklich und deutete hinter Kaspar.

Fünf Geisterwesen traten aus den Häusern, die auf der anderen Wegseite lagen.

»Mist«, fluchte Kaspar. »Irgendwo habe ich dieses Symbol schon einmal gesehen«, grübelte Kaspar und deutete auf den Brunnenrand, wo sich ein weißer Drachenkopf befand, unter dem ein geschwungenes A zu erkennen war.

»Komisch«, sagte Kaspar.

»Was ist komisch?«, fragte Shadi.

»Alles in dieser Stadt hat die Farbe geändert und ist schwarz geworden. Nur dieses Symbol nicht«, antwortete Kaspar.

»Tja. Eigenartig«, grübelte auch Shadi.

»Das muss eine Bedeutung haben«, war sich Kaspar sicher.

»Wir sollten gehen«, sagte Shadi eindringlich. »Sie kommen.«

Die fünf Geisterwesen kamen schnell. Das Geisterwesen mit den auffällig breiten Schultern, erweckte in Kaspar den Anschein, dass es nicht lange zögern, ihn packen und solange festhalten würde, bis er nur noch aus Eiskristallen bestand. Wäre Balthasar doch nur hier, wimmerte Kaspar im Stillen, er würde sicherlich eine Lösung finden. Kaspar stieg auf den Hengst und ritt davon. Shadi schwebte neben ihm her. Während Kaspar oft Blicke zurückwarf, um zu sehen, ob sie verfolgt wurden, sagte Shadi plötzlich: »Hier entlang!«

Nach einer Weile erreichten sie den Stadtrand, und der Weg führte auf das Land hinaus. Auch hier hatte sich jede Pflanze und jeder Gegenstand schwarz verfärbt. Abseits des Weges stand ein aus Steinen errichtetes Bauernhaus. Ein Geisterwesen schaute aus der Tür und blickte in ihre Richtung. Es schien zu Lebzeiten eine ältere Frau gewesen zu sein.

Was tat Kaspar hier nur? Er gab auf. Er war auf dem Weg, die Stadt zu verlassen, und somit überließ er die Geisterwesen einfach ihrem Schicksal.

»Nein«, sage Kaspar zu Shadi.

Shadi blickte ihn fragend an.

»Ich kann nicht einfach von hier verschwinden«, sagte Kaspar.

»Wenn du zurückgehst, werden sie dich töten«, redete Shadi auf ihn ein.

Kaspar war bewusst, dass er ein großes Risiko einging, wenn er in die Stadt zurückkehren würde. Die meisten Geisterwesen würden ihn erbarmungslos jagen. Er war in ihr Gebiet eingedrungen, und für die meisten Geisterwesen war er ein Feind. Warum das so war, konnte sich Kaspar nur dadurch erklären, dass sie unter dem alten König Schlimmes durchgemacht hatten und jeden Fremden als Feind ansahen.

Kaspar lenkte sein Pferd wild entschlossen in die Stadt zurück.

»Warte, Kaspar!«, rief Shadi. »Ich kenne da einen anderen Weg, der uns ungesehen in die Stadt bringt.«

Kaspar horchte.

Shadi erzählte, dass am Stadtrand eine geheimnisvolle Ruine stand. Er hatte schon mit seinen Freunden dort gespielt, als er noch kein Geisterwesen war. Seine Mutter hatte ihn ermahnt, da die Ruine baufällig war, dennoch gingen er und seine Freunde dorthin. Unter der Ruine gab es einen Keller, in dem sie hinter einer Wand einen Geheimgang entdeckten, der bis nach Ednu verlief und im eckigen Brunnen endete, deswegen war auch kein Wasser im Brunnen zu finden. Niemand, außer Shadi und seinen Freunden, wusste von diesem Gang. Wer ihn gebaut hatte und warum er existierte, konnte Shadi nicht erklären, aber das spielte für Kaspar keine Rolle. Er ließ sich von Shadi zur Ruine führen.

»Bist du denn in letzter Zeit auch mal dort gewesen?«, fragte Kaspar.

»Natürlich«, antwortete Shadi fröhlich. »Ich und meine Freunde schweben gerne durch den Geheimgang.« Shadi kicherte: »Wir spielen dann oft: Gespensterschreck.«

Kaspar lächelte.

»Warum willst du zum Brunnen zurück?«, fragte Shadi.

»Ich habe dort etwas entdeckt, dass ich näher untersuchen möchte«, zögerte Kaspar.

»Und was?«, fragte Shadi mit einer großen Portion Neugier in der Stimme.

»Also, das weiße Symbol auf dem Brunnenrand ... der Drachenkopf und das geschwungene A ...«, sagte Kaspar.

»Du machst es aber spannend«, fuhr Shadi ihm dazwischen.

»Ich weiß jetzt, wo ich die Zeichen schon mal gesehen habe«, fing Kaspar an. »Acaton hatte sie auf seinem Umhang getragen.«

»Acaton, der Zauberer«, fuhr Shadi ihn laut an.

Kaspar nickte schweigend.

Shadi wich zurück und sagte entsetzt: »Du kennst diesen Zauberer, der uns zu den Kreaturen gemacht hat, die wir heute sind.«

»Er ist mir in einem Traum begegnet, Shadi, mehr nicht«, erklärte Kaspar. »Er ist nicht mein Freund ...«, sagte er, »... aber auch nicht mein Feind.«

»Und ich dachte wir sind Freunde«, brummte Shadi ihn an.

»Das sind wir auch, Shadi«, sagte Kaspar mit Nachdruck, »lass mich dir von meinem Traum erzählen, während wir zur Ruine gehen.« Kaspar stieg von seinem Hengst und nahm die Zügel in die Hand. »Was ist, Shadi? Bist du nicht neugierig, was ich von Acaton geträumt habe?«

»Ja, natürlich«, sagte Shadi und trat an Kaspars Seite.

»Wirst du mich begleiten?«, fragte Kaspar zögernd.

»Ja, natürlich«, sagte Shadi wieder, und sie gingen gemeinsam zur Ruine. Kaspar erzählte Shadi von seinem Traum mit Acaton, und er erzählte ihm von Balthasar.

Als sie den Vorplatz der Ruine erreicht hatten, sagte Shadi: »Dann war Acaton ja eigentlich gar kein böser Zauberer. Falls die Geschichte stimmt, die du mir erzählt hast.«

»So habe ich es erlebt«, sagte Kaspar.

»Und dieser Balthasar ist dein Freund?«

Kaspar nickte.

»Er ist also auch ein guter Zauberer?«

Kaspar nickte wieder.

Sie standen vor einem länglichen Platz, der mit mächtigen Mauersteinen umgeben war, an denen der Zahn der Zeit ihre Spuren hinterlassen hatte. Zerfallene Säulen ragten rechts und links auf den Mauersteinen empor, die sehr wahrscheinlich irgendwann einmal ein Dach getragen hatten. Am Ende des Platzes lag eine Ruine, die einmal ein großes Wohnhaus oder ein Gebetshaus gewesen sein musste, vermutete Kaspar. Rechts neben dem Wohnhaus befand sich noch eine zerfallene Holztür, die in ein kleines Nebengebäude führte.

»Sieht ja ziemlich baufällig aus«, bemerkte Kaspar. »Bleib hier stehen«, wandte sich Kaspar dem Hengst zu und strich ihm über die Mähne.

»Willst du die ganze Ruine sehen?«, fragte Shadi voller Abenteuerlust.

»Vielleicht ein anderes Mal, Shadi. Ich würde gerne direkt in den Keller gehen und nach dem Geheimgang sehen«, sagte Kaspar, während er die Mauersteine hochkletterte und den Platz betrat. Shadi schwebte ihm hinterher.

Es wurde schon langsam dunkel. Kaspar überlegte, ob sie nicht in der Ruine übernachten sollten. Er brauchte im Gegensatz zu Shadi ein wenig Schlaf.

Shadi wurde nervös.

»Was hast du?«, fragte Kaspar.

»Ich glaube, da ist jemand im Haus«, sagte Shadi und deutete auf das zersplitterte Fenster neben der Tür.

Kaspar hoffte, dass sich Shadi geirrt hatte, dennoch wollte er vorsichtig sein, wenn sie das Haus betraten. Als Kaspar und Shadi auf das ehemalige Wohnhaus zugingen, trat ein männliches Geisterwesen mit langen Haaren aus der Tür heraus und kam auf sie zu, ihm folgte ein Geisterwesen mit einem dicken Bauch. Kurz darauf trat ein weiteres Geisterwesen aus der Tür heraus, das auffällig große Augen besaß.

»Sie haben uns entdeckt«, schrie Shadi entsetzt. »Schnell, Kaspar, flieh! Ich versuche sie aufzuhalten.«

Die zerfallene Holztür des Nebengebäudes flog mit einem lauten Knall aus den Angeln und schlug zu Boden. Zwei weitere, männliche Geisterwesen traten hinaus ins Freie. Kaspar wandte sich dem Hengst zu. Sollte er wirklich fliehen? Kaspar brach die Überlegung ab, denn der Hengst stand zu weit von ihm entfernt, vor der halbrunden Mauer am Ende des Platzes. Die Geisterwesen würden ihn schnappen, noch bevor er den Hengst erreichen könnte.

Als sich Kaspar wieder Shadi zuwandte, sah er, wie das Geisterwesen mit dem dicken Bauch und das mit den auffällig großen Augen Shadi festhielten. Das Geisterwesen mit den langen Haaren stürzte sich ebenfalls auf Shadi.

»Halt durch, Shadi!«, rief Kaspar und spurtete los.

Doch bevor er seinen Freund erreichen konnte, lösten sich Shadi und die drei Geisterwesen in einer dichten Nebelwolke auf.

Kaspar musste fliehen. Aber wohin sollte er? Er nahm kurz die beiden Geisterwesen ins Visier, die aus der zerfallenen Holztür getreten waren, dann rannte er zunächst auf sie zu und schwenkte dann um zum baufälligen Wohnhaus und stürmte hinein. Er warf einen Blick zurück durch die Tür und sah, dass die beiden Geisterwesen ihm folgten. Hier drinnen war nichts, dass er als Waffe hätte verwenden können. Welche Waffe war überhaupt wirksam gegen Geisterwesen?, schoss es ihm durch den Kopf. Er konnte nicht gegen sie kämpfen. Die Geisterwesen würden ihn fangen oder gnadenlos vernichten. Es gab keine Alternative, also musste er sich für eine der beiden geschlossen Türen entscheiden. Kaspar entschloss sich für die rechte Tür und fand sich in einer alten Küche wieder. Das erste Geisterwesen trat ins Haus und ließ einen fürchterlichen, grellen Schrei ab. Kaspar fuhr in sich zusammen und war vor Angst wie erstarrt. Vermutlich hatte das Geisterwesen genau das beabsichtigt.

Staub rieselte von der Decke herab auf Kaspars Kopf, und als er nach oben sah, brach der Holzboden unter seinen Füßen, und er fiel hinab. Er lag auf dem Rücken und blickte benommen durch das Loch über ihm und sah, wie das Dach einstürzte und hörte, wie das Haus in sich zusammenfiel. Ein Holzstück fiel durch das Loch und schlug neben seinen Kopf auf. Blitzschnell rollte er sich weg und stand auf. Trümmer schlugen kleine Löcher in den Holzoden, durch die ein wenig Licht in den Keller fiel. Kurze Zeit später war der Spuk vorbei. Die schöne Ruine, dachte Kaspar. Nun war sie endgültig zerstört. Hoffentlich ist seinem Pferd nichts geschehen.

Kaspar blieb ruhig stehen. Er lauschte, ob seine Verfolger zu ihm in den Keller kamen, doch er hörte nichts – eine nahezu unheilvolle Stille umgab ihn.

Sollte die Jagd auf ihn vorbei sein? Hielten seine Verfolger ihn für Tod? So schön es gewesen wäre, aber Kaspar glaubte irgendwie nicht daran. Nein, die Geisterwesen gaben sicherlich nicht auf. Sie wollten ihn haben.

Kaspar sah sich nach dem Geheimgang um, der irgendwo hier unten sein musste. Obwohl seine Augen sich an die Dunkelheit gewöhnt hatten, konnte er nicht fiel erkennen. Resigniert ließ er sich auf den Lehmboden nieder. Falls er den Geheimgang wirklich entdecken würde, wie sollte er in dieser Dunkelheit etwas sehen? Kaspar schüttelte den Kopf und ließ ihn auf die Knie sinken. Er schloss die Augen. Einen Traum wünschte er sich, in dem Balthasar erschien und ihm Ratschläge gab.

Er durfte jetzt nicht durchdrehen. Er musste Ruhe bewahren. Der Ausgang nach draußen war versperrt. Durch die Trümmer würde er nicht kommen. Also musste er den Geheimgang finden.

Kaspar öffnete die Augen und zwang seinen Kopf nach oben. Jetzt erst merkte er, dass sein Fuß schmerzte. Er drehte ihn leicht. Verstaucht schien er nicht zu sein. Auch sein Rücken hatte bei dem Sturz etwas abbekommen. Er spürte seitlich einen stechenden Schmerz.

Kaspar hätte vor Wut schreien können. Er war allein in dieses baufällige Haus gelaufen, und nun saß er in der Falle. Es war nur eine Frage der Zeit, bis die Geisterwesen im Keller auftauchen würden.

Wieder schloss Kaspar die Augen und schlief ein.

***

Wie lange er geschlafen hatte, konnte er nicht sagen – hatte er vielleicht die ganze Nacht hier schlafend verbracht?

»Wo ist er?«, hörte Kaspar plötzlich eine männliche Stimme, die durch die Schlitze und kleinen Löcher in der brüchigen Holzdecke drangen.

»Wir sollten die Trümmer beiseite schaffen«, sagte eine andere Stimme. »Wir müssen ihn finden.«

»Er hat bestimmt nicht überlebt.«

»Das werden wir sehen, wenn wir seine Leiche gefunden haben.«

Kaspar hörte es poltern und scheppern. Die Geisterwesen waren dabei, die Trümmer fortzuräumen.

Kaspar erhob sich und drehte sich langsam um die eigene Achse. Irgendwo musste doch der verflixte Geheimgang sein. Scheiße! Es war zu dunkel hier unten.

Staub und kleine Holzstücke fielen auf Kaspar herab. Die Geisterwesen waren dabei das verschüttete Loch freizulegen, durch das er gefallen war. Die ersten Lichtstrahlen fielen durch das Loch hinein. Kaspar wich einige Schritte zurück, um aus dem direkten Sichtfeld zu kommen. Und plötzlich sah er links von sich, im einfallenden Licht, einen finsteren Gang. Er rannte darauf zu und schnappte sich eine Laterne, die neben dem Gang auf dem Boden stand. Er stand ganz still, traute sich nicht, sich zu rühren, als er eine Stimme im Keller hörte.

Warum konnten die Geisterwesen nicht einfach durch die Decke oder Wände schweben?, ging es Kaspar durch den Kopf. Vielleicht lag ein Zauber über dieser Ruine, die das verhinderte.

»Hier unten ist niemand.«

»Hast du auch richtig nachgesehen?«

Einige Sekunden vergingen.

»Der Junge ist hier nicht.«

»Dann komm wieder nach oben! Wir suchen hier weiter.«

Kaspar atmete durch. »Das war verdammt knapp«, schnaufte er. Er hielt die Laterne in der rechten Hand nach oben. Was sollte er mit dem Ding anfangen? Er überlegte, ob er Streichhölzer oder ein Feuerzeug bei sich trug. Nein, nichts dergleichen. Nox würde die Laterne mit einem Feuerzauber anzünden. Diese Fähigkeit besaß er nicht. Trotzdem wollte er die Laterne mitnehmen. Noch zögerte Kaspar, ob er wirklich den finsteren Gang betreten sollte, wo man nicht einmal die berühmte Hand vor Augen sehen konnte. Wasser hatte sich an der Decke gebildet und fiel in dicken Tropfen nach unten.

Kaspar senkte die Laterne und entschied sich den Geheimgang zu nehmen. Er ging und schon bald hüllte ihn die Dunkelheit wie ein undurchsichtiges Tuch ein. Er spürte, wie Wassertropfen auf seinen Kopf fielen. Je tiefer er in den Gang hineinging, desto stickiger wurde die Luft. Mit der linken Hand tastete er sich an der Wand vorwärts, während in der rechten Hand die Laterne baumelte. Der Boden war uneben und das unvermeidbare geschah; er stolperte über eine Bodendelle und fiel auf die Knie. Die Laterne schlug auf den Boden. Als sich Kaspar erhob, spürte er, wie seine Kniee schmerzten.

Was war das? Es blitzte kurz in der Laterne auf.

Da, schon wieder ein Blitz, und plötzlich flackerte die Laterne und brachte Licht in den dunklen Gang.

Kaspar staunte, und als er sich die Laterne näher betrachtete, sah er kleine Leuchtkäfer hinter dem Laternenglas.

Eine Leuchtkäferlaterne, staunte Kaspar, so etwas hatte er noch nie gesehen. Sie gab nicht viel Licht ab, aber es reichte, um die Stolperfallen zu umgehen. Waren es jetzt ein oder zwei Stunden oder mehr, die er dem Gang folgte? Er hatte jegliches Gefühl für die Zeit verloren.

Etwas weiter vor ihm huschte etwas weg, das seine Größe hatte. Verdammt. Was war das? Ein Geisterwesen? Ein zischender Laut drang ihm aus der Dunkelheit entgegen. Ein Geisterwesen war das nicht. Aber was war es dann? Vorsichtig ging er weiter. Was immer es gewesen war, er hoffte, dass er nicht kämpfen musste.

Kaspar wechselte die Laterne in die linke Hand und legte die rechte Hand auf den Schwertgriff. Sollte es zu einem Kampf kommen, war er bereit dafür.

Kaspar wich zurück, so als ob ihm ein Gegner einen Schlag verpasst hätte; er schüttelte sich vor Ekel und wischte sich Spinnweben aus dem Gesicht. Mit der Leuchtkäferlaterne kontrollierte er seine Kleidung auf Spinnen. Zum Glück fand er keine. Er trat an dem Spinnennetz vorbei, das aus dünnen Fäden bestand. Dann konnte das große Etwas, das eben vor ihm weg gehuscht war, keine Spinne gewesen sein.

Als Kaspar weiterging, passte er auf, dass er nicht wieder in ein Spinnennetz lief. Ekelhaft. Er schüttelte sich abermals. Da huschte wieder etwas im Dunkeln vor ihm weg und zischte wie eine Schlange. Aber eine Schlange konnte es auch nicht sein, dafür waren die Bewegungen zu menschlich.

Mist! Warum konnte der Gang nicht endlich enden?

Kaspar blieb stehen. Etwa zehn Schritte vor ihm trat ein echsenartiges Monster, das auf zwei Beinen ging, aus einer Nische hervor. Er könnte fliehen, aber was hätte das genutzt? Er würde wieder im Keller des alten Wohnhauses landen und dort von den Geisterwesen gefangen genommen. Die Echse zischte und trat einen Schritt vor.

Kaspar würde kämpfen müssen und zog sein Schwert. Mit der Laterne in der linken und dem Schwert in der rechten Hand erwartete er seinen Gegner. Kaspar rätselte, ob die Echse von den Geisterwesen oder von Drawen geschickt wurde. Es könnte aber auch sein, dass sie alleine handelte. Ob sie sprechen konnte?

»Was willst du von mir?«, fragte Kaspar fordernd.

Doch die Echse schwieg und kam näher. Kaspars Schwertspitze zeigte auf seinen Gegner. Einfach wollte er es diesem Ding nicht machen. Sollte sie nur kommen. Er würde sein Leben mit allen Mitteln verteidigen.

Kaspar befand sich in Gedanken, als die Echse einen Satz machte und auf ihn zustürmte. Kaspar wich mit erhobenem Schwert zur Seite und schlug zu. Die Echse war so geschwind an ihm vorbei, dass er die Schwertspitze in den Lehmboden hieb. Die Echse wandte sich ihm zu und zischte gefährlich. Ihre Augen funkelten rot. Kaspar bereitete sich auf den nächsten Angriff vor, doch die Echse wandte sich zischend von ihm ab und floh.

Kaspar atmete erleichtert durch. Als er weiterging, behielt er das Schwert kampfbereit in der Hand.

Kaspar hoffte, dass die Kreatur die einzige ihrer Art hier unten war und nicht mit ihren Artgenossen zurückkehrte, um gegen ihn zu kämpfen.

Er legte einen Schritt zu. Die Laterne wurde dunkler. Kaspar warf einen Blick auf die Leuchtkäfer. Einige hatten sich auf dem Laternenboden niedergelassen und aufgehört zu glühen. Verdammt! Hoffentlich machen die nicht alle schlapp, ging es ihm durch den Kopf. Kaspar war schon weit in den Gang vorgedrungen. Ohne Licht zurückzugehen, in dem Wissen, dass dort eine Echse auf ihn lauerte, bereitete ihm Unbehagen.

Scheiße! Schon wieder hatten einige Käfer aufgehört zu leuchten. Kaspar rüttelte an der Laterne, doch nichts geschah. Mist!

Kaspar blieb stehen. Er hatte damit gerechnet, dass er den Ausgang nicht finden würde, dass er sich vielleicht an einer Abzweigung entscheiden müsste. Aber er hatte nicht gedacht, dass ihm eine wuchtige Holztür den Weg versperren würde.

Mist! Schon wieder verlor die Leuchtkäferlaterne an Helligkeit. Wenn das so weiterging, stand er bald im Dunkeln. Kaspar steckte sein Schwert ein und griff nach dem eisernen Ring an der Tür und zog mit aller Kraft. Nichts geschah. Die blöde Tür war verschlossen. Kaspar suchte nach einem Hebel, nach einem Schloss, nach irgendwelchen Teilen, die die Tür versperrt hielten. Doch er fand nichts.

Warum hatte Shadi ihm nichts von dieser Tür erzählt? Vermutlich weil die Tür kein Hindernis für Shadi war und er einfach durch sie hindurch schweben konnte, ging es Kaspar durch den Kopf. Ja, genau deshalb hatte Shadi vergessen diese Türe zu erwähnen, vermutete er. Aber dieser Gedanke verwarf seine Theorie, dass über dieser Ruine ein Zauber liegen könnte, der verhinderte, dass die Geisterwesen durch Wände und Decke gehen können.

Musste er letztendlich doch kehrtmachen? Kaspar fluchte laut, ließ einen Schrei ab und hämmerte aus Verzweiflung mit dem Handballen gegen die Tür. Sollte er versuchen, mit dem Schwert die Tür zu öffnen? Blödsinn. Die wuchtige Holztür konnte er mit seinem Schwert nicht ernsthaft beschädigen.

Was sollte er also tun? Umkehren?

Hinter ihm erklang ein lautes Zischen, und als er sich ruckartig umdrehte, leuchtete die Laterne hell auf, und er sah das echsenartige Wesen vier Schritte entfernt vor ihm stehen. Kaspar legte vorsichtig die Hand auf den Schwertgriff. Die Echse trat einen Schritt vor und zischte ihn böse an. Ihre schuppige, grüne Haut glitzerte im Licht der Leuchtkäferlaterne. Kaspar sah, wie ihre schmalen Augen anfingen zu schimmern wie glühende Kohlen. Kaspar zitterte vor Angst. Trotzdem hielt er dem Blick der Echse stand.

»Was willst du hier in meinem Gang?«, zischte die Echse ihn an.

Sie konnte also doch sprechen.

»Rede!«, forderte die Echse Kaspar auf.

»Ich will in den alten Brunnen«, antwortete Kaspar vorsichtig.

»Warum?«, fragte die Echse.

Kaspar zögerte.

»Wer bist du?«, fragte Kaspar.

»Du hast meine Frage noch nicht beantwortet«, zischte sie

und kam gefährlich näher.

»Also, das ist so ...«, zitterte Kaspar, »... ich will in den Brunnen, weil ich nach oben muss ...«

Die Augen der Echse glühten auf, und Kaspar glaubte für einen Augenblick eine Flamme in der Pupille gesehen zu haben.

»... um die Siedler von Eduan zu befreien.«

Die Echse wich einen Schritt zurück.

»Du willst die Siedler von Eduan von ihrem Fluch befreien?«, lachte sie und fragte dann ernst: »Wie willst du das denn anstellen?«

»Ich habe ...« Kaspar schwieg.

Weshalb sollte er dieser Echse seinen Plan verraten? Er wusste ja nicht, wer diese Kreatur war.

»Wie ist dein Name?«, fragte die Echse.

»Du hast mir deinen Namen auch noch nicht verraten«, sagte Kaspar mit lauerndem Blick.

»Mein Name ist Pyrax«, zischte die Echse ihn an.

»Und mein Name ist Kaspar.«

Anscheinend war die Echse nicht auf einen Kampf aus.

»Dein Name ist also Kaspar?«, sagte Pyrax mit kritischem Blick.

Ein schweigender Augenblick verstrich.

»Wie willst du mir das beweisen?«, fragte Pyrax.

Gute Frage, ging es Kaspar durch den Kopf. Er überlegte.

»Weiß nicht«, zuckte Kaspar mit den Schultern.

Pyrax schwieg.

Was sollte diese Frage von Pyrax überhaupt?, dachte Kaspar, dennoch suchte er nach einer Antwort.

»Ich habe damals einem Zauberer versprochen, dass ich die Siedler befreien werde«, erklärte Kaspar, »und dieses Versprechen werde ich halten.«

»Wem hast du es versprochen?«, fragte Pyrax.

»Acaton«, antwortete Kaspar kurz.

Pyrax stutzte.

»Du kennst also den Zauberer«, Pyrax machte eine kurze

Pause, »Acaton?«

»Ja, das tue ich«, sagte Kaspar mit fester Stimme und spürte, dass Pyrax ihm nicht glaubte.

»Dann erzähl mir etwas über ihn«, forderte Pyrax Kaspar auf.

»Warum?«

»Ich will wissen, ob du mir die Wahrheit sagst.«

Ein kurzes Schweigen trat ein.

»Also, das war so«, fing Kaspar an. »Ich bin Acaton in einem traumartigen Zustand begegnet«, erklärte er.

Pyrax horchte gespannt, und Kaspar erzählte seinen Traum.

»Dann bist du es wirklich«, nickte Pyrax zufrieden. »Acaton hat mir von dir erzählt«, ergänzte er.

»Ach ja?«, sagte Kaspar darauf.

Und nun horchte Kaspar gespannt, was Pyrax zu erzählen hatte.

»Acaton war mein Lehrmeister«, fing Pyrax an und zischte leise wie eine Schlange, bevor er fortfuhr, »bei ihm habe ich die Zauberei erlernt.«

»Dann bist du ein Zauberer?«, fragte Kaspar.

Pyrax nickte.

Jetzt erst ließ Kaspar den Schwertgriff los. Mit einer normalen Waffe hätte er gegen einen Zauberer eh nichts ausrichten können.

»Acaton wollte ein Zaubermittel erschaffen, um die Siedler von ihrem Dasein zu erlösen. Jedoch scheiterte er«, erzählte Pyrax, »aber das weißt du ja schon alles«, sagte Pyrax und fuhr fort: »Aber Acaton gab nicht auf und forschte weiter. Als ich ihn kennenlernte und er mich aufnahm, hatte er eine Idee. Gemeinsam setzten wir die Arbeit fort«, nickte Pyrax zufrieden, »und kamen zu einer Lösung, wie die Siedler befreit werden konnten.«

Pyrax schwieg einen Augenblick. Kaspar lag eine Frage auf der Zunge, jedoch wollte er noch abwarten, was Pyrax ihm noch zu sagen hatte.

»Als dein Großvater in meiner Welt war, hatte er die goldene Kugel gefunden, die er dir vermutlich gegeben hat«, sagte Pyrax.

Kaspar nickte.

»Hast du meinen Großvater gekannt?«, fragte Kaspar.

»Nein«, schüttelte Pyrax den Kopf.

Kaspar horchte.

»Ich versuche mich kurz zu fassen«, sagte Pyrax. »Acaton sagte zu mir, er hätte die Sterne gedeutet und wüsste, dass du hierher kommen würdest, um die Siedler zu befreien. Ich sollte über den Geheimgang und über den Krug mit dem Zaubermittel wachen, das den Siedlern das Leben geben aber auch für immer nehmen kann. Die goldene Kugel soll in Verbindung mit einer Schale eine magische Tür öffnen, die die Siedler mit einer Goldmünze passieren können. Ich hoffe, ich habe jetzt an alles gedacht ... Acaton lebte bis zu seinem Tod hier in dem damals noch intakten Wohnhaus ...«

»Schade, dass er schon gestorben ist«, sagte Kaspar betrübt.

»Das ist der Lauf der Welt, Kaspar«, antwortete Pyrax. »Acaton war ein großartiger Zauberer aber nicht unsterblich.«

Ein kurzes Schweigen trat zwischen Pyrax und Kaspar ein.

»Bist du denn unsterblich?«, fragte Kaspar.

»Nein«, schüttelte Pyrax den Kopf, »meine Lebenserwartung ist nur etwas höher.«

»Was ist aus Manju geworden?«, wollte Kaspar wissen.

»Sie hatte einen Mann kennengelernt, mit dem sie eine Familie gründete«, erzählte Pyrax. »Drei Kinder haben sie zusammen großgezogen – einen Jungen und zwei Mädchen.«

»Hat Acaton sie niemals wiedergesehen?«, fragte Kaspar.

»O, doch! Acaton hat sie oft besucht«, sagte Pyrax fröhlich.

Kaspar lächelte zufrieden.

»Also, Acaton und ich errichteten diesen Geheimgang, und Acaton bat mich nach Ednu zu gehen, um den Brunnen bauen zu lassen. Damit man mich dort nicht erkannte, hatte ich den Wandlerzauber benutzt, so konnte ich Ednu ungehindert betreten und mich unter das Volk mischen ...«

»Woran ist Acaton gestorben? Konnte er deswegen die Siedler nicht mehr befreien? Warum hast du es nicht getan? Wann und warum wurde der Geheimgang gebaut?«, unterbrach Kaspar.

»... wir sollten uns besser auf deine Aufgabe konzentrieren, aber diese Fragen kann ich dir noch beantworten«, sagte Pyrax nickend. »Acaton ist an einem natürlichen Tod gestorben. Weder er noch ich konnten die Siedler befreien, weil keiner von uns beiden das Zauber-Gen besitzt. Acaton hatte in die Zukunft gesehen, deswegen haben wir den Gang vor sehr langer Zeit schon errichtet. Er sollte dem Befreier der Siedler von Eduan ...«, Pyrax deutete auf Kaspar, »... dazu dienen, ungesehen in die Stadt zu gelangen«, antwortete Pyrax und fragte schnell: »Hast du eigentlich den Beutel Goldmünzen von König Gundrun erhalten?«

Kaspar nickte und deutete auf den Beutel, den er am Gürtel trug.

»Das ist gut. Acaton hat die Goldmünzen nämlich vor sehr langer Zeit angefertigt«, sagte Pyrax erleichtert.

Kaspar überlegte, ob König Gundrun ihm absichtlich die Münzen gegeben hatte, oder ob er gar nicht wusste, dass die Münzen von Acaton stammten? Obwohl ihn brennend interessierte zu welchem Volk Pyrax gehörte und wo dieses Volk lebte, wollte Kaspar ihn nicht mit weiteren Fragen unterbrechen. Oder war Pyrax vielleicht verzaubert? Und sah er deswegen wie eine Echse aus. Kaspar vertrieb seine Gedanken und hörte zu, als Pyrax zu ihm sprach.

»Also, den Beutel Goldmünzen musst du in das flüssige Zaubermittel tauchen, das du in einem Krug hinter dieser Tür finden wirst. Dann kletterst du nach oben zum Brunnen und legst die goldene Kugel in die Schale hinein, die über der Plattform schwebt. Danach gibst du die Münzen an die ...«

Pyrax fuhr herum, als es im Geheimgang polterte.

»Meine Geisterfalle hat angesprochen«, klärte Pyrax Kaspar auf. »Die Geisterwesen kommen«, sagte er mit hektischem Blick.

»Geisterfalle?«, stutzte Kaspar.

Pyrax nickte und erklärte: »Über der Ruine liegt ein Schutzzauber, dort können die Geisterwesen nicht so einfach durch Wände und Decken gehen ...«

Es war also so, wie er vermutet hatte, dachte Kaspar.

»... aber hier in diesem Gang funktioniert der Schutzzauber nicht, deswegen musste ich Geisterfallen aufstellen.«

»Und warum ist Shadi niemals in die Falle getappt?«, fragte Kaspar.

»Shadi?«

»Ja, mein Freund, Shadi.«

»Der kleine Shadi und seine Bande«, lächelte Pyrax. »Wenn ich merke, dass die hier spielen wollen, dann deaktiviere ich den Schutzzauber und die Geisterfallen. So, jetzt ist aber genug geredet!«

Schnell trat Pyrax an Kaspar vorbei und berührte den eisernen Ring an der Tür. Kaspar erwartete, dass der Ring anfing zu glühen oder zu leuchten, doch nichts geschah. Pyrax hielt den Ring in der Hand und schloss für einen Moment die Augen. Würde sich die Tür jetzt in Luft auflösen oder würde sie durchsichtig wie ein leuchtender Vorhang werden? Als Pyrax die Augen wieder öffnete, zog er einfach die Tür auf.

»Schnell!«, sagte Pyrax.

»Was wird aus dir?«

»Mach dir um mich keine Sorgen. Ich werde die Geisterwesen solange aufhalten wie ich kann.«

»Ja, aber ...«

»Niemand wird hier zu Schaden kommen«, sagte Pyrax und schloss die Tür, als Kaspar durchgegangen war.

Kaspar sah den Krug und die Steigeisen an der gemauerten Brunnenwand, die nach oben führten. Von oben fiel Licht in den Brunnen hinein. Also hatte er im Keller doch geschlafen. Er biss die Zähne zusammen, als er daran dachte, dort hinaufklettern zu müssen. Erst einmal wollte er das Zaubermittel anwenden. Er nahm den Beutel Goldmünzen vom Gürtel und tauchte ihn in die Flüssigkeit, die sich in dem kleinen Steinkrug befand. Wie lange er den Beutel dort drinnen lassen sollte, hatte Pyrax nicht verraten. Würde eine Reaktion in der Flüssigkeit stattfinden und sie zum Leuchten oder Brodeln bringen? Pyrax hatte nicht genügend Zeit gehabt, um ihm alle Einzelheiten zu erklären. Kaspar ließ den Beutel los und wartete ab, dabei drehte er sich im Kreis. Die Steine waren grob, doch weder Moos noch irgendeine andere Pflanze wuchs darauf. Er trat an die Tür und horchte. Nichts war zu hören. Weder Stimmen noch Poltern oder irgendein Geräusch, das auf einen Kampf hindeutete.

Kaspar wandte sich wieder dem Krug zu. Wie lange sollte er noch warten? Das reichte, nickte er und griff in den Krug hinein. Als er die Flüssigkeit berührte, fing sie an zu brodeln wie heißes Wasser. Sie wurde dabei aber nicht heiß, sondern war nur angenehm warm. Nach kurzer Zeit war das Zaubermittel verdampft. Kaspar hielt den Beutel Goldmünzen in der Hand, der eigenartigerweise trocken war, genauso wie auch seine Hand.

Das war es also. Er musste das Zaubermittel berühren, um es zu aktivieren. Jetzt waren die Goldmünzen einsatzbereit, dessen war er sich sicher.

Ein bärtiges Gesicht tauchte durch die geschlossene Tür hindurch auf und fauchte ihn böse an. Scheiße, die Geisterwesen haben Pyrax überwältigt, schoss es ihm durch den Kopf. Die Arme des Bärtigen griffen nach ihm, doch kurz bevor sie ihn erreichten, hörte er Pyrax rufen: »Beeil dich, Kaspar! Ich kann sie nicht mehr lange aufhalten.« Pyrax zog das Geisterwesen vermutlich zurück, denn es verschwand wieder. Kaspar fluchte und fragte sich, was die blöde Tür dort sollte, wenn sie nicht einmal in der Lage war, Geisterwesen aufzuhalten.

Schnell hing Kaspar den Beutel Goldmünzen an seinen Gürtel, stellte die Leuchtkäferlaterne neben dem Krug ab und griff sich das erste Steigeisen. Wieder tauchte für einen kurzen Augenblick ein Gesicht durch die geschlossene Holztür hindurch auf, dieses Mal das einer Frau. Kaspar kletterte hinauf und hoffte, dass die stark verrosteten Eisen halten würden.

Die Hälfte der Strecke hatte er hinter sich, als ein Steigeisen brach und ein dumpfer Schmerz sein rechtes Knie durchfuhr, als es gegen die Brunnenwand schlug. Mit Mühe schaffte er es, wieder Tritt zu fassen. Beim Hinaufklettern schmerzte das Knie so stark, dass Kaspar Tränen in die Augen traten. Trotzdem musste er sich beeilen, denn Pyrax würde die Geisterwesen nicht ewig aufhalten können.

Kaspar schnaufte, als er die Hand auf den Brunnenrand legte und vorsichtig über den Rand lugte. Eigenartig. Niemand war zu sehen und zu hören. Na ja, Glück muss man auch mal haben, atmete er erleichtert auf. Trotzdem, es war seltsam still. Ob es eine Falle war und die Geisterwesen ihn bereits erwarteten? Egal, er musste es versuchen.

»**Schnell, KASPAR!**«, hörte er einen Schrei unten im Brunnen.

Kaspar blickte nach unten und sah im fahlen Licht, Pyrax mit zwei Geisterwesen ringen.

»**Beil dich, KASPAR!**«, rief Pyrax, und mit einem Satz sprang Kaspar über den Brunnenrand.

Kaspar musste an einem der vier Stämme hinaufklettern, um eine kleine Plattform zu erreichen, über der die Schale schwebte. An jedem Stamm befanden sich Einkerbungen, an denen sich Kaspar festhalten konnte. Alle Stämme liefen im gleichen Winkel nach oben. Würde er eine Falle auslösen, wenn er sich für den falschen Stamm entscheiden sollte? Kaspar überlegte, welchen er nehmen sollte. Er hatte sich endlich entschieden, als plötzlich ein hageres Gesicht über den Brunnenrand direkt zu ihm schaute. Wie ein Blitz traf es Kaspar, als das hagere Geisterwesen über den Brunnenrand trat und vor ihm schwebte.

Ein mürrischer Blick hielt Kaspar in Schach. Offenbar stand dem dünnen Geisterwesen nicht der Sinn nach einer freundlichen Plauderei. Das Geisterwesen sah aus wie ein Zombie, ging es Kaspar durch den Kopf, und gleichzeitig machte es einen Satz auf Kaspar zu. Als Kaspar fliehen wollte, stolperte er und fiel auf den Bauch. Der verdammte Geisterzombie packte ihn an den Fußgelenken und hielt ihn eisern fest. Obwohl Kaspar wie wild mit den Beinen strampelte, ließ das Geisterwesen nicht los.

So kurz vor dem Ziel – Kaspar schlug vor Wut mit der Faust auf den Boden – durfte er nicht scheitern. Er wälzte sich auf dem Boden, versuchte sich zu drehen und kam schließlich frei. Doch das Geisterwesen packte wieder zu. Die Situation hatte sich für ihn nicht geändert, nur dass er jetzt nicht mehr auf dem Bauch sondern auf dem Rücken lag und direkt in die finstere Miene des Geisterwesens blickte.

»Oh-ah!«, hörte Kaspar jemand sagen.

Er blickte an dem dünnen Geisterwesen vorbei und sah, wie ein weiteres Geisterwesen den Brunnen verließ.

»Ohh-ahh! Du hast ihn tatsächlich gefangen«, die Stimme des Geisterwesens klang freudig.

Kaspar gab auf und hörte auf zu strampeln, als das zweite Geisterwesen auf ihn zukam. Es war dick, hatte große Augen und eine dicke Nase.

»Hey, du sollst ihn fangen und ihm nicht die Knochen brechen«, fuhr das dicke Geisterwesen seinen dünnen Artgenossen an.

Das dünne Geisterwesen verdrehte die Augen, wandte sich dem Dicken zu und sagte: »Der kann schon was aushalten«, dann wandte er sich wieder Kaspar zu und brummte: »Er ist selber Schuld, wenn ich ihm weh tue. Er soll sich nicht so heftig wehren.«

Ein drittes und viertes Geisterwesen verließ den Brunnen. Nun war für Kaspar klar, dass er endgültig verloren hatte. Es dauerte vielleicht eine Minute, bis Kaspar von Geisterwesen umzingelt war, die allesamt miteinander sprachen.

»Er hat den Eindringling erwischt«, hörte Kaspar eine Frauenstimme sagen.

»Ja, jetzt wird er für alles büßen, was er uns angetan hat«, sagte eine dunkle Männerstimme.

Was hatte er ihnen denn bloß angetan? Kaspar wollte doch nur helfen und hatte nichts Böses vorgehabt. Verflucht. Verdammt. Es wurden immer mehr. Kaspar befürchtete, dass die aufgebrachte Menge ihn lynchen würde.

»Er ist mit einem Zauberer befreundet«, sagte eine Frauenstimme. »Ich habe gehört, dass er Balthasar heißt«, ergänzte sie.

Das konnte nur Shadi verraten haben. Wer sonst außer ihm wusste darüber Bescheid?

»Ja, das habe ich auch gehört«, sagte eine Männerstimme, »und außerdem soll er Acaton gekannt haben.«

Ein Raunen ging daraufhin durch die Menge, und Kaspar fürchtete um sein Leben.

»Und auch Acatons Verbündeter – Pyrax – ist ein Freund von ihm«, sagte jemand.

»Habt ihr ihn auch gefangen?«

»Nein, er konnte fliehen.«

Kaspar war erleichtert, dass zumindest Pyrax nicht in die Hände dieser aufgebrachten Menge gefallen war. Er lag immer noch auf dem Rücken und blickte plötzlich in ein bekanntes Gesicht. Die Augen des Geisterwesens musterten ihn sanft.

»Da bist du ja«, sagte der Wortführer und befahl dem dünnen Geisterwesen: »Lass ihn los!«

»Ja, aber ...«

»Mach schon!«

»Und wenn er flieht?«

Der Wortführer sah das dünne Geisterwesen scharf an, und endlich ließ es ihn los. Kaspar raffte sich auf und trat an die Seite des Wortführers.

»Danke«, hauchte Kaspar.

»Es ist noch zu früh, um mir zu danken«, sagte der Wortführer. »Was hast du uns zu sagen?«, forderte er Kaspar auf.

»Wo ist Shadi?«, rief Kaspar der Menge entgegen. »Was habt ihr ihm angetan?«

»Warum sollten wir Shadi etwas antun?«, rief eine Männerstimme, und das Geisterwesen mit den langen Haaren, das sich auf Shadi gestürzt hatte, trat aus der Menge hervor.

»Du bist einer von denen die Shadi entführt haben«, trat Kaspar ihm entgegen.

Kaspar stand dem langhaarigen Geisterwesen direkt gegenüber. Alle schienen darauf zu warten, was nun geschehen würde.

»Wo ist Shadi?«, fragte Kaspar wieder.

»Was interessiert dich das?«

»Er ist mein Freund.«

»Ach ja?«

»Ja.«

»Das behauptest du nur.«

»Tue ich nicht«, fauchte Kaspar ihn an. »Also, wo ist er?«, forderte Kaspar ihn auf.

»Hier bin ich, Kaspar.«

Ein zufriedenes Lächeln huschte über Kaspars Gesicht, als er sich der Stimme zuwandte. Es war wirklich sein Freund Shadi, und wie er feststellen konnte, ging es ihm gut.

»Hallo, Shadi.«

»Hallo, Kaspar.«

»Geht es dir gut?«, fragte Kaspar.

»Ja«, nickte Shadi. »Und dir?«, fragte er.

»Ging mir schon besser«, sagte Kaspar und fasste sich an sein Knie – er fühlte wieder den stechenden Schmerz.

»Hast du dir das Knie verletzt?«, fragte Shadi besorgt.

»Hab's mir beim Heraufklettern an der Wand gestoßen«, antwortete Kaspar. »Wird schon wieder werden«, ergänzte er.

Shadi lächelte ihn an.

»Ist er wirklich dein Freund?«, fragte das langhaarige Geisterwesen an Shadi gewandt.

»Natürlich ist er das«, kam es spontan aus Shadi heraus. »Das hab ich dir aber schon gesagt, du hast mir nicht richtig zugehört«, fauchte Shadi ihn an.

»Also, was hast du uns zu sagen, Kaspar?«, fragte der Wortführer und bat die Anwesenden um Ruhe.

Das Getuschel unter den Geisterwesen hörte allmählich auf. Als es gänzlich verstummt war, antwortete Kaspar in einem ruhigen Ton: »Ich bin hierher gekommen, um das Volk von Eduan zu erlösen ...«

»Und wie will er das anstellen?«, rief jemand dazwischen. »Er ist doch nicht etwa ein Zauberer?«

»Ich bin kein Zauberer«, bestätigte Kaspar dem Geisterwesen, »aber ich bin mit einem Zauberer befreundet und auch Acaton kannte ...« Er wusste nicht, ob es klug war, mit offenen Karten zu spielen, aber es erschien ihm besser als eine Lüge zu verbreiten. Das Getuschel unter den Geisterwesen fing wieder an und steigerte sich schnell in zorniges Gerede.

»Er ist ein Verbündeter von Acaton – er muss bestraft werden«, rief eine aufgebrachte Männerstimme.

»Nieder mit unseren Feinden«, rief jemand anderes.

»Zieht ihm die Haut vom Leib«, brüllte jemand.

»Ertränkt ihn im Brunnen«, rief eine Männerstimme.

»Da ist doch kein Wasser drin«, sagte eine Frauenstimme.

»Ach ja. Hab ich ja ganz vergessen«, sagte die Männerstimme.

»Dann schmeißt ihn doch rein – ob mit oder ohne Wasser – ist doch egal«, schlug jemand anderes vor.

»**RUHE! RUHE!**«, fuhr der Wortführer dazwischen. »**RUHE!**«, brüllte er wieder.

Langsam wurde das Gerede der aufgebrachten Menge leiser.

»Wenn jemand meinem Freund zu Nahe kommt«, brüllte Shadi der Menge entgegen, »dann bekommt er es mit mir zu tun.«

»Zauberfreund«, brüllte jemand zurück.

»Ja, du kleiner Verräter«, brüllte eine Frau.

»Schmeißt ihn zusammen mit seinem Freund in den Brunnen«, rief wieder jemand, und es schien Kaspar, als würde die Menge gleich wieder mit dem Gebrüll loslegen.

»Was hast du davon, wenn du Shadi in den Brunnen wirfst?«, fragte ein männliches Geisterwesen. »Ihm macht der Sturz doch nichts aus«, ergänzte er.

»Na und, aber dem da, dem ... dem tut's weh«, blaffte das Geisterwesen zurück und deutete dabei auf Kaspar.

»**Jetzt ist aber auf der Stelle RUHE!**«, brüllte der Wortführer so laut, dass Kaspar befürchtete, sein Trommelfell würde jeden Augenblick platzen.

Mit allem hatte Kaspar gerechnet, aber nicht damit, dass der Wortführer die aufgebrachte Menge zum Schweigen bringen konnte.

»So, jetzt soll Kaspar seine Geschichte erzählen«, sagte der Wortführer in ruhigem aber bestimmtem Ton, »und erst wenn Kaspar damit fertig ist, möchte ich wieder etwas von euch allen hören ...«

»Ja, aber ...«, fing jemand an, doch als der Wortführer ihn mit einem bösen Blick strafte, schwieg das Geisterwesen.

»So, nun hast du das Wort, Kaspar«, wandte sich der Wortführer an ihn.

Kaspar zögerte einen Moment.

»Du wirst das schon hinkriegen«, sagte Shadi und trat an Kaspars Seite.

Kaspar atmete tief durch und begann die Geschichte von dem Zauberer Acaton aus seiner Sicht zu erzählen. Ab und zu ging ein Raunen durch die Menge. Jemand flüsterte, doch ansonsten verhielt sich die Menge ruhig. Kaspar erzählte auch von Balthasar und wie er mit seinen Freunden hierhergekommen war. Dabei fiel ihm wieder ein, dass ja alles in dieser Stadt schwarz geworden war, außer das Zeichen auf den Brunnenrand, das Acaton auf seinem Umhang getragen hatte: Ein weißer Drachenkopf, unter dem ein geschwungenes A zu erkennen war.

»Hat jemand etwas zu sagen?«, fragte der Wortführer, als Kaspar seine Erzählung beendet hatte.

Die Menge schwieg.

»Niemand hat eine Frage?«, stutzte der Wortführer.

»Was ist, wenn er lügt?«

»Aber er könnte ja auch die Wahrheit sagen.«

»Was ist, wenn Acaton ihn nur für seine Zwecke benutzt hat?«

»Wir sollten vielleicht doch erwägen, dass Acaton vielleicht keine andere Möglichkeit geblieben war, als uns ...«

»Das ist ja wohl ...«

»So kommen wir nicht weiter«, sagte der Wortführer.

»Also, ich glaube ihm«, stand Shadi Kaspar bei.

»Der Junge mag ja gute Absichten verfolgen. Aber was ist, wenn Acaton ihn nur für seine Zwecke benutzt hat?«, fragte das Geisterwesen wieder.

Kaspar zuckte mit den Schultern.

»Ich vertraue dem Zauberer«, sagte Kaspar, doch seine Stimme klang nicht mehr so fest wie noch vorhin.

»Er hat sich mit einem Wandlerzauber als Geisterwesen getarnt, aber wir haben seinen Zauber durchschaut.« Zwei muskelbepackte Geisterwesen kamen herbeigeeilt und hatten Pyrax gefangen. »Er wollte gerade Ednu verlassen.«

Ausgerechnet jetzt mussten sie Pyrax hierher bringen, wo er gerade mit Mühe und Not einige Geisterwesen überzeugen konnte. Was würde nun geschehen? Würde das Geschrei nach Lynchjustiz wieder lauter werden?

»Ein Echsenmann«, rief jemand erzürnt. »Hängt ihn auf.«

»Ja, hängt ihn.«

»Was hast du mit dem Echsenvolk zu tun?«, wollte ein Geisterwesen von Kaspar wissen.

Pyrax gehörte also einem Echsenvolk an, ging es Kaspar durch den Kopf. Damit wurde eine Frage beantwortet, die Kaspar Pyrax stellen wollte, aber für die keine Zeit mehr geblieben war.

»Ich dachte, die sind alle schon tot?«, sagte ein Geisterwesen.

»Ja«, schrie ein anderes Geisterwesen, »sie sind eigentlich schon alle tot.«

»Nicht alle«, wandte ein weibliches Geisterwesen ein, »einige haben das Unfassbare überlebt.«

Was wollte das Geisterwesen damit sagen?, fuhr es wie ein Blitz durch Kaspars Kopf. Sind die Echsenwesen etwa in einem Krieg ums Leben gekommen?

»Hängt ihn endlich auf!«, schrie jemand.

»Lasst auch ihm die Möglichkeit, seine Version der Geschichte zu erzählen«, sagte jemand aus der Menge.

»Ja, aber er ist eine Echse«, sagte einer der muskelbepackten Schatten.

»Was soll denn dieser blöde Spruch von dir?«, fuhr ein kleinwüchsiges Geisterwesen ihn an.

Pyrax wurde freigelassen und erhielt die Möglichkeit, seine Version der Geschichte zu erzählen. Wieder ging ab und zu ein Raunen durch die Menge, doch auch bei Pyrax verhielten sich alle Geisterwesen ruhig. Als Pyrax seine Geschichte beendete, die er auch Kaspar schon erzählt hatte, wurde noch ein wenig diskutiert, bevor es still wurde.

»Ein Versuch wäre es Wert«, rief jemand.

»Ja, der Junge soll es versuchen«, rief ein anderer.

»ICH LÖSE MEIN VERSPRECHEN ACATON GEGENÜBER JETZT EIN«, rief Kaspar so laut, dass die Menge schwieg. »Wer mich also aufhalten will, der soll es jetzt tun«, ergänzte Kaspar und ging auf den Brunnen zu.

»Warte, ich komme mit dir«, sagte Shadi und folgte Kaspar.

Niemand schien sie aufhalten zu wollen. Als Kaspar vor dem Brunnen stand, wandte er sich kurz dem Wortführer zu, der ihm zufrieden zunickte. Dann wählte Kaspar einen Stamm aus, an dem er zur Plattform hinaufklettern wollte. Doch plötzlich ergriffen die beiden muskelbepackten Geisterwesen ihn, und bevor Kaspar etwas sagen konnte, schwebten sie mit ihm nach oben zur Plattform und setzten ihn ab. Shadi folgte ihnen.

»Danke«, sagte Kaspar.

»Ich will hoffen, dass ich es nicht bereuen werde«, sagte einer der beiden Geisterwesen.

»Jetzt kommt die Stunde der Wahrheit«, wandte sich Kaspar Shadi zu.

»Ja«, nickte Shadi.

Kaspar betrachtete sich die schwebende Schale und berührte sie leicht. Sie schien aus Ton zu sein – nichts besonderes. Kaspar hatte geglaubt, dass er hier etwas magisches spüren würde, etwas ungewöhnliches sah, aber das Einzige hier auf der Plattform war die Tonschale. Was sollte er jetzt tun? Die goldene Kugel auf die Schale legen? Eine Vertiefung oder ein Loch in der die Kugel hineinpasste gab es nicht. Kaspar nahm die goldene Kugel von seinem Gürtel und hielt sie in der Hand.

»Tu es!«, forderte Shadi ihn auf.

»Und wenn es falsch ist, was ich hier mache?«, zweifelte Kaspar plötzlich.

»Es ist dein Schicksal, das dich nach Eduan geführt hat, Kaspar«, fing Shadi an. »Du musst wissen, das Schicksal kommt manchmal sanft und manchmal schlägt es unbarmherzig zu«, nickte Shadi, »aber es findet immer seinen Weg, und du Kaspar bist unser Schicksal. Wenn du jetzt nicht den Mut aufbringst, damit sich dein Schicksal erfüllen kann, dann wird sich unser Schicksal auch nicht erfüllen«, sagte Shadi und blickte Kaspar in die Augen. »Hast du Acaton vertraut?«, fragte Shadi eindringlich.

Kaspar nickte.

»Dann tu es«, forderte Shadi ihn abermals auf.

Kaspar legte die goldene Kugel auf den Rand der Schale und zögerte kurz, bevor er sie losließ. Die Kugel rollte hinab und auf der anderen Seite ein Stück hinauf. Sie beschrieb elliptische Bahnen, bevor sie endlich in der Mitte der Schale zur Ruhe kam.

Kaspar und Shadi warteten.

Nichts geschah.

»Hmmm«, kam es von Kaspar.

»Tja«, sagte Shadi, »und was nun?«

Kaspar zuckte mit den Schultern.

»Weiß auch nicht«, flüsterte er Shadi zu und sah kurz zu den muskelbepackten Geisterwesen.

»Ich habe jetzt irgendetwas magisches erwartet«, stutzte Shadi, »ein Lichtspiel; ein Glitzern; ein Funkeln – irgendetwas«, schnaufte er.

»Ich auch«, gab Kaspar zu.

Kaspar trat an den Rand der Plattform und rief hinunter: »Habe ich etwas falsch gemacht, Pyrax?«

»Nein«, rief Pyrax nur. »Vielleicht musst du die Kugel noch

einmal berühren.«

»Meinst du?«, rief Kaspar.

»Versuch es mal.«

Kaspar trat an die Schale und musste sich recken um an die Kugel zu kommen. Kurz nachdem er die goldene Kugel angetippt hatte, fing sie an sich zu drehen, und ein Glitzern umgab sie.

»Es funktioniert«, jubelte Kaspar.

»Gut gemacht«, lobte Shadi ihn.

Kaspar trat wieder an den Rand der Plattform und rief hinunter: »Es funktioniert.«

Ein kurzer Jubel brach aus.

»Fragt sich nur, was funktioniert.« Kaspar wandte sich den muskelbepackten Geisterwesen zu. »Entweder werden wir jetzt erlöst oder für immer vernichtet«, sagte einer von ihnen.

Auf den beiden großen Säulen, die ein Stück hinter dem Brunnen standen, glühten die fremdartigen Symbole rot. Die Luft war mit einem leisen Brummen erfüllt, und es entstand eine flimmernde, goldene Fläche zwischen den Säulen.

»Es ist geschafft, Shadi.« Kaspars Stimme klang erleichtert.

»Ich habe nicht an dir gezweifelt, mein Freund.«

Kaspar zeigte ein kleines Lächeln.

Die beiden muskelbepackten Geisterwesen brachten Kaspar wieder sicher von der Plattform hinunter. Zusammen mit Shadi und Pyrax stand er vor dem Wortführer.

»Sollen wir jetzt dort hineingehen?«, fragte der Wortführer.

Kaspar griff nach dem Beutel Goldmünzen. »Ja«, sagte Kaspar und nickte dem Wortführer zu, »und das hier wird euch den Eintritt gewähren und die Erlösung bringen.« Kaspar überreichte ihm eine Goldmünze und erinnerte sich wieder an die Legende, die ihm Balthasar über die Siedler erzählt hatte. Er erzählte ihm, dass die Siedler die Zwischenwelt durch ein goldenes Portal betreten können, wenn sie ein goldenes Artefakt bei sich trugen.

»Ich danke dir von ganzem Herzen«, sagte der Wortführer.

Ein Rascheln kam wie aus dem Nichts, und ein Schauer durchlief Kaspars Körper. Es fühlte sich an, als berührte eine eisige Hand seine Haut. Er schaute sich um.

»Was hast du Kaspar?«, fragte Pyrax, der offenbar bemerkte, dass mit Kaspar etwas nicht stimmte.

»Hört ihr das auch?«, fragte Kaspar irritiert an Pyrax und Shadi gewandt.

»Was sollen wir hören?«, fragte Pyrax.

»Ein Rascheln.«

»Nein«, schüttelte Pyrax den Kopf.

»Ich höre auch nichts«, sagte Shadi.

Kaspar sah sich um. Eine schwarze Stadt – finster, dunkel, düster. Es war zwar noch nicht Nacht, aber die Stadt machte einen extrem finsteren Eindruck auf ihn, und Finsternis hatte ihm schon immer Angst gemacht, und in letzter Zeit mehr denn je. Es waren Tage wie diese, an denen er an sich selbst zweifelte. Wusste er denn wirklich, was nun geschehen würde? Nein! Als sich Kaspar wieder dem Wortführer zuwandte, bemerkte er, dass sich die Haare des Wortführers von der Spitze her auflösten und wie Sandkörner zu Boden rieselten.

»Nicht schon wieder«, hauchte Kaspar.

»Was hast du, Kaspar?«, fragte Pyrax und sagte, als er einen Blick zum Wortführer warf: »Oh, Gott der Sterne, steh uns bei.«

Der Geisterkörper des Wortführers löste sich allmählich auf und rieselte ebenfalls wie Sandkörner zu Boden. Ein Schreckenschrei ging durch die Menge, und Kaspar hörte, wie sie sagten:

»Kaspar hat uns verraten.«

»Er hat den Wortführer getötet.«

»Nehmt sie alle gefangen, einschließlich Shadi.«

»Ja«, rief ein Geisterwesen und fragte laut: »Darf ich ihn jetzt in den Brunnen schmeißen?«

Doch als die aufgebrachte Menge Kaspar greifen wollte, wuchs aus den Sandkörnern ein Körper empor, und der Wortführer stand in Fleisch und Blut Kaspar gegenüber.

Ein Raunen und Staunen ging durch die Menge.

»Er hat ihn gar nicht getötet.«

»Er hat uns gar nicht verraten.«

»Er ist ein Held.«

»Also, darf ich ihn jetzt nicht mehr in den Brunnen schmeißen?«, murrte das Geisterwesen.

»Ich danke dir, Kaspar«, sagte der Wortführer, und im gleichen Moment leuchtete das Zeichen auf dem Brunnenrand hell auf. Kurz darauf wurde aus der schwarzen wieder eine weiße Stadt.

Die Menge jubelte.

»Ihr lebt«, staunte Kaspar, als er dem Wortführer fest in die Augen blickte. »Dann könnt ihr ja alle hier in Ednu bleiben, wenn ich euch die Goldmünzen überreicht habe«, freute er sich. »Ist das nicht prima, Shadi?«

»Das geht leider nicht, Kaspar«, sagte Pyrax und nahm Kaspar das freudige Lächeln.

»Warum soll das nicht gehen?«, fuhr Kaspar Pyrax an. »Er lebt doch.«

»Das ist nur von kurzer Dauer«, erklärte Pyrax. »Sie müssen alle den Weg gehen, den auch wir eines Tages nehmen müssen. Das ist der Lauf der Dinge, Kaspar, und daran kannst du nichts ändern.«

»Sei nicht traurig, Kaspar«, sprach der Wortführer. »Wir sind dir auf Ewig zu Dank verpflichtet. Wo immer wir auch hingehen werden, du wirst in unseren Herzen sein.«

Kaspar schwieg.

»Mir tut es leid«, wandte sich der Wortführer an Pyrax, »dass wir all die Jahre vor Hass und Rache blind gewesen waren.«

Pyrax schwieg.

»Ich bitte Euch um Vergebung.« Der Wortführer verneigte sich vor Pyrax.

»Nicht mich sondern Acaton müsst Ihr um Vergebung bitten«, antwortete Pyrax, »aber ich bin mir sicher, wenn Acaton jetzt hier wäre, würde er Euch vergeben.« Pyrax verneigte sich leicht.

Kaspar fiel auf, dass Pyrax auf seinen Gürtel schielte und den goldenen Spiegel dabei ins Visier nahm, dann sagte Pyrax mit erregter Stimme: »Verdammt, das habe ich ja ganz vergessen. Du musst den Spiegel dem Wortführer geben, Kaspar, damit er ihn Drawen in der Zwischenwelt überreichen kann.«

»Warum sollte ich das tun?«, fragte Kaspar verstört.

»Der Spiegel ist das Pfand, damit Drawen die Geisterwesen durch die Zwischenwelt passieren lässt.«

»Hast du noch etwas vergessen, dass du uns mitteilen solltest?«, trat einer der muskelbepackten Geisterwesen an die Seite von Pyrax.

»Ja, da wäre noch etwas«, sagte Pyrax verlegen. »Wenn Drawen den Spiegels besitzt, kann er die Zwischenwelt verlassen«, ergänzte Pyrax.

»Dabei spielt eine richtige Sternenkonstellation eine wichtige Rolle«, erinnerte sich Kaspar.

Pyrax nickte nur.

»Wann tritt diese Konstellation ein?«, fragte Kaspar fordernd.

»In zwei bis drei Tagen, glaube ich ...«, antwortete Pyrax zögernd.

»Ich kann das Angebot nicht annehmen«, fuhr der Wortführer dazwischen.

»Doch, das können Sie«, sagte Kaspar und hielt dem Wortführer den Spiegel entgegen.

Der Wortführer zögerte.

»Nein«, schüttelte der Wortführer schließlich den Kopf, »auf gar keinen Fall werde ich das tun.«

»Bitte – es darf doch nicht alles umsonst gewesen sein«, flehte Kaspar. »Balthasar weiß, wo wir die goldenen Drachentränen finden, mit denen wir Drawen besiegen können«, log Kaspar den Wortführer an. »Bitte, nehmen Sie den Spiegel«, flehte er wieder.

Der Wortführer zögerte einen Augenblick.

»Wie sicher ist es denn, dass ihr die Drachentränen auch rechtzeitig finden werdet, bevor die Sternenkonstellation eintritt und Drawen die Zwischenwelt verlässt?«, hakte der Wortführer nach.

»Wir werden sie rechtzeitig bekommen, ganz bestimmt«, antwortete Kaspar.

Kaspar und der Wortführer blickten sich einen Moment schweigsam in die Augen.

»Ich danke dir, Kaspar, von ganzem Herzen«, sagte der Wortführer schließlich und verneigte sich leicht, dann nahm er den Spiegel entgegen.

»Überreichen Sie Drawen den goldenen Spiegel aber erst, wenn alle Geisterwesen die Zwischenwelt sicher passiert haben«, sprach Pyrax den Wortführer an. »Ich traue Drawen nicht über den Weg«, ergänzte Pyrax.

»Das werde ich tun«, nickte der Wortführer.

»Ich habe da noch eine Frage«, sprach Kaspar den Wortführer an.

»Was liegt dir auf dem Herzen?«

»Drawen hat euch allen doch ein Bündnis angeboten. Warum habt ihr es nicht angenommen?«

»Drawen hat uns ein Bündnis vorgeschlagen«, erzählte der Wortführer, »das stimmt. Er wollte, dass wir den goldenen Spiegel besorgen und dass wir ihn damit aus der Zwischenwelt befreien. Dafür versprach Drawen uns den Zugang zur Zwischenwelt. Wir haben uns daraufhin in den Wäldern von Eduan versammelt und darüber beraten«, nickte der Wortführer, »und wir alle sind zu der Entscheidung gekommen, niemals so ein Bündnis einzugehen.«

»Dann seid ihr eigentlich gar nicht so schlimm, wie in der Welt erzählt wird«, stellte Kaspar fest und sah Traurigkeit in der Miene des Wortführers.

»Wie du sicherlich erfahren hast, Kaspar, haben wir Schlimmes getan, als der damalige König uns vernichtet hatte. Bei unserem Rachefeldzug sind viele Unschuldige ums Leben gekommen. Wir wollten nicht noch einmal für solch ein Elend verantwortlich sein. Deswegen wollten wir auf eine andere Gelegen-

132

heit warten, die uns den Zugang zur Zwischenwelt ermöglicht.«

Kaspar und der Wortführer standen sich gegenüber.

»Gott möge uns unsere schreckliche Tat vergeben«, sagte der Wortführer.

»Ich bin mir sicher, dass er es getan hat«, sagte Kaspar und blickte dem Wortführer fest in die Augen.

Der Wortführer ging auf die Säulen zu, wandte sich mit einem zufriedenen Lächeln an Kaspar und verschwand in der flimmernden, goldenen Fläche.

»Wo gehen wir jetzt hin?«, fragte Shadi an Kaspar gewandt.

»In die Zwischenwelt«, antwortete Pyrax anstelle von Kaspar, »und von da aus geht es dann weiter«, sagte er nur.

Shadi schwieg. Entweder wollte Shadi nicht wissen, wohin es weiterging, oder er traute sich nicht zu fragen. Kaspar war froh, dass Shadi ihm keine weiteren Fragen stellte. Was hätte er ihm sagen sollen? Oder wusste Pyrax mehr? Kaspar schwieg und überreichte einem Geisterwesen nach dem anderen eine goldene Münze. Der Beutel füllte sich solange wie von Geisterhand wieder mit Münzen auf, bis jedes Geisterwesen eine Münze erhalten hatte und das letzte Geisterwesen vor ihm stand.

Shadi.

Nun musste sich Kaspar von seinem Freund verabschieden. Schweren Herzens überreichte Kaspar Shadi die letzte Goldmünze, und Augenblicke später stand Shadi so vor ihm, wie er ihn kennengelernt hatte: Er trug die helle Wollhose, das dunkelbraune Wollhemd und die rissigen Sandalen.

Der Beutel war leer.

»Shadi, ich habe da noch eine Frage, bevor du gehst«, sagte Kaspar, und Shadi horchte. »Als wir uns kennengelernt haben, war die ganze Stadt lebendig – du warst lebendig – alle waren lebendig. Die ganze Stadt war voller Leben. Wie war das möglich?«

»Das war die Macht des Schattenzaubers«, sagte Shadi, und Kaspar horchte. »Kannst du dich noch an die Stimme im Wirtshaus erinnern?«, fragte Shadi.

Kaspar nickte.

»Sie ist ein Teil des Schattenzaubers. Immer wenn diese Stimme auftaucht, die sagt, dass die Zeit gekommen ist, werden wir wieder zu Geisterwesen.«

»Ja, aber ...«, fing Kaspar an, und Shadi erklärte: »Wenn ein Lebender den Schleier passiert, dann verwandeln wir uns für kurze Zeit zurück.«

»Aus welchem Grund verwandelt ihr euch zurück?«, fragte Kaspar.

»Das ist auch ein Teil des Schattenzaubers«, zuckte Shadi mit den Schultern. »Ich weiß es nicht«, sagte er.

Kaspar wandte sich Pyrax zu und hoffte eine Antwort von ihm zu erhalten, doch auch Pyrax wusste keine Erklärung dafür.

»Ich danke dir, mein Freund«, sagte Shadi.

Kaspar nickte ihm zu.

»Sei nicht traurig, Kaspar«, sagte Shadi, »auf diesen Moment habe ich lange gewartet.«

»Ob wir uns jemals wiedersehen?«, fragte Kaspar betrübt.

Shadi nickte. »Davon bin ich überzeugt«, sagte er.

Kaspar und Shadi umarmten sich freundschaftlich.

»Auf Wiedersehen, Pyrax«, sagte Shadi dann.

»Und entschuldige für die Unordnung, die ich und meine Freunde in deinem Gang so oft hinterlassen haben.«

Pyrax lächelte.

Shadi betrat das magische Tor.

»Sei nicht traurig, Kaspar.« Pyrax legte den Arm auf Kaspars Schulter. »Du hast das Richtige getan.«

Warum fühlte er sich dann nicht wohl in seiner Haut?

»Was hast du jetzt vor?«, fragte Pyrax.

»Ich werde zu meinen Freunden zurückgehen«, antwortete Kaspar.

»Dann werde ich dich begleiten und dir den Weg zeigen. Aber wir sollten uns erst morgen auf den Weg machen«, schlug Pyrax vor.

Kaspar nickte einverstanden, denn ohne den goldenen

Hengst, der verschwunden war, – davon war er überzeugt – hätte er den Weg nicht mehr zurückgefunden.

***

Es war kühl aber sonnig, als Kaspar und Pyrax am Morgen aufbrachen. Niemand begegnete ihnen auf dem Weg durch Ednu. Die Stadt war ausgestorben wie eine Geisterstadt – unheimlich.

»Wer kümmert sich denn jetzt um Ednu?«, fragte Kaspar. »Wenn niemand hier ist, wird alles schnell verfallen«, ergänzte er.

»Über Ednu liegt noch ein Zauber, deswegen sieht alles so gut erhalten aus. Wenn der Zauber verflogen ist, wird die Stadt verschwinden«, erklärte Pyrax.

Kaspar blieb stehen. »Kann man den Zauber nicht verlängern?«, fragte er.

»Nein.«

»Wie lange wird Ednu noch existieren?«

»Sie wird vielleicht noch zwei oder drei Sonnenaufgänge erleben.«

»Schade.«

»Ja«, nickte Pyrax. »Komm, deine Freunde warten bestimmt schon auf dich.«

Kaspar wischte sich mit dem Ärmel über die Stirn. Der schmale Weg schlängelte sich durch den Wald. Obwohl die Sonnenstrahlen nicht durch die dichten Baumkronen drangen, spürte Kaspar ihre Wärme. Sie waren schon Stunden unterwegs, als sie an einem knietiefen Bach ankamen, den sie hüpfend von Stein zu Stein überquerten. Kaspar war froh, dass Pyrax gestern Abend sein verwundetes Knie mit einem Zauber geheilt hatte.

Der schwarzmagische Zauberer Drawen gehörte zu den übelsten Zauberern, die jemals in der Anderen-Welt geboren wurden. Kaspar machte sich jetzt Sorgen, dass er dafür verantwortlich war, dass dieser Zauberer nun die Möglichkeit hatte, die Zwischenwelt zu verlassen. Was würde Balthasar dazu sagen? Hatte er doch einen schweren Fehler begangen, als er dem Wortführer den magischen Spiegel gegeben hatte? Aber wie sonst hätte er sein Versprechen Acaton gegenüber einlösen können? Er hatte die Geisterwesen von ihrem Dasein befreit, aber dafür die Andere-Welt einer großen Gefahr ausgesetzt.

»Wir haben es gleich geschafft«, unterbrach Pyrax Kaspars Gedanken, und Kaspar hörte die Stimme von Niko: »Mensch, du Blödmann, jetzt fängst du wieder damit an.«

»Was hast du denn nun schon wieder, Niko?«, hörte Kaspar Lars schimpfen.

»Als wir auf dem Weg nach Persian waren, habe ich dir doch schon einmal gesagt, dass du damit aufhören sollst, Äste in ein Gebüsch zu schmeißen. Du könntest damit irgendwelche Ungeheuer aufschrecken.«

»Nun mach mal aus einer Mücke keinen Elefanten«, schimpfte Lars. »Was könnte hier schon großartiges herumlaufen?«, sagte er und schleuderte einen weiteren Ast ins Gebüsch, der Kaspar und Pyrax vor die Füße fiel.

Pyrax pirschte sich an das Gebüsch heran, schob die kleinen Äste beiseite und steckte seinen Kopf durch das Loch im Gebüsch. Niko ließ einen Schrei ab, und wenige Augenblicke später schrie auch Lars.

»Was hab ich dir gesagt, **Dumpfbacke**«, schimpfte Niko laut und gab Lars einen Klaps mit der flachen Hand auf den Hinterkopf. »**Balthasar! Balthasar!**«, schrie Niko und lief davon. Lars folgte ihm schnell.

»Wir sollten die Sache mal aufklären«, sagte Pyrax mit einem kleinen Lächeln.

»Ja«, nickte Kaspar und lachte. »Das wird Lars jetzt bestimmt eine Lehre sein«, sagte er.

***

Balthasar lächelte zufrieden, als er Kaspar gegenüberstand

und warf seinem Begleiter einen neugierigen Blick zu.

»Wie ich sehe geht es dir gut, Kaspar«, begrüßte der Zauberer ihn, »und du hast einen neuen Freund mitgebracht.«

»Ja«, nickte Kaspar.

»Hier, ich habe etwas für dich«, sagte Balthasar und überreichte Kaspar den goldenen Hengst, der wieder geschrumpft war. »Er ist ohne dich zurückgekehrt. Wir haben uns schon Sorgen um dich gemacht.«

»Danke.«

Kaspar nahm den goldenen Hengst entgegen und befestigte ihn wieder an seinem Gürtel.

»Der Echsenmann sieht für mich aber nicht sehr vertrauenswürdig aus«, flüsterte Niko Kaspar zu. »Bist du sicher, dass er friedlich ist?«, fragte er.

Kaspar nickte nur und erzählte am Lagerfeuer, wie er Pyrax kennengelernt hatte. Juana hatte natürlich viele Fragen an Pyrax, der sich darüber freute und ihr ausgiebig antwortete. Kaspar vermutete, dass Pyrax' Redefluss dadurch kam, dass er lange Zeit alleine gelebt hatte und niemand da war, mit dem er reden konnte.

»Wie nennt man dein Volk?«, fragte Juana.

»Ich gehöre zum Echsenvolk«, antwortete Pyrax.

»Das hätte ich dir auch sagen können, Juana«, warf Niko ein.

Juana zischte ihn kurz an. Niko schwieg.

»Wo lebt dein Volk?« Endlich konnte Kaspar ihm diese Frage stellen.

»Mein Volk ...«, sagte Pyrax mit trauriger Stimme, »... nur wenige haben überlebt ...«

Pyrax hüllte sich in Schweigen. Als Niko etwas sagen wollte, traf ihn Juanas strenger Blick. Er schwieg.

»Wir dachten uns nichts dabei, als einige von uns erkrankten«, begann Pyrax. »Die Symptome waren die einer Erkältung, doch dann nahm das Schicksal seinen Lauf – keine Erkältung sondern eine unbekannte Seuche hatte mein Volk heimgesucht und verbreitete sich wie ein rasender Wind über mein ganzes

Volk.«

Pyrax warf einen kurzen Blick ins Lagerfeuer und wandte sich dann wieder Kaspar und seinen Freunde zu.

»Nachdem in meinem Dorf alle außer mir gestorben waren, machte ich mich auf die Suche nach anderen Überlebenden. Auf meiner langen Reise habe ich Acaton kennengelernt und schloss mich ihm an. Er erkannte meine besondere Gabe und bildete mich zu einem Zauberer aus. Da Acatons Plan ja jetzt durch deine Hilfe ...«, Pyrax deutete auf Kaspar, »... gelungen ist, mache ich mich vielleicht wieder auf die Suche nach Überlebenden meines Volkes.«

Die Stimmung war gedrückt.

»Mittags am Lagerfeuer sitzen finde ich cool«, sagte Lars plötzlich.

»Ich auch«, bestätigte Niko ihm und hob den Daumen.

»Und keine einzige Goldmünze ist übrig geblieben?«, jammerte Niko.

Als Kaspar mit dem Kopf schüttelte, glaubte er, dass Niko jeden Moment einen Weinkrampf kriegen könnte.

»Zum Glück ist das goldene Pferd hierher zurückgekehrt«, sagte Niko und deutete auf Kaspars Gürtel, an dem er es befestigt hatte. »Schade, dass es wieder geschrumpft ist«, bedauerte Niko.

Die Stimmung wurde wieder heiterer.

Als Kaspar erzählte, dass er dem Wortführer den goldenen Spiegel überlassen musste, verdüsterte sich einen Augenblick Balthasars Miene. Kaspar brauchte sich keine Vorwürfe zu machen, denn er erfuhr von Balthasar, dass der Zauberer genauso gehandelt hätte.

Die Zeit verging schnell, und am frühen Nachmittag stand der Abschied von Pyrax bevor.

»Was wirst du jetzt tun?«, fragte Kaspar an Pyrax gewandt.

»Ich kehre nach Ednu zurück und bleibe dort, solange die Stadt noch existiert«, sagte Pyrax. »Danach überlege ich mir, wohin ich gehen werde.«

»Willst du nicht mit uns kommen?«, fragte Kaspar.

Pyrax schüttelte den Kopf.

»Das Leben hält für mich einen anderen Weg bereit«, sagte er, »was nicht heißen soll, dass wir uns nicht mal wieder begegnen werden.«

»Dann mach es gut Echsenmann«, sagte Niko.

»Niko, du bist ein Grobian«, donnerte Juana ihm entgegen. »Auf Wiedersehen, Pyrax«, sagte sie freundlich, bevor sie zu Numba ging.

»Komm schon Lars!«, forderte Niko seinen Freund auf, der vor Pyrax stand und wohl nicht wusste, was er sagen sollte.

»Bis bald«, sagte Pyrax.

»Ja, dann bis bald«, sagte Lars und ging.

Balthasar hatte sich eben schon von Pyrax verabschiedet und saß bereits auf Numba. Juana folgte ihm, dann bestieg Niko den Drachen und Lars kam hinterher.

»Tja, dann also ...«, fing Kaspar an, »... ich hasse Verabschiedungen.«

»Wir sehen uns wieder«, war sich Pyrax sicher und umarmte Kaspar freundschaftlich.

Als Kaspar auf Numbas Nacken Platz genommen hatte, startete der Drache.

»Ich hoffe, Balthasar hat an den Schutzzauber gedacht«, flüsterte Niko Lars zu.

»**UPS**!«, sagte Balthasar. »Da hab ich doch etwas vergessen«, lächelte er.

»**WAS**!«, brüllte Niko laut.

»Es ist alles in Ordnung, Niko«, beruhigte Balthasar ihn.

Kaspar und Juana winkten Pyrax zu.

Todfeinde

Der Himmel war eine graue Suppe, und Balthasar meinte, dass es auch hier bald schneien würde. Der Wind, der ihnen entgegen heulte, hätte sie vermutlich von dem Drachen gefegt, aber Balthasars Schutzzauber hielt ihm stand, und der Wärmezauber verhinderte, dass sie erfroren.

Kaspar dachte an den schwarzmagischen Zauberer Drawen, der nun in diese Welt zurückkehren konnte. Wohl wissend, dass ihm und seinen Gefährten in Urta ein Kampf auf Leben und Tod bevorstand, hätte er gerne die Reise mit einem Zeitsprung beschleunigt. Numba verlor an Höhe.

»Sind wir schon da?«, fragte Lars nervös.

»Nein. Hier oben sind zu starke Winde, deswegen fliegt Numba etwas tiefer«, antwortete Balthasar.

Eine Viertelstunde war vergangen, als Lars wieder fragte: »Sind wir schon da?«

»Nein, sind wir noch nicht, Esel«, antwortete Niko.

»Was soll das heißen?«, sprach Lars Niko wütend an.

»Was soll was heißen?«

»Warum hast du Esel zu mir gesagt?«

Numba verlor wieder an Höhe.

»Sind wir schon da?«, fragte Lars schnell.

»Willst du mich auf den Arm nehmen, Esel?«, brummte Niko.

»He, was soll das?«, zischte Lars zurück.

»Dann denk mal darüber nach, Esel.«

Lars schwieg.

Es wurde bereits dunkel, und der Schneefall hatte zugenommen. Unter ihnen drängte sich eine Springbockherde dicht zusammen, um sich gegenseitig zu wärmen.

»Eigentlich wollte ich ja nach Urta und dort übernachten«, fing Balthasar an, »aber Drawen könnte morgen aus der Zwischenwelt fliehen, deswegen will ich direkt zur Kultstätte gehen und Vorbereitungen treffen.«

»Morgen schon?«, fragte Kaspar irritiert und überlegte, dabei kreiste das Wort Sternenkonstellation in seinem Kopf herum.

»Als ich mich von Pyrax verabschiedet hatte, kamen wir auf das Thema der Sternenkonstellation zu sprechen. Morgen ist der Tag, an dem Drawen die Zwischenwelt verlassen könnte.«

»Warum müssen wir eigentlich zur Kultstätte?«, stutze Kaspar.

»Der goldene Spiegel ist auf magische Weise mit der Kultstätte verbunden«, erklärte Balthasar.

»Aber es wird schon dunkel«, wandte Juana ein.

»Ja, das stimmt«, lenkte Balthasar ein. »Wir werden uns entscheiden, wenn wir in Urta sind.«

»Müssen wir etwa wieder den ganzen Berg hoch kraxeln?«, schimpfte Niko.

»Oben ist doch Platz genug, damit Numba landen kann«, sagte Juana.

»Ja, genau«, stutzte Niko. »Warum sind wir eigentlich dort hoch gelaufen?«

»Hmmm«, stutzte auch Lars. »Für einen Ort zu Ort Zauber fehlten Ihnen damals die richtigen Zutaten, aber Numba hätte wirklich dort landen können.«

Balthasar schüttelte den Kopf.

»Über dieser Stätte liegt ein Drachenabwehrzauber, deswegen geht das nicht«, erklärte Balthasar.

»Ach ja, das hatten Sie uns ja schon mal gesagt«, jammerte Lars.

»Ein Drachenabwehrzauber?«, schüttelte Niko den Kopf. »Kennen Sie keinen Gegenzauber?«

»Wenn das so einfach wäre, Niko, würde ich einen Gegenzauber versuchen«, antwortete Balthasar.

»Also müssen wir wieder diesen verdammten Berg besteigen«, schimpfte Niko.

»Ja«, sagte Balthasar.

»Jetzt sind wir da, Lars«, wandte sich Niko grinsend seinem Freund zu.

Numba landete wieder auf derselben Lichtung wie schon Tage zuvor. Der Drache verharrte einige Sekunden, bevor er den Nacken senkte. Lars war wieder einmal der Erste der von Numba stieg, schnell folgten die anderen. Balthasar flüsterte Numba noch etwas zu, dann stieg auch er ab.

»Brrrr.« Niko fröstelte es. »Können Sie nicht den Wärmezauber um uns legen?«, fragte er.

»Der Zauber funktioniert hier nicht so gut und würde mich sehr viel magische Kraft kosten«, antwortete Balthasar.

»Können Sie es nicht einfach mal versuchen?«, fragte Lars schlotternd.

Balthasar schüttelte den Kopf. »Ich kann den Wärmezauber problemlos dort oben anwenden«, Balthasar deutete gegen den Himmel, »oder bei einem Lagerfeuer oder in Feuerland bei meiner Hütte«, erklärte er.

»Das ist ja blöd«, sagte Lars.

Niko klapperten bereits die Zähne. Natürlich jammerte Niko wieder, weil er Hunger bekam. Balthasar überlegte laut, ob es nicht doch besser wäre, wenn sie in Urta übernachten würden. Niko war sofort begeistert und schwärmte vom Essen im Wirtshaus. Balthasar übernahm mit Kaspar und Juana die Führung. Niko und Lars folgten.

»Ich werde mir erst einmal ein warmes Süppchen bestellen«, sagte Niko.

»Gute Idee«, schwärmte Lars.

»Und was willst du danach essen?«, fragte Lars.

»Vielleicht einen gegrillten Springbockschenkel.«

»Einen ganzen Schenkel?«

»Natürlich«, sagte Niko, »halbe Sachen mag ich nicht«, lachte er.

Sie passierten die kleine, schneebedeckte Holzbrücke. Kaspar sah hinunter zum kleinen Bach, in dessen kristallklarem Wasser sich Eisstücke gebildet hatten. Auf dem Waldweg lag weniger Schnee, aber auf dem breiten Hauptweg, der quer durch Urta verlief, lag der Schnee knöcheltief. Es dämmerte bereits, und aus den Kaminen stiegen Rauchschwaden empor. Es war nicht abzuschätzen, wie sich das Wetter entwickeln würde, deswegen beschlossen sie einstimmig zum Wirtshaus zu gehen. Niemand begegnete ihnen auf dem Weg dorthin.

»Seid Willkommen im *Eberkopf*, Balthasar!«, ertönte die fröhliche Stimme des Wirts. »Was führt Euch wieder nach Urta? Oh, entschuldigt meine Neugier, das geht mich natürlich nichts an. Nehmt bitte Platz, ich komme gleich.«

»Warum hat er dem Wirtshaus eigentlich den Namen *Zum Eberkopf* gegeben?«, fragte Niko und visierte den Wirt an.

Lars lächelte.

»*Zum Schweinskopf* hätte auch gut hierher gepasst«, sagte Niko, und Lars lachte, »oder *Zum Dicken Bauch*«, sagte Niko, und Kaspar fiel auf, dass auch dieser Wirt einen dicken Bauch hatte. »Er hätte das Wirtshaus auch *Zum Fußgeruch* taufen können«, sagte Niko mit rümpfender Nase und warf einen kurzen Blick zu einem Mann, der rechts von ihnen alleine an einem kleinen Tisch saß.

Lars lachte leise, und Juana warf einen abwertenden Blick auf Niko.

»Was hast du, Juana? Verstehst du mal wieder keinen Spaß?«, fuhr Niko sie an.

Juana hob eine Augenbraue und visierte Niko scharf an, doch sie schwieg.

»Können wir uns dort hinsetzen?«, fragte Niko, als Balthasar Platz nehmen wollte. »Hier bekommt mir die Luft nicht so gut«, ergänzte er und warf einen kurzen Blick auf den Mann an dem kleinen Tisch, der an seinem Bierkrug trank.

Das Wirtshaus war an diesem Abend nicht besonders gut besucht. Von den zehn Tischen waren lediglich vier besetzt, und an der Theke unterhielten sich nur zwei Männer. Balthasar wählte einen einzelnen Tisch in der Nähe der Theke. Von dort aus hatten sie einen guten Überblick. Der Wirt kam und hieß sie nochmals Willkommen. Balthasar bestellte einen Krug Bier. Niko und Lars wollten Bier mit Limonade gemischt. Kaspar hatte Durst auf ein Glas Wasser, und Juana freute sich auf einen heißen Tee.

»Ich hätte gerne etwas gegrillten Springbock«, sagte Niko, »und vorher ein heißes Süppchen«, ergänzte er freudig.

»Tut mir leid, haben wir heute nicht«, sagte der Wirt.

»Und saftige Steaks oder Fleischkeulen?«, fragte Niko erwartungsvoll. »Und dazu hätte ich gerne eine extra große Portion Knollenpüree«, ergänzte er mit leuchtenden Augen.

Der Wirt schüttelte den Kopf.

»Ist das jetzt hier ein Wirtshaus oder nicht?«, fuhr Niko ihn mit lauter Stimme an.

»Gestern sollte eine Lieferung Fleisch kommen, aber wegen dem Wetter verzögert sich das ein wenig«, verteidigte sich der Wirt.

»Gibt es noch Brot?«, schmunzelte Balthasar.

»Brot!«, schnaufte Niko.

Kaspar hörte nur mit einem Ohr zu. Er schaute zum Fenster heraus und sah dicke Schneeflocken fallen. Er hoffte, dass es nicht die ganze Nacht so schneien würde, denn wie sollten sie dann zur Kultstätte kommen.

»Davon hätte ich gerne eine doppelte Portion«, hörte Kaspar Niko glücklich sagen.

»Möchtest du auch etwas zu essen?«, fragte der Wirt an Kaspar gewandt.

»Ich habe nicht zugehört«, gab Kaspar leise zu. »Was gibt es denn?«, fragte er.

»Einen Eintopf mit Gemüse und Erkanwurzeln, dazu etwas frisches Brot«, sagte der Wirt freundlich.

»Das hört sich gut an«, nickte Kaspar.

Als der Wirt gegangen war, sagte Kaspar an Balthasar gewandt: »Es schneit immer mehr.«

Balthasar wandte sich dem Fenster zu. »Wir müssen abwarten, etwas anderes können wir nicht tun.«

Der Wirt kam mit den Getränken und Holzlöffeln zurück. »Den Tee bringe ich gleich«, sprach er Juana an, die ihm zunickte. »Der Eintopf braucht noch einen Moment«, sagte der Wirt, als er sich Niko zuwandte, dessen Magen leicht knurrte.

»Habt Ihr noch Zimmer frei?«, fragte Balthasar den Wirt.

»Ja«, nickte der Wirt freudig. »Wie viele Zimmer braucht Ihr?«

Balthasar überlegte, und Kaspar antwortete schnell: »Zwei.«

»So, und wer soll sich die Zimmer teilen?«, fragte Niko herausfordernd. »Ah, ich weiß, du und Juana bekommen eins, und das andere ist für uns?«

Kaspar wurde rot im Gesicht.

»Wir nehmen drei Zimmer«, sagte Balthasar und ergänzte: »Ich brauche ein eigenes Zimmer, weil ich noch etwas vorbereiten möchte. Juana bekommt ein eigenes Zimmer und ihr«, Balthasar deutete auf Niko, Lars und Kaspar, »müsst euch eins teilen.«

Der Wirt lächelte zufrieden. Vermutlich wegen dem guten Geschäft, das er gerade mit Balthasar abgeschlossen hatte, dachte Kaspar.

»Ich bringe euch gleich den Eintopf«, sagte der Wirt und ging.

»Wird ja auch langsam Zeit«, murrte Niko und spielte mit dem Holzlöffel herum.

Als der Wirt mit zwei Holzschüsseln zurückkam, strahlte Niko vor Freude. Seine Miene verfinsterte sich zunehmend, als der Wirt Juana die Schüssel überreichen wollte.

»Gebt die Schüssel meinem Freund, er hat Hunger wie ein Bär«, sagte Juana und deutete auf Niko.

»Danke«, strahlte Niko und nahm die Schüssel entgegen. »Der Eintopf riecht gut«, schwärmte er.

»Wem soll ich diese Schüssel hier geben?«, fragte der Wirt.

»Die nehme ich«, sagte Lars schnell, und seine Augen strahlten ebenfalls vor Freude.

Juana lachte.

»Ich komme sofort wieder«, sagte der Wirt.

Schon bald hatte jeder eine Schüssel Eintopf vor sich stehen. Das Essen verlief schweigsam.

»Der Eintopf war gut«, schwärmte Niko. »Ob ich noch einen kleinen Nachschlag nehmen sollte?«

»Ich nehme noch eine Kelle«, sagte Lars.

»Alleine essen macht unglücklich«, strahlte Niko, »also opfere ich mich für dich und nehme auch noch einen Nachschlag.«

»Ich bin satt«, sagte Kaspar, als Niko ihn ansah.

»Ich auch«, winkte Juana ab.

»Ich nehme noch ein Bier«, sagte Balthasar und rief den Wirt, um die Bestellung aufzugeben.

Kaspar fühlte sich angenehm gesättigt. Es war gemütlich und warm im Wirtshaus, und Kaspar beschloss sich auch ein Bier mit Limonade zu bestellen. Vielleicht war er noch etwas zu jung dafür, aber wer sollte ihn hier daran hindern? Als Kaspar den Bierkrug vom Wirt entgegennahm, stieß er mit seinen Freunden an.

»Einer für alle ...«, rief Niko, und Kaspar und Lars beendeten den Satz: »... und alle für einen.«

Als der Wirt vorbeikam, äußerte sich Juana besorgt über das Wetter, worauf der Wirt erzählte, dass im vorigen Jahr, etwa um diese Zeit, ein Eissturm gewütet hatte, der das Dorf mit seiner Kälte für Tage fest im Griff hielt.

Kaspar sah besorgt zum Fenster und dachte: Was wäre, wenn aus dem Schneefall plötzlich ein Eissturm werden würde? Dann wären sie für Tage hier in dem Wirtshaus gefangen, und Drawen hätte genügend Zeit, um ungehindert aus der Zwischenwelt zu entkommen. Warum konnte Balthasar nicht das Wetter beeinflussen? Mist. Gefangen in einer Welt aus Eis und Schnee, ging es ihm durch den Kopf.

Der Wirt erzählte, dass er ein Lager mit ausreichend Proviant und Brennholz besaß, um einige Wochen über die Runden zu kommen. Leider fehlte ihm noch die Fleischlieferung.

So viel Zeit blieb ihnen nicht, dachte Kaspar. Egal, was diese Nacht auch geschehen würde, sie mussten zur Kultstätte hinauf.

»Du bist so still. Was hast du, Kaspar?«, fragte Juana, als der Wirt zur Theke ging.

Kaspar äußerte seine Sorgen und stellte klar, dass sie, egal wie das Wetter morgen sein würde, zur Kultstätte hinauf steigen mussten. Die Blicke, die er auf diesen Vorschlag hin von Niko und Lars erhielt, brachten ihn dazu, Balthasar um seine Meinung zu fragen. Doch der Zauberer wollte bis zum Morgen warten und sehen, wie sich das Wetter bis dahin entwickeln würde. Sollte ein Eissturm losbrechen, wollte er auf keinen Fall den Berg besteigen.

»Lass den Kopf nicht hängen, Kaspar«, sagte Juana an seiner Seite.

»Sei ein wenig optimistisch, mein Freund«, sagte Niko und sang: »Denn Wunder gibt es immer wieder ...«, als Niko der grimmige Blick von Kaspar traf, schwieg Niko abrupt und trank an seinem Krug.

Es war, als würde der eisige Wind nach der Tür greifen, als sie sich knarrend öffnete. Ein kalter Luftzug wehte in das Wirtshaus und ließ Kaspar für einen Augenblick erstarren.

»Das ist ja saukalt da draußen«, schüttelte sich Niko.

»Wieso macht denn niemand die Tür zu?«, schimpfte Lars.

Eine Frau trat ein. Nur das Pfeifen des Windes war zu hören, als Kaspar sie musterte. Draußen leuchtete ein Blitz auf, welcher die Frau und das Wirtshaus durch die offen stehende Tür erhellte, dann folgte ein Donner, der das Wirtshaus vibrieren ließ.

»Boah, ist das gruselig«, sagte Niko.

»Ja«, hauchte Lars. »Ob sie ein Vampir ist?«, fragte er.

»Wie kommst du denn darauf?«, schüttelte Niko den Kopf.

Lars zuckte mit den Schultern. »Hab noch nie einen Blitz gesehen und einen Donner gehört, wenn es schneit«, stellte Lars fest.

»Tja, irgendetwas Dämonisches hat sie an sich«, sagte Niko laut.

Die Frau schlug die Tür hinter sich zu und warf einen kurzen Blick zu Niko. Für einen Moment stand sie still da, ließ alle Blicke auf sich verharren, bevor sie zur Theke ging.

»Sei vorsichtig mit dem, was du sagst, Niko«, ermahnte Juana ihn.

Niko nickte ihr schweigend zu.

Kaspar fiel auf, dass Balthasar die Frau nicht aus den Augen ließ. Sie bestellte einen Krug Bier. Ihr dunkler Umhang war voller Schneeflocken, die langsam tauten. Wasser rann an ihm herab und tropfte zu Boden. Der Griff eines Schmalschwerts ragte durch einen Schlitz im Umhang über ihrer linke Schulter heraus. Die beiden Männer an der Theke nahmen Abstand zu der Frau. Die rege Unterhaltung in dem Wirtshaus war seit dem Auftauchen dieser unheimlichen Frau abgebrochen. Auch der Wirt sagte nichts zu ihr, als er den Krug Bier auf der Theke vor ihr abstellte.

»Sie ist eine Halbelfe«, flüsterte Balthasar Kaspar zu.

»Und was bedeutet das? Ist sie etwa ...«, fragte Kaspar leise.

Kaspar schwieg, als sich die Frau ihm und seinen Freunden zuwandte. Kaspar blickte direkt in ihr schmales, kantiges Gesicht. Ihre blassblauen Augen funkelten im Kerzenlicht der beiden eisernen Kronleuchter. Als sie den Umhang öffnete, liefen kleine Blitze über den Schwertgriff. Ein breiter Ledergurt lag auf ihren Hüften auf und betonte ihre schlanke Taille. Die Hose schien aus Leder zu sein und das Oberteil aus Seide.

»Was waren das für Blitze?«, fragte Kaspar an Balthasar gewandt.

»Elmsfeuer«, antwortete Balthasar kurz und beobachtete die Fremde.

Die Frau trank einen Schluck und kam direkt auf Kaspar zu.

Was will diese Frau von uns?, dachte Kaspar. Hoffentlich macht sie keinen Ärger. Gott sei Dank ist Balthasar bei uns. Er kann uns vor ihr beschützen. Oder etwa nicht?

148

Ohne ein Wort zu sagen, nahm die Frau ihren Umhang ab und legte ihn über die Lehne des freien Stuhls, der gegenüber von Balthasar stand. Sie blickte Balthasar direkt in die Augen.

»Gefällt dir etwas an mir nicht?«, fragte sie und setzte sich. Den Krug stellte sie auf den Tisch.

Balthasar schwieg.

»Also, ich gehe mir noch etwas zu trinken holen«, flüsterte Niko.

»Ich komme mit dir«, sagte Lars.

»Ihr bleibt hier!«, fuhr die Frau sie an.

Scheiße, dachte Kaspar und spürte einen Kloß im Hals. Er hatte geahnt, dass diese Frau Ärger machen würde.

»Ich bin gekommen, weil Ihr meine Hilfe braucht, sowohl im Kampf gegen das kriegerische Heer als auch beim Sturz ihres Königs«, sagte sie bestimmend. »Es sind zwar viele Jahre vergangen, aber an diese Worte solltest du dich erinnern ...«, die Frau stand auf, und auch Balthasar erhob sich schnell. Kaspar fuhr erschrocken in sich zusammen, da er mit einem Kampf rechnete. Kaspar wollte Juanas Hand greifen und aufstehen und Abstand zwischen ihnen und dieser mysteriösen Frau bekommen. Er hielt ein, als er Balthasars freudiges Lachen hörte.

»Fawn«, sagte Balthasar freudig und ging auf sie zu.

»Das hat aber lange gedauert«, lächelte sie und schloss Balthasar in die Arme.

»Es freut mich dich ...«, sagte Balthasar.

»Es ist lange her«, unterbrach Fawn ihn, »aber es ist schön dich wiederzusehen.«

»Du hattest früher ganz kurzes Haar getragen«, sagte Balthasar.

»Und deswegen hast du mich nicht erkannt?«, lächelte Fawn ihn an.

»Ihr beiden kennt euch?«, fragte Kaspar verdutzt.

Balthasar nickte ihm zu. Als sie wieder Platz genommen hatten, erzählte Balthasar Kaspar und seinen Freunden, wie er Fawn begegnet war und wie sie gemeinsam gegen das kriegerische Heer des Königs gekämpft hatten.

Warum Balthasar nicht fragte, wie Fawn es durch den dichten Schneesturm hierher geschafft hatte, ohne die Orientierung zu verlieren, war Kaspar ein Rätsel. Als Kaspar zu Fawn hinüber sah, bemerkte sie wohl, dass er ihr gegenüber Zweifel hegte, denn ihr durchdringender Blick fiel nun auf ihn.

»Du bist also Kaspar?«, sprach Fawn ihn an.

Kaspar nickte nur.

»Und du hast dir vorgenommen Drawen zu bekämpfen?«, fragte Fawn vorsichtig.

»Ja«, sagte Kaspar und dachte: Woher wusste sie seinen Namen und dass er Drawen bekämpfen wollte? Hatten sich seine Abenteuer schon so weit herumgesprochen?

»Gesprächig ist er ja nicht gerade«, wandte sich Fawn Balthasar zu, dann wandte sie sich der Theke zu und rief: »Bring mir noch ein Bier, Wirt!« Als Fawn den leeren Krug von Balthasar sah, rief sie: »Bring uns zwei Krüge Bier, Wirt!«

Kaspar bemerkte, dass der sonst so geschwätzige Niko schweigend am Tisch saß und ab und zu Lars ansah. Auch Juana war außergewöhnlich still geworden. Als der Wirt mit den beiden Krügen kam, stellte er sie wortlos auf den Tisch. Seine Hände zitterten ein wenig. Was hatte diese Frau bloß an sich, dass jeder Angst vor ihr zu haben schien?

Nachdem Fawn mit Balthasar angestoßen hatte, setzte sie ihren Krug geräuschvoll auf den Tisch, worauf der Wirt und die Männer am Nachbartisch zu ihnen sahen.

»Wir haben uns jetzt viel über die alten Zeiten unterhalten, Balthasar«, sagte Fawn, »aber du hast mir noch nicht erzählt, was dich hierher verschlagen hat.«

Balthasar wird doch hoffentlich nichts über unser Vorhaben preisgeben, dachte Kaspar, doch Balthasar schien ihr wohl zu vertrauen, denn er erzählte ihr alles, was sie wissen wollte. Hoffentlich kannte Balthasar diese Frau wirklich so gut, wie er dachte. Bei ihrem Blick fuhr Kaspar jedes Mal eine Gänsehaut über den Rücken.

Fawn legte die Stirn in Falten, als sie sagte: »Bei diesem Schneefall ist der Weg hinauf zur Kultstätte unpassierbar. Ihr werdet niemals lebend dort oben ankommen.«

»Also, Frau Halbelfe«, sprach Niko sie an und fing sich einen finsteren Blick von ihr ein. »Äh, also ... ich ...«, stotterte Niko. »Wie soll ich Euch denn ansprechen?«, fragte er.

»Versuch es einfach mal mit Fawn«, sagte sie.

»Ja, also, Fawn«, sagte Niko. »Balthasar ist ein großartiger Zauberer. Er könnte den Schnee auf dem Weg doch mit einem Wärmezauber zum Tauen bringen.«

Fawn lachte herzlich, und Niko wurde rot im Gesicht.

»Was ist denn daran so lustig?«, herrschte Niko sie an.

»Sei vorsichtig mit dem, was du sagst, Niko«, ermahnte Juana ihn.

Niko hatte wohl schon wieder vergessen, was Balthasar uns über den Wärmezauber erzählt hatte, dachte Kaspar und schüttelte den Kopf.

Fawn winkte ab. »Ich hätte nicht so laut über deinen Vorschlag lachen dürfen. Verzeih mir, Niko«, sagte sie und überraschte alle mit ihrer Entschuldigung.

Das herzliche Lachen gefiel Kaspar, denn es zeigte ihm, dass tief in Fawn eine humorvolle und lebenslustige Seele steckte.

»Würde Balthasar den ganzen Schnee mit einem Zauber zum Tauen bringen, müsste er sehr viel magische Energie dafür einsetzten«, erklärte Fawn, »und ich denke, das würde auch den größten aller Zauberer überfordern«, sagte sie.

Balthasar stimmte ihr mit einem Nicken zu und erklärte nochmals, dass er den Wärmezauber beim Drachenfliegen und am Lagerfeuer oder in Feuerland bei seiner Hütte einsetzen konnte, ohne einen magischen Schock zu riskieren.

»Und was machen wir dann?«, fragte Lars mit piepsender Stimme.

Fawn lächelte wissend und fasste in die Tasche ihres Umhangs, der über der Stuhllehne lag. Sie hielt ein kleines, durchsichtiges Gefäß in der Hand, in dem eine knallrote Blume zu sehen war, die in Erde steckte.

»Eine Harbitze«, hauchte Balthasar.

»Ja, ist ja wirklich ganz toll«, stöhnte Niko.

»Ich trage sie schon eine lange Zeit bei mir«, sagte Fawn, »und ich glaube, jetzt ist es an der Zeit sie einem guten Freund zu überlassen.«

Balthasar nahm den Behälter mit der Pflanze entgegen.

»Danke, Fawn«, sagte er.

Niko zog die Augenbrauen hoch.

»Was ist das für eine Pflanze?«, fragte Juana. »Und wie konnte sie in dem geschlossen Gefäß überleben?«

»Das ist eine sehr seltene Harbitze ...«, erklärte Balthasar.

»Das wissen wir ja schon«, unterbrach Niko ihn.

»Sei nicht so unfreundlich, Niko!«, ermahnte Juana ihn laut.

Niko schwieg.

»... mit dieser Pflanze kann ich einen Ort zu Ort Zauber ausführen«, sagte Balthasar.

»Boah«, staunte Niko, »dann brauchen wir den Berg nicht hoch kraxeln.«

Es trat ein Schweigen ein.

»Und wie hat die Pflanze überlebt?«, wollte auch Lars wissen.

»Ich habe die Pflanze mit einem Elfenzauber belegt«, erklärte Fawn kurz. »Und ihr wollt Drawen tatsächlich an der Kultstätte stellen?«

»Ja«, nickte Balthasar. »Es ist besser den Feind dort zu stellen, als zu warten, bis er nach Urta kommt«, war er überzeugt.

»Ich muss ein wenig essen«, sagte Fawn.

»Da kann ich den Eintopf mit Gemüse und Erkanwurzeln empfehlen«, schwärmte Niko, »dazu noch etwas frisches Brot — einfach lecker.«

Fawn bestellte sich eine Schale Eintopf und frisches Brot. Natürlich wollte Niko nicht, dass Fawn alleine aß, also bestellte er sich auch einen Eintopf mit Brot. Balthasar wollte diese Nacht den Ort zu Ort Zauber vorbereiten, so dass sie ihn am nächsten Morgen einsetzen konnten. Fawn wollte solange in

Urta bleiben, bis Balthasar von der Kultstätte zurückkehrte. Falls Drawen seine Untergebenen schicken würde, sollten sie den Stahl von Fawns Schwert zu spüren bekommen. Als Fawn ein Zimmer für die Nacht haben wollte, erfuhr sie vom Wirt, dass alle belegt waren. Juana schlug vor, dass Fawn bei ihr die Nacht verbringen konnte. Mit einem dankenden Lächeln nahm Fawn das Angebot an.

An diesem Abend lernten Kaspar und seine Freunde nicht nur die gefürchtete, eiserne und wortkarge Seite von Fawn kennen, sondern auch die lustige, humorvolle und unterhaltsame.

***

Die Tür des Wirtshauses *Zum Eberkopf* öffnete sich langsam. Niko trat heraus und zeigte mit der Spitze seines Schwertes in Richtung der Kultstätte. »Wenn wir dem Pfad dort folgen, dann kommen wir zu einer Felsspitze, wo sich der Teufelslord aufhalten soll.«

»Wir werden ihn jagen und besiegen«, trat Lars an die Seite von Niko nach draußen, »und auch dem Teufelsdrachen werden wir das Fürchten lehren.«

»Ja, mein Freund«, sagte Niko laut, »und wenn wir dann den größten Schatz aller Schätze dieser Welt gefunden haben, werden wir nach Hause zurückkehren ...«, nickte Niko und schüttelte sich kurz. »Boah, das ist vielleicht ein Sauwetter heute«, sagte er.

»Ja, verdammte Kälte«, schimpfte Lars.

»Drawen wird vielleicht heute schon die Zwischenwelt verlassen, und ihr albert hier herum«, trat Juana aus dem Wirtshaus heraus.

»Lass sie doch spielen«, sagte Kaspar an ihrer Seite.

»Das hier ist kein Spiel«, sagte Juana mit aller Deutlichkeit, »und wenn wir dort oben auf der Kultstätte sind ...«, ergänzte sie und schwieg, als Balthasar und Fawn ihnen folgten.

»Ein schöner, klarer Morgen«, sagte Fawn strahlend und atmete tief durch.

»Ach ja«, stutzte Niko.

Obwohl die Sonne gerade aufstieg, war es bitterkalt, aber immerhin hatte es aufgehört zu schneien. Das Morgenrot färbte die Berghänge blutig. Balthasar verabschiedete sich von Fawn, die in Urta bleiben wollte, um über dieses Dorf zu wachen.

»Glauben Sie denn, dass Fawn alleine Drawens Armee aufhalten kann?«, flüsterte Niko Balthasar zu, als sie den Hauptweg durch knöcheltiefen Schnee stapften.

»Mach dir mal um Fawn keine Sorgen, die schafft das schon«, war sich Balthasar ziemlich sicher.

»Und wenn Drawen seine Dämonenfreunde nach Urta schickt?«, fing Niko an, und Balthasar unterbrach ihn: »Glaube mir Niko, kein Dämon würde ein Kampf mit Fawn überstehen. Ich habe die Frau kämpfen sehen, eine Hundertschaft ihresgleichen hatte eine ganze Königsarmee zu Fall gebracht. Eine Handvoll Dämonen nimmt sie sich zum Frühstück vor.«

»An Legenden mangelt es diesem Land ja nicht«, entgegnete Niko.

»Ja«, nickte Balthasar, »und Fawn ist eine lebende Legende«, sagte er.

Kaspar lächelte, als er Nikos entgeisterte Miene sah. Zuerst dachte Kaspar, Balthasar hätte vielleicht mit seiner Ausführung übertrieben, aber dann dachte er an den ersten Eindruck, den Fawn auf ihn gemacht hatte, als sie in das Wirtshaus kam. Nun überlegte er, ob Balthasar doch die Wahrheit über Fawn erzählt haben könnte.

»Warum wenden Sie den Ort zu Ort Zauber nicht hier an? Warum müssen wir dafür das Dorf verlassen?«, fragte Lars.

»Wir wollen doch Urta nicht gefährden«, sagte Balthasar mit ernster Miene.

»He, was hat der Alte denn vor?«, flüsterte Niko Kaspar zu. »Will er uns in die Luft jagen?«, fragte er leise.

»So etwas ähnliches«, antwortete Balthasar, der vorausging.

Niko wurde knallrot im Gesicht.

»Hat er mich etwa gehört?«, fragte Niko verlegen.

Juana warf Niko einen bösen Blick zu und schloss zu Balthasar auf. Kaspar und Lars folgten.

»Entschuldigung«, trat Niko an Balthasars Seite.

»Ist schon gut, Niko«, lächelte Balthasar ihn leicht an.

Als sie am Dorfrand standen, trat eine unbehagliche Stille ein. Kaspar warf einen Blick zurück, über die verschneite Straße in Richtung Urta. Bald schon würden sie wissen, ob es Drawen gelungen war, die Zwischenwelt zu verlassen. Kaspar fröstelte es – so nah waren sie dem bösen Zauberer also schon gekommen. Er spürte, dass sich Balthasar Sorgen um sie machte.

»Wenn wir dort oben auf Drawen treffen«, meldete sich Balthasar zu Wort, »sollten wir Ruhe bewahren und achtsam sein.«

Kaspar sah, wie Niko gebannt auf das kleine, runde Gefäß starrte, das Balthasar unter seinem Gewand hervorholte. Die Miene des Zauberers wurde ernst, als er sagte: »Nun wird sich zeigen, ob die Harbitze noch frisch genug für den Ort zu Ort Zauber ist.«

»Aha, also ist es nun soweit?«, sprach Niko, wobei Kaspar nicht wusste, ob es Nikos Angst vor dem Zauber oder die Kälte war, die Nikos Gesicht leichenblass erscheinen ließ.

Balthasar nickte leicht.

»Ähm – na gut, dann wollen wir mal«, sagte Niko und räusperte sich.

Balthasar sprach einen Zauberspruch und wedelte mit dem Zauberstab herum, doch nichts passierte. Balthasar schob den Zauberstab wieder in den Köcher an seinem Gürtel und öffnete das Gefäß. Er pustete leicht über die Öffnung und eine giftgrüne Wolke wehte auf Niko und Lars zu.

Niko verzog die Nase.

»Igitt, das riecht nach Pups«, schimpfe Niko.

»Das stinkt aber höllisch«, sagte Lars.

»Haben Sie in dem Gefäß einen Trollfurz eingefangen oder selbst hineingepupst?«, fragte Niko, Lars lachte, und Juana strafte Niko mit einem finsteren Blick.

»Weder das Eine noch das Andere«, sagte Balthasar ruhig und schloss das Gefäß.

Niko wedelte mit der Hand vor der Nase. Als Balthasar mit den Fingern schnippte, legte sich die giftgrüne Wolke um Niko und Lars. Niko schrie, als seine Füße den Boden verließen und er ein Stück über dem Boden schwebte. Kurz darauf schwebte auch Lars. Balthasar lächelte zufrieden.

»Der kann gut grinsen. Der steht ja mit beiden Beinen auf dem Boden«, schimpfte Niko, und Balthasar hob die linke Hand und fuhr mit ihr von links nach rechts, so als ob er etwas wegwischen wollte.

»Bis gleich«, sagte er noch. Niko und Lars schossen in die Luft wie bei einem Raketenstart.

»**Scheiße**! **Scheiße**! **Scheiße**!«, brüllte sich Niko die Seele aus dem Leib.

»**AHHHHHH! MAMA**!«, schrie Lars.

»Ich habe einen kleinen Verzögerungszauber ausgesprochen«, rief Balthasar ihnen nach, »der verhindert, dass ihr vor mir an der Kultstätte ankommt.«

»**AHHHHHH**!«, schrie Lars weiter, seine Stimme wurde leiser, und plötzlich waren beide verschwunden.

»Ich bezweifle, dass die beiden Ihre letzten Worte mitbekommen haben«, sagte Kaspar.

»Ja, ich auch«, nickte Balthasar. »So, nun seid ihr beiden dran.«

»Sind Sie sicher, dass uns bei diesem Zauber nichts passieren kann?«, fragte Juana vorsichtig.

»Ihr seid völlig sicher«, bestätigte Balthasar ihr.

»Dann wollen wir mal«, sagte Kaspar mit einem gequälten Gesichtsausdruck.

»Auch bei euch werde ich einen Verzögerungszauber aussprechen«, sagte Balthasar.

Balthasar wiederholte die Prozedur. Hand in Hand hoben Kaspar und Juana in atemberaubender Geschwindigkeit ab.

Es war seltsam.

Eben hatte Kaspar noch den wolkenverhangenen Himmel gesehen, dem sie immer näher zu kommen schienen, und zwei Atemzüge später umgab ihn und Juana eine unheimliche Leere. Er hielt Juanas Hand fest umschlossen und sah sie kurz an. Sie lächelte, und es machte den Anschein, dass sie überhaupt keine Angst zu haben schien.

Ha! Ein Held soll ich sein, dachte Kaspar, und warum zittern mir dann die Beine? Bald schon würde er dem schwarzmagischen Zauberer Drawen gegenüberstehen, dann würde sich zeigen, ob er wirklich so ein Held war, wie alle dachten. Dass er Drawen den goldenen Spiegel überlassen hatte, könnte das Ende dieser Welt bedeuten, warf sich Kaspar vor.

Ein heller Blitz unterbrach Kaspars Gedanken, und als er sich umsah, standen er und Juana Balthasar gegenüber.

»Da seid ihr ja endlich«, empfing Balthasar sie.

»Wo sind Niko und Lars?«, fragte Kaspar besorgt.

Balthasar zuckte mit den Schultern. »Da hab ich wohl den Verzögerungszauber etwas zu lange ausgesprochen, aber sie müssten bald hier eintreffen.«

»Es hat aufgehört zu schneien«, bemerkte Juana.

»Ja, zum Glück«, sagte Kaspar, »aber es ist verdammt kalt.«

Die Kultstätte und der gewaltige Steinwall waren mit einer dicken Schneedecke überzogen.

»Dort müsste eigentlich der Höhleneingang sein«, sagte Balthasar und deutete auf die imposante Felswand, hinter dem Steinwall.

»Ich sehe aber nur einen Berg Schnee«, stellte Kaspar fest.

»Vermutlich hat eine Schneelawine den Eingang verschüttet«, bedauerte Balthasar.

»Können Sie ihn nicht mit einem Zauber freilegen?«, fragte Juana.

»Ich werde es versuchen«, antwortete Balthasar.

»**Scheiße! Scheiße! Scheiße!**«, kreischte Niko verzweifelt.

»**AHHHHHH! MAMA!**«, schrie Lars ängstlich.

»Da kommen sie ja endlich«, lächelte Balthasar.

»Ja, sie sind nicht zu überhören, schreien wie kleine Kinder«, lästerte Juana.

Niko und Lars rasten dem Erdboden entgegen und landeten sanft hinter Kaspar und Juana.

»Wir leben«, jubelte Niko.

Lars schnaufte.

»Sie hätten uns ja vorwarnen können, worauf wir uns bei so einem Ort zu Ort Zauber einlassen«, fuhr Niko den Zauberer an.

»War es denn so schlimm?«, fragte Balthasar.

Das aschfahle Gesicht von Niko verwandelte sich zunehmend in ein knallrotes. Kaspar sah seinem Freund an, dass er vor Zorn kochte. Juana kam Kaspar zuvor, als sie Niko ermahnte: »Beruhige dich, Niko! Sage jetzt nichts, was du später einmal bereuen könntest!«

Niko schwieg.

»Also, ich werde nach Urta laufen«, schnaufte Lars. »Auf gar keinen Fall werde ich den blöden Zauber noch einmal mitmachen.«

»Das kannst du laut sagen, Lars, mein Freund«, fauchte Niko wie eine Raubkatze. »Auch ich werde nachher nach Urta laufen! Den Ort zu Ort Zauber können Sie sich sonst irgendwo ...«

»Sei still, Niko«, fuhr Juana ihm ins Wort.

Niko schwieg mit finsterer Miene.

»So, und wo ist nun dieser Drawen?«, fauchte Niko. »An irgendjemandem muss ich meine Wut jetzt auslassen«, fügte er hinzu.

Plötzlich schoss eine Feuerkugel aus der Höhle hinaus, legte den Eingang frei und raste auf den Steinwall zu, in den sie eine Schneise der Verwüstung schlug. Steine, Erde und Schnee wurden hinweggeschleudert, direkt auf Kaspar und seine Gefährten. Kaspar bekam einen Schrecken, als ein kleiner Stein gegen

Nikos Stirn prallte und eine kleine Platzwunde hinterließ. Lars wurde von einem Stein am Arm erwischt, der ganz bestimmt einen üblen blauen Fleck hinterlassen würde, war Kaspar überzeugt. Dann wurden er und Juana von einem Ast getroffen und zu Boden geworfen. Benommen sah Kaspar, wie Balthasar die Feuerkugel ablenken konnte, die auf ihn fixiert war. Sie raste auf die Kultstätte zu und hinterließ einen kleinen Krater. Es grenzte an ein Wunder, dass die größeren Steine sie verfehlten und dass niemand von ihnen ernsthaft verletzt wurde.

Kaspar hob seinen Kopf und blickte zu Juana.

»Mir ist nichts passiert«, sagte Juana und stand auf.

Als sich Kaspar erhob, sah er, wie ein Mann die Höhle verließ.

»Drawen«, hauchte Kaspar.

Niko stöhnte und fasste sich an seine Kopfwunde. Er sah in Richtung Höhle und fluchte: »Scheißkerl!«

Balthasar stand an Kaspars rechter und Juana an seiner linken Seite. Kaspar blickte kurz an Juana vorbei, dort stand Niko und neben ihm war Lars. Als sich Kaspar Drawen wieder zuwandte, begleitete ihn ein mulmiges Gefühl in der Magengegend. Der schwarzmagische Zauberer stand reglos da und beobachtete sie mit seinen rot leuchtenden Augen. Die langen, schwarzen, strähnigen Haare des Zauberers waren teils mit Schnee bedeckt. Eine unheimliche Stille hatte sich breit gemacht, bis Niko sie unterbrach.

»Bah!«, säuselte Niko und sog geräuschvoll die Luft ein. »Was für ein Parfum benutzt Drawen?« Niko schnupperte. »Bärenfurz, nicht wahr?«

Lars lächelte gequält.

Kaspar sah, wie sich eine zweite Feuerkugel vor Drawens Augen bildete.

»Vorsicht«, schrie Kaspar, doch Balthasar hatte längst reagiert. Er sprach einen Zauberspruch und wedelte mit dem Zauberstab herum. Blitzschnell hatte er das Gefäß geöffnet, in dem sich die Harbitze befand. Noch bevor Niko etwas sagen konnte, hatte Balthasar den Zauber ausgesprochen und eine giftgrüne Wolke wehte auf Niko und Lars zu.

»**Igittigitt**!«, brüllte Niko. »Das verzeihe ich Ihnen nie. Bärenfurz Drawen wäre mir lieber gewesen als dieser Trollfurz-geruch.«

Drawen hatte die Feuerkugel schon in Gang gesetzt. Kurz darauf schossen Niko und Lars in die Luft.

»**AHHHHHH**! **MAMA**!«, schrie Lars.

Kaspar und Juana wichen zur Seite, und einige Augenblicke später schlug die Feuerkugel in den Boden ein. Genau dort, wo Niko und Lars zuvor noch gestanden hatten. Hätte Balthasar nicht so schnell reagiert, wären Niko und Lars getroffen wor-den.

»Wo haben Sie die beiden hingeschickt?«, fragte Juana hastig an den Zauberer gewandt.

»Nach Urta, wo ich sie hätte lassen sollen«, antwortete Bal-thasar.

»Können Sie Juana nicht auch nach Urta zurück zaubern?«, fragte Kaspar besorgt.

»Ich bleibe«, warf Juana ein.

»Es tut mir leid. Selbst wenn ich wollte, es geht nicht. Das Zauberelixier reicht nur noch für ein Mal«, erklärte Balthasar und schwieg einen langen Moment, während sein Blick zu Dra-wen wanderte.

Kaspar zog sein Schwert, und Juana tat es ihm nach. Ein fie-ses Grinsen umspielte die Lippen von Drawen, als er durch die Schneise im Steinwall trat. Balthasar forderte Kaspar und Juana auf, zu den Steinquadern zu laufen, um dort Schutz vor Dra-wens Feuerkugeln zu suchen. Die fast vier Meter hohen Stein-quader auf dem runden Platz vor ihnen bildeten einen Ring, in dessen Mitte sich ein Steintor befand. Kaspar sah über die Schulter hinweg, dass Balthasar ihnen folgte. Wieder schoss eine Feuerkugel auf sie zu, die Balthasar im letzten Moment ablenkte. Sie schlug in den Stamm eines uralten Baumes ein. Holz splitter-te, und Schnee fiel von den Ästen herab. Als Balthasar Kaspar und Juana erreichte, die hinter einem Steinquader standen, sprach er einen Zauber aus, und ein Lichtstrahl sauste direkt auf Drawen zu. Drawen hob die Hand, doch er kam nicht mehr dazu einen Abwehrzauber zu sprechen und warf sich seitwärts in den Schnee. Der Lichtstrahl verfehlte ihn nur knapp und schlug in den Steinwall ein.

»Yeh«, jubelte Kaspar, doch im selben Moment raste eine Feuerkugel auf sie zu und zerstörte wenige Augenblicke später den Steinquader oberhalb von ihnen. Kleine Steine rieselten auf sie herab wie Hagelkörner. Schon hatte Balthasar reagiert und hielt Drawen mit Lichtstrahlen in Schach, so dass er für einen Augenblick mit einem Abwehrzauber beschäftigt war und er keine Feuerkugeln mehr auf sie schießen konnte.

Ein Summen und Brummen tauchte in der Nähe des Steintors auf. Kaspar erschauerte innerlich, als sich das Summen und Brummen veränderte und er Drawens Stimme vernahm: »Ascha ... Abei ... meine Armee ist frei ... folgt meiner Stimme!«

Was immer die Worte zu bedeuten hatten, Kaspar vermutete, dass es nichts Gutes verhieß.

»Dann los, Balthasar«, knurrte Drawen lautstark, »zeig mir mal, wie mächtig du in Wirklichkeit bist!«

»Ascha ... Abei ... meine Armee ist frei!«, rief Drawen erneut und mit den Worten: »Bagschal agadir!«, beendete er den Zauber.

»Was bedeuteten diese Worte?«, fragte Juana.

»Er ruft nach seiner Armee«, antwortete Balthasar und ließ seinen Zauberstab kreisen. Balthasar wollte Drawens Vorhaben mit einem Gegenzauber stoppen, doch er wurde von Drawens Abwehrzauber wie von einem Rammbock getroffen, nach hinten geschleudert und fiel rücklings in den Schnee. Kaspar und Juana stand das Entsetzen in ihren Gesichtern geschrieben. Als sich Balthasar aufraffte und Drawen einen Feuerfluch entgegenschleuderte, atmete Kaspar erleichtert aus. Der Feuerfluch traf Drawen, und sofort stand er lichterloh in Flammen.

»Mein Gott, wie schrecklich«, hauchte Juana.

»Besser er als wir«, sagte Kaspar.

Doch Drawen brannte nicht lange, und wie Kaspar erkennen konnte, hatte das Feuer ihn nicht verletzen können. Kaspar und Juana rannten zum nächsten Steinquader, als Drawen eine Reihe von Feuerkugeln auf sie schoss. Der halb zerstörte Steinquader, in dessen Nähe Balthasar stand, wurde von zwei Feuerkugeln getroffen und explodierte. Balthasar schützte sich vor den herumfliegenden Steinbrocken mit einem Schutzzauber und folgte Kaspar und Juana. Zwei weitere Feuerkugeln zerfetzten indessen einen weiteren Steinquader.

»Hören Sie auch das Summen und Brummen dort am Steintor?«, fragte Kaspar an Balthasar gewandt, der nur den Kopf schüttelte und Drawen dabei nicht aus den Augen ließ.

Der schwarzmagische Zauberer stand gelassen da und machte den Anschein, als ob er einen neuen Angriff starten wollte. Das Summen und Brummen verstummte, und eine gespenstische Stille legte sich über die Kultstätte. Kaspar wurde das Gefühl nicht los, dass alles irgendwie außer Kontrolle geriet und dass der schwarzmagische Zauberer langsam die Oberhand gewann. Seine Befürchtungen bewahrheiteten sich in dem Augenblick, als das Steintor wie Lava glühte und als der Schnee auf ihm zu schmelzen begann. Der Boden erbebte als würde eine Armee unter stampfenden Schritten näher kommen. Das Klirren von Metall schallte ihnen wie eine Melodie des Todes entgegen. Plötzlich war es wieder gespenstisch still.

Kaspar fürchtete um ihr aller Leben. Er warf einen kurzen Blick zu Juana und einen längeren hilfesuchenden Blick zu Balthasar. Was hatte dieser Drawen nur getan, als er die Zauberworte gerufen hatte?

Balthasar wich zwei Schritte zurück. »Wir müssen von hier verschwinden«, sprach er mit besorgter Miene. »Schnell!«

Brüllen zerfetzte die Stille, und noch bevor Balthasar einen Zauber aussprechen konnte, traten aus dem Steintor Kreaturen wie eine gewaltige Springflut hervor, die Kaspar an eine Horde wilder Dämonen erinnerte. Sie trugen schwarze Lederrüstungen und waren mit Schwertern, Äxten oder Speeren bewaffnet.

Kaspar wandte sich Drawen zu und sah, wie der Zauberer mit hämischer Miene das Schauspiel beobachtete. Drawen kam sich anscheinend überlegen vor, dass er es nicht für nötig hielt, seine Zauberkräfte einzusetzen, um Balthasar zu besiegen. Wie viele dämonische Wesen noch aus dem Steintor herausstürmen würden, daran wollte Kaspar gar nicht denken. Balthasar schwang seinen Zauberstab, und unverständliche Worte drangen über seine Lippen. Drawen war sich seines Sieges sicher und schrie vor Fassungslosigkeit, als das Steintor in einem Feuerball explodierte. Dämonen wurden davon geschleudert und blieben reglos im Schnee liegen, der sich dunkelrot mit Dämonenblut färbte.

»Es sind zu viele«, sagte Juana.

»Wir können sie nicht besiegen«, schüttelte Kaspar den Kopf und schätzte an die dreißig Gegner.

»Ich weiß«, sagte Balthasar, und noch bevor Kaspar den Zauberer fragen konnte, was er tun wollte, bereitete er in Windeseile den Ort zu Ort Zauber vor.

Kaspar brauchte sich den Dämonen nicht mehr zuzuwenden, um zu wissen, dass sie mit erhobenen Waffen auf sie zustürmten. Drawen rief etwas in einer Sprache, die Kaspar nicht verstehen konnte.

»Ich hoffe, dass das Zaubermittel noch für eine Reise ausreicht«, sagte Balthasar und schnippte mit den Fingern.

Als sich eine giftgrüne Wolke um sie legte, hoben sie vom Boden ab. Kurz danach schossen sie dem wolkenverhangenen Himmel entgegen.

Kaspar fluchte, als er sah, wie Drawen einen Feuerstrahl heraufbeschwor und ihn der Wolke hinterherschickte. Der Feuerstrahl erfasste die Wolke. Sie dehnte sich aus, in Richtung Drawen und seiner Dämonenarmee. Balthasar reagierte schnell und ein helles Licht raste auf den Feuerstrahl zu. Doch Kaspar sah, wie Drawen und etliche Dämonen die Wolke betraten, bevor der Feuerstrahl zerstört wurde.

Die Dämonenarmee

Kaspar und Juana landeten am Ortsrand von Urta – Balthasar tauchte einige Sekunden später neben Kaspar auf.

»Das wird ja auch Zeit«, wurden sie von Lars empfangen.

»Ja, wir dachten schon, euch hätten die verdammten Dämonen erwischt«, sagte Niko angespannt.

»Drawen und seine Dämonen ... sie sind uns gefolgt«, sagte Kaspar hastig.

»Scheiße! Scheiße! Scheiße!«, fluchte Niko lautstark.

»Ich konnte einen Verzögerungszauber aussprechen, der uns etwas Zeit verschafft«, erklärte Balthasar schnell. »Kommt, wir müssen hier fort! Hoffentlich ist Fawn auf so einen Ansturm vorbereitet«, betete Balthasar und spurtete los. Kaspar und seine Freunde folgten ihm schnell.

»Hier hätte auch mal jemand die Straßen vom Schnee befreien können«, fluchte Niko, als sie den Hauptweg in Urta erreicht und ihr Tempo wieder verlangsamt hatten.

»Da ist Fawn«, sagte Kaspar erleichtert.

Doch was Kaspar sah, gefiel ihm gar nicht. Er wandte den Kopf zu Balthasar und warf ihm kurz einen fragenden Blick zu. Balthasar aber schwieg. Balthasar hatte zwar behauptet, dass Fawn mit einer Hundertschaft ihresgleichen eine ganze Königsarmee zu Fall gebracht hatte. Vielleicht hatte sie das ja auch getan – vorstellen konnte sich Kaspar das aber nicht. Bei diesem Kampf standen ihr aber keine anderen Elfen zur Seite – nur Shark und Thinky. Balthasar hatte außerdem gesagt, dass Fawn mit einer Handvoll Dämonen fertig werden würde. Sie hatten es aber mit einer weitaus größeren Anzahl Gegnern zu tun.

Als Kaspar der Halbelfe näher kam, sah er, wie hinter den

Fenstern der Häuser, entlang der Straße, Männer und Frauen voller Furcht nach draußen starrten. Die meisten von ihnen hatten niemals eine Waffe in der Hand gehalten, davon war Kaspar überzeugt. Vielleicht ging der eine oder andere von ihnen mit dem Bogen auf die Jagd nach Tieren, aber keinesfalls jagten sie Dämonen.

»High Noon«, sagte Niko, und Kaspars Gedanken brachen ab.

»Was meinst du damit?«, fragte Juana.

Niko lächelte gequält und sagte: »Den Western hatten wir uns alle mal zusammen angesehen.«

»Die Guten haben gesiegt«, lächelte Lars Niko breit an.

»Jaja«, leierte Niko herunter, »dann kann uns ja nichts Schlimmes passieren, wenn gleich eine Dämonenarmee auftaucht und über uns herfällt wie eine Horde wilder Büffel«, sagte er.

Das Lächeln in Lars' Gesicht verschwand abrupt, und Kaspar sah, wie Lars Hände zitterten, als er den Schwertgriff langsam umfasste.

»Balthasar wird uns beschützen«, sagte Lars plötzlich und wandte sich dem Zauberer zu.

Niko verzog die Mundwinkel, als er Lars ansah.

Balthasar nickte leicht.

Ein paar Schritte trennten sie noch von Fawn und den beiden Kriegern Shark und Thinky. Die beiden Männer trugen jeder ein Schwert auf dem Rücken, und ein langer Dolch hing in einer ledernen Scheide an ihrem Gürtel. Diese zusammengewürfelte Truppe würde niemals ausreichen, um Urta gegen Drawen und seine Dämonenarmee zu verteidigen, da war sich Kaspar so ziemlich sicher.

»Seid gegrüßt, Balthasar«, sagte Shark. Seine Hand lag auf dem Dolchgriff.

Fawn und Thinky schwiegen.

»Drawen und seine Armee sind auf dem Weg hierher«, sagte Balthasar. »Sind sonst keine Krieger in Urta?«, fragte er.

Fawn schüttelte den Kopf, und Thinky sagte: »Wir sind die

einzigen Krieger.«

Balthasar nickte ihm leicht zu.

»Na, das ist ja ganz toll«, fluchte Niko. »Wir werden von einer Horde Dämonen verfolgt. Wie sollen wir sie aufhalten?«

»Mit dem Dolch ...«, sagte Shark und zog die Augenbrauen hoch, als er Niko ansah. »... und mit dem Schwert«, beendete Fawn kühl den Satz.

Niko brummte und schwieg.

»Wir sollten bedenken, dass die Dämonen nicht das einzige Problem sind«, fing Shark an. »Den Todbringer habt ihr zwar besiegt, aber die Söldner, die er zuvor angeheuert hat, treiben sich immer noch in dieser Gegend herum.«

»Das wird ja immer krasser«, zischte Niko und fing sich einen strafenden Blick von Juana ein.

»Sie könnten sich mit Drawen und den Dämonen zusammentun«, vermutete Juana.

»Ähm, sagt mal, habt ihr den Obelisken vergessen?«, fragte Lars plötzlich. »Er beschützt doch Urta.«

»Das tut er«, antwortet Thinky beiläufig. »Der Todbringer und seine Söldner konnten Urta nicht betreten, aber die Häuser und Farmen außerhalb waren in großer Gefahr.«

»Ja, aber ...«, sagte Lars, und Fawn unterbrach ihn: »Drawen kennt bestimmt einen Weg, um den Schutzzauber des Obelisken zu durchbrechen.«

Kaspar warf einen schnellen Blick zu Balthasar, der zustimmend nickte und sagte: »Drawen hat die Macht dazu. Er könnte es tatsächlich schaffen.«

»Wir brauchen Bogenschützen, Reiter und ...«, sprach Niko laut.

Balthasar unterbrach ihn: »Wir haben alles was wir brauchen, um gegen Drawen zu kämpfen.«

»Ach ja? Haben wir das?«, spottete Niko.

Balthasar beachtete Niko nicht weiter und sagte zu Fawn: »Wir sollten zum Obelisken gehen, vielleicht gelingt es mir, den Schutzzauber zu verstärken.«

»Gute Idee«, wisperte Lars.

»Gehen wir!«, sagte Fawn.

Balthasar und Fawn führten die kleine Truppe an. Die beiden Krieger folgten ihnen dichtauf. Kaspar und seine Freunde bildeten den Schluss.

»Meinst du nicht, dass es für die Kinder zu gefährlich wird«, wandte sich Fawn Balthasar zu. »Wir sollten sie in eines der Häuser in Sicherheit bringen«, schlug sie vor.

Balthasar fuhr sich mit der Hand durch den langen, weißen Bart.

»Kaspar brauche ich, aber die anderen ...«, weiter kam er nicht, denn Juana warf sofort ein: »Wenn Kaspar bei Ihnen bleibt, dann bleiben wir auch!«

Balthasar wandte sich Kaspar und seinen Freunden zu.

»Einer für alle ...«, rief Niko und wandte sich Lars zu, der den Satz mit leiser Stimme beendete: »... und alle für einen.«

»Hast du einen Frosch verschluckt?«, fuhr Niko ihn an.

Lars schwieg.

»Alles wird gut werden, du wirst sehen«, sagte Niko und klopfte Lars leicht auf die Schulter.

»Wenn du es sagst.« Lars Stimme klang ängstlich.

»Kopf hoch, Lars«, lächelte Niko ihn an.

»Das musst du gerade sagen, Kumpel«, fuhr Lars ihn ärgerlich an.

»Weißt du noch, Lars, als wir dem Teufelslord und seiner Armee gegenübergestanden haben?« Niko machte eine kurze Pause, und Lars nickte ihm zu. »Wir waren nur zu zehnt, du, Kaspar, Juana und ich und sechs Bogenschützen«, nickte Niko. Nach einer Atempause fuhr er fort: »Die Bogenschützen hoben die Arme und spannten ihre Bögen, und wir brachten uns mit den Schwertern in Stellung ...«

»Ja, und als die ersten feindlichen Krieger auf Schussweite heran waren, erklang ein Surren, und ein Hagel gefiederter Pfeile sauste auf sie zu.« Lars Gesicht strahlte wieder, und er fuhr aufgeregt fort: »Jeder Pfeil fand sein Ziel, und die getroffenen Krieger stürzten verwundet zu Boden ...«

»Ihr beiden solltet nicht vergessen, dass dies ein Rollenspiel war«, ermahnte Juana sie. »Das hier ist die Wirklichkeit. Hierbei könnt ihr tatsächlich sterben, also seid vorsichtig!«

Niko nickte ihr zu und sagte: »Das werden wir sein, Juana.«

»Ganz bestimmt«, ergänzte Lars.

»Schade, dass es hier keine Bogenschützen gibt«, bedauerte Niko.

Sie stapften weiter durch den Schnee den Hauptweg entlang. Vereinzelte Schneeflocken fielen vom Himmel, und es schien, als würde es bald wieder stärker schneien. Niko wünschte sich von Balthasar einen Wärmezauber. Der Zauberer lächelte leicht und erklärte, dass er seine Kräfte für wichtigere Dinge brauchte. Niko fluchte, denn er verstand nicht, was wichtiger sein konnte, als ein warmes Umfeld.

»Da vorne auf dem Dorfplatz steht der Hinkelstein«, sprach Niko laut.

»Was ist ein Hinkelstein?«, fragte Fawn.

»Na, das Ding da vorne«, antwortete Niko.

Fawn hob die Augenbrauen.

»Und weißt du, wer ihn aufgestellt hat?«, fragte Niko.

»Agilon, der Zauberer«, antwortete Fawn.

»Falsch! Es war Obelix, der Gallier«, lachte Niko.

Einen kurzen Augenblick später wurde aus dem Grinsen von Lars, ein lautes Lachen.

Fawn stutzte, und Juana sagte zu ihr: »Hör nicht auf Niko, er albert wieder mal herum.«

Balthasar ging einen Schritt schneller und zog den Zauberstab aus dem Lederköcher hervor. Es grollte als würde ein Gewitter aufziehen, dann heulte und zischte es. Die Spitze des Obelisken glühte. Balthasar schwenkte den Zauberstab. Ein Donner ertönte, und Kaspar spürte, wie eine Druckwelle gegen ihn prallte, die ihn beinahe von den Beinen gerissen hätte.

»Scheiße, was war denn das?« Nikos Stimme klang besorgt.

»Drawen versucht den Obelisken zu zerstören«, vermutete

Fawn.

Balthasars Gegenzauber schien zu wirken, denn die Spitze des Obelisken kehrte langsam in ihren Normalzustand zurück. Dann donnerte es abermals, viel lauter als gerade eben – und die folgende Druckwelle riss Shark und Thinky, Kaspar und seine Freunde von den Beinen. Nur Fawn und Balthasar konnten mit Mühe standhalten.

»Boah – Kacke«, keuchte Niko laut.

Auch Kaspar fluchte aus Leibeskräften, dann drehte er sich besorgt Juana zu.

»Mir ist nichts passiert, Kaspar«, sagte sie.

Kaspar atmete erleichtert auf.

»Lars, Lars!«, schrie Niko. »Er bewegt sich nicht mehr.«

Doch dann rührte Lars den Kopf und fragte angeschlagen: »Bin ich tot?«

»Dumpfbacke«, fluchte Niko.

»Wieso das?«, brummte Lars ihn an.

»Na, du hast mir einen gehörigen Schrecken eingejagt, Kumpel«, knurrte Niko zurück.

Kaspar und Juana waren wieder auf den Beinen. Niko hatte Mühe aufzustehen. Als Lars es versuchte, fluchte er laut: »Mist, ich habe mir den Knöchel verstaucht.« Lars humpelte, während Niko ihn stützte.

»Ihr geht besser zum Wirtshaus zurück. Dort ist es im Augenblick sicherer als hier«, sprach Fawn Niko und Lars an.

»Wir können doch Kaspar nicht ...«, wandte Niko ein, doch Kaspar unterbrach ihn: »Ihr solltet besser tun, was Fawn vorgeschlagen hat.«

»Ja, aber ...«, fing Lars an.

»Bitte«, sagte Kaspar.

»Du blutest ja am Arm, Juana«, stellte Niko fest.

Erst jetzt fiel Juana auf, dass ihr rechter Oberarm schmerzte.

»Den muss ich mir beim Sturz verletzt haben«, vermutete sie.

»Dann gehst du mit Niko und Lars zum Wirtshaus!«, befahl Kaspar.

»Wer ist noch alles im Wirtshaus?«, wollte Kaspar von Fawn wissen.

»Als ich eben das Wirtshaus mit Shark und Thinky verlassen habe, war nur noch der Wirt da.«

»Hmmm«, stutzte Kaspar. »Wer soll dann dort auf meine Freunde aufpassen?«

»Wir haben keine Zeit für eine lange Diskussion!«, warf Fawn ein.

Juana nickte einverstanden. Kurz darauf gingen Juana, Niko und Lars in Richtung Wirtshaus davon. Juana wandte sich noch einmal Kaspar zu.

»Pass auf dich auf, Kaspar«, flehte sie ihn an.

»Werde ich tun«, nickte er ihr zu.

»Na, dann bis gleich, Kaspar«, sagte Niko, »und zeig es dem Blödmann Drawen!«

Kaspar sah seinen Freunden noch einen Augenblick nach, bevor er sich an die Seite von Balthasar begab. Die Spitze von Balthasars Zauberstab leuchtete in einem grauen Licht.

»Es ist noch nicht vorbei«, sagte Balthasar. »Drawen versucht es wieder.«

Balthasar ließ den Zauberstab kreisen. Die Spitze des Obelisken glühte leicht.

»Wir könnten doch versuchen ...«, fing Kaspar an, doch Fawn unterbrach ihn sofort: »Es ist zu spät, um den Plan jetzt noch zu ändern.«

»Ähm – da hast du vermutlich ...«, entgegnete Kaspar.

»**VORSICHT**!«, schrie Balthasar und duckte sich gleichzeitig.

Der Boden bebte kurz, und dann donnerte es gewaltig – und die folgende Druckwelle riss alle von den Beinen. Kaspar blickte zum Obelisken und sah die Risse in ihm. Das graue Licht an der Spitze von Balthasars Zauberstab erlosch, und genau in diesem Moment zersprang der Obelisk in unendlich viele Teile. Nun war Urta dem schwarzmagischen Zauberer Drawen schutzlos ausgeliefert.

Als Kaspar aufstand, dröhnten seine Ohren von der Detonation. Balthasar sagte etwas zu ihm, aber er konnte kaum etwas hören. Fawn trat an seine Seite und hatte ihr Schmalschwert in der Hand. Ein Elmsfeuer lief über den Schwertgriff.

»Sie kommen«, sagte Fawn.

»Ja, ich kann sie hören«, hauchte Shark.

Thinky stand schweigsam da.

»Wir sollten sie von zwei Seiten angreifen«, schlug Fawn vor.

»Was? Angreifen?«, schüttelte Kaspar den Kopf.

»Willst du etwa wie ein Feigling davonlaufen?«, fragte Fawn irritiert.

»Natürlich nicht«, fuhr Kaspar sie an, »aber ich denke, dass wir einen offenen Kampf nicht gewinnen können.«

Fawn blickte ihn düster an, aber Balthasar nickte zustimmend.

»Wir sollten uns aufteilen, verstecken und sie aus dem Hinterhalt bekämpfen«, schlug Balthasar vor. »War das dein Plan?«, fragte Balthasar an Kaspar gewandt. Kaspar nickte. »Ihr beiden geht in Richtung Wirtshaus.« Balthasar deutete auf die beiden Krieger. »Ich gehe mit Kaspar dort in Deckung«, Balthasar deutete nach rechts auf eine Scheune, »und du Fawn ...«

»... ich gehe dort zum Haus hinüber und erwarte die Brut mit meinem Schwert.«

Balthasar nickte ihr zu.

»Warte Shark, ich muss dir noch etwas sagen!« Balthasar ging auf Shark zu. Thinky war schon ein Stück vorausgegangen. Kaspar konnte leider nur Bruchstücke verstehen. »Du ... mu... Jäge ... zu ...« Kaspar trat einige Schritte vor. »Ich weiß nicht, ob es eine gute Idee ist, Balthasar«, hörte Kaspar Shark sprechen, »aber ich werde sehen, was ich tun kann.«

Balthasar trat wieder an Kaspars Seite.

»Glauben Sie, dass wir ...«, sprach Kaspar Balthasar an, der ihn unterbrach und sagte: »Werden wir sehen. Komm jetzt! Schnell!«

»Warte auf mich, Thinky!«, rief Shark und schloss zu ihm auf.

Balthasar lief zur Scheune, und Kaspar folgte ihm. Plötzlich überfiel Kaspar ein schrecklicher Gedanke, so plötzlich, dass er fast vor Schreck erstarrt wäre. Was, wenn sie der Übermacht nicht gewachsen wären? Was, wenn Drawen siegen würde? Was, wenn er heute hier sterben würde?

»Komm, hierher, Kaspar!«, rief Balthasar.

Erst jetzt bemerkte Kaspar, dass er stehen geblieben war. Schnell lief er zu Balthasar hinüber und suchte mit ihm im Inneren der Scheune Deckung. Durch das breite Fenster sah Kaspar, wie Fawn kampfbereit mit ihrem Schmalschwert hinter einer Hauswand stand. Kaspar zitterten leicht die Hände, als er nach seinem Schwert griff.

Und dann kamen ihre Gegner mit lautem Kriegsgeschrei den Hauptweg entlang. An die dreißig Dämonen zählte Kaspar, aber von Drawen war keine Spur zu sehen. Kaspar blickte auf ihre Waffen, die aus Breitschwertern, Äxten und Speeren bestanden. Ein Koloss von einem Dämon schwang einen riesigen Hammer über seinem Haupt. Die Dämonen teilten sich auf und stürmten in verschiedene Richtungen.

Nun war sich Kaspar wirklich nicht mehr sicher, ob sie dem gewaltigen Ansturm gewachsen waren. Er sah, wie Fawn die Deckung aufgab und ihr Schwert in fließenden, kontrollierten Bewegungen kreisen ließ. Die beiden Dämonen waren so überrascht von Fawns erscheinen, dass sie gar keine Möglichkeit hatten, sich zur Wehr zu setzen. Die Halbelfe machte einen Ausfallschritt, und der erste Dämon ging zu Boden. Der Schnee färbte sich dunkelrot. Der zweite Dämon hob sein Breitschwert, jedoch war er Fawns Schnelligkeit weit unterlegen. Sekunden später lag der zweite Dämon leblos neben seinem Kameraden. Fawn ging wieder in Deckung.

Zwei Feinde weniger, dachte Kaspar. Wo war bloß dieser Drawen? Kaspar vermutete, dass sich der Zauberer mit Absicht im Hintergrund hielt und auf eine Gelegenheit wartete, sie aus dem Hinterhalt anzugreifen. Kaspar bewunderte mit welch einer Gelassenheit Balthasar das Geschehen beobachtete. Er hatte Zauberkräfte und brauchte sich vor den Dämonen nicht zu fürchten, dachte Kaspar, dennoch, unsterblich war der Zauberer auch nicht.

»Mist«, fluchte Kaspar leise, »die Dämonen sind alle irgendwo in den Gassen verschwunden. Ich kann keinen mehr von ihnen sehen.«

»Da kommt eine Gruppe«, flüsterte Balthasar.

»Fawn steht mit dem Rücken zu ihnen«, stellte Kaspar entsetzt fest. »Wir müssen sie warnen!«

Balthasar nickte und trat aus der Deckung hervor.

»Du bleibst hier, Kaspar!«, befahl er und rannte aus der Scheune. »**VORSICHT, FAWN!**«, rief Balthasar und schwang seinen Zauberstab.

Fawn wandte sich blitzschnell dem Feind zu und duckte sich rasch, als ein Breitschwert auf sie zuraste. Das Schwert fuhr über sie hinweg und schlug mit voller Wucht in die Hauswand ein. Vor Balthasars Zauberstab bildete sich eine schwarze Wolke und bewegte sich rasend schnell auf die vier Dämonen zu, die Fawns Leben bedrohten. Die Schmerzensschreine der Dämonen hallten durch Urta, als die schwarze Wolke sie traf und ihre Haut verbrannte als würde sie mit siedendem Öl übergossen werden.

Es war schrecklich wie die Dämonen sterben mussten, dachte Kaspar, aber – egal – sie hatten vier Feinde weniger. Obwohl Balthasar die Deckung verlassen hatte und auf dem Hauptweg stand, ließ sich Drawen immer noch nicht blicken. Eigenartig.

Fawn bedankte sich mit einer Handgeste bei Balthasar und suchte wieder Deckung hinter einer Hauswand. Balthasar eilte indessen zu Kaspar zurück.

»Hoffentlich passiert meinen Freuden nichts«, sagte Kaspar besorgt.

»Sie sind in Sicherheit«, gab Balthasar zu verstehen.

»Glauben Sie das wirklich?«

»Ja«, nickte Balthasar.

»Wo hat sich Drawen bloß versteckt?«, fragte Kaspar.

Balthasar zuckte mit den Schultern.

»Oder ist er durch den Verzögerungszauber noch gar nicht hier angekommen?«, fragte Kaspar.

Balthasar schüttelte den Kopf.

»Er ist hier«, antwortete Balthasar. »Ich kann ihn spüren.«

»Was sollen wir jetzt tun?«, fragte Kaspar.

»Wir warten noch einen Augenblick, dann gehen wir zum Wirtshaus«, antwortete Balthasar.

Also machte sich Balthasar doch Sorgen um seine Freunde, schoss es Kaspar durch den Kopf. Wie sollten sie Drawen überhaupt besiegen? Ihnen fehlten die goldenen Drachentränen. Scheiße. Mist. Sie alle waren dem Untergang geweiht.

»Was hast du Kaspar?«, sprach Balthasar ihn an.

»Nichts.«

»Nichts? Und dann machst du so ein nachdenkliches Gesicht.«

»Uns fehlen die goldenen Drachentränen, damit wir Drawen besiegen können«, platzte es aus Kaspar heraus.

»Dann müssen wir halt ohne die Drachentränen gegen Drawen antreten«, sagte Balthasar mit Nachdruck. »Wir sollten gehen«, ergänzte er, und Kaspar nickte ihm einverstanden zu.

Sie gingen den Hauptweg entlang. Aus einer linken Seitengasse stieß Fawn zu ihnen hinzu. Schweigend stapften sie durch den Schnee und näherten sich langsam dem Wirtshaus *Zum Eberkopf*. Zwanzig, vielleicht auch dreißig Schritte trennten sie von dem Wirtshaus, als Dämonen links und rechts von ihnen aus den Seitengassen auftauchten.

»Bleib dicht bei mir, Kaspar!«, befahl Balthasar.

Kaspar nickte ängstlich. Seine Schwerthand zitterte leicht. Fawns eisigem Gesichtsausdruck konnte Kaspar nicht ansehen, ob sie auch Angst verspürte. Ihre blassblauen Augen funkelten, als sie ihre Feinde musterte. Sie wurden von vierzehn Dämonen umzingelt. In Fawns schmalem, kantigem Gesicht zeichnete sich ein kleines Lächeln ab, als sie einen Schritt auf ihre Feinde zuging und sie vor ihr zurückwichen.

Kaspar sah kurz zum Himmel. Es war bitterkalt, und es hatte

wieder angefangen leicht zu schneien. Sekunden verstrichen. Weder die Dämonen, noch Balthasar oder Fawn griffen an. Kaspar bemerkte, dass Balthasar langsam die Hand um den Griff seines Zauberstabes legte. Es war also soweit. In wenigen Augenblicken würde der Kampf beginnen, davon war er überzeugt.

»Können Sie Numba keine Nachricht übermitteln, dass wir seine Hilfe benötigen?«, flüsterte Kaspar an Balthasar gewandt.

»Das habe ich schon versucht«, antwortete Balthasar, »aber ich vermute, dass Drawen meine Nachrichten abgefangen hat.«

»Mist«, fluchte Kaspar. »Hoffentlich geht es Numba gut«, sagte Kaspar erschrocken.

Balthasar nickte. »Wenn Drawen ihm etwas Schlimmes angetan hätte, hätte ich das gespürt.«

Kaspar war über Balthasars Antwortet erleichtert.

»Bleib dicht bei mir, Kaspar!«, befahl Balthasar, und Kaspar nickte stumm. »Hör gut zu«, flüsterte der Zauberer. »Wenn ich den Zauberstab auf die Dämonen richte, werden die Bogenschützen anfangen zu schießen«, erklärte er.

Welche Bogenschützen?, dachte Kaspar. Hatte Balthasar den Verstand verloren? Kaspar konnte sich nicht daran erinnern, dass sich der Zauberer mit irgendwelchen Bogenschützen abgesprochen hatte. Warum die Bogenschützen Balthasars Geste verstehen sollten, wenn es denn welche gab, war Kaspar ebenso ein Rätsel.

Balthasar nickte kurz mit dem Kopf in Richtung Wirtshaus. Dort sah Kaspar Shark in der Tür stehen und hinter ihm stand ein Mann mit einem Bogen. Kaspar betete, dass die Männer sicher im Umgang mit Pfeil und Bogen waren.

»Die Bogenschützen sollten genug Dämonen zur Strecke bringen, so dass wir dem Feind gewachsen sind«, sagte Balthasar und zwinkerte Kaspar zu.

Kaspar nickte vorsichtig.

Als Balthasar den Zauberstab in der Hand hielt und ihn kreisen ließ, trat Shark aus der Tür. Ihm folgten vier Bogenschützen, die jedoch keinesfalls aussahen wie erfahrene Krieger, sondern eher wie gewöhnliche Jäger.

»Shark weiß, was zu tun ist«, sagte Balthasar gelassen. »Ich habe ihm eben Anweisungen gegeben.«

Darüber also haben sich Shark und Balthasar unterhalten, dachte Kaspar.

»Hab vertrauen zu Shark, Kaspar.«

»Shark ist ein Krieger, aber die Bogenschützen sehen mir nicht so aus«, bemerkte Kaspar.

»Um das Ziel zu treffen, müssen sie keine Krieger sein.«

Kaspar nickte Balthasar zu.

Der Kampf begann.

»Also dann ... **LOS**!«, schrie Shark, gleichzeitig trat Thinky aus der Tür.

Kaspar sah, wie die Männer ihre Bogen spannten, und Augenblicke später pfiff ein Pfeilhagel durch die Luft, der über ihre Köpfe hinwegflog und in die Reihen der Dämonen hinter ihnen einschlug. Sekunden später hatten die Männer wieder ihre Bögen gespannt und feuerten die nächsten Pfeile ab. Dieses Mal erwischte es die Dämonen, die vor ihnen standen. Nicht jeder Pfeil hatte sein Ziel gefunden, dennoch vier Dämonen lagen reglos ihm Schnee.

Kaspar jubelte innerlich und sah Niko und Juana in der Tür stehen. Hoffentlich machten seine Freunde keine Dummheiten und blieben im Schutz des Wirtshauses. Niko stand grinsend da und jubelte anschließend lautstark. Sein Freund begriff wieder mal nicht den Ernst der Lage. Kaspar war erleichtert, als Juana ihn anbrüllte und ins Wirtshaus zurückzog. Die Tür schloss sich, und Kaspar atmete erleichtert aus.

Ein Dämon griff an. Fawn duckte sich im letzten Moment unter dem Schwert des Angreifers hinweg. Als sie hinter der Klinge ihres Angreifers wieder hochkam, stach sie zu, und ihr Schmalschwert bohrte sich tief in den Körper des Dämons, der tödlich getroffen zu Boden fiel. Fawns Lippen umspielte ein zufriedenes Lächeln. Sie wirbelte herum und griff an.

Vier Dämonen standen Balthasar und Kaspar gegenüber. Sie hielten sich noch zurück. Fawn kämpfte bereits gegen fünf Gegner. Sie schwang ihr Schwert mit einer Hand und mit der anderen erwischte sie einen Angreifer am Kinn, der sein Schwert zu hoch erhoben hatte. Der Dämon ging rückwärts zu Boden. Fawns gewaltiger Schwerthieb schleuderte einen Angreifer verletzt zu Boden. Doch den Feind hinter ihrem Rücken sah sie zu spät kommen. Fawn duckte sich noch und entging dem tödlichen Schlag ihres Gegners, jedoch verlor sie ihr Gleichgewicht und ging zu Boden.

»Schnell, Balthasar! Fawn ist in Gefahr!«, sagte Kaspar laut, doch nun griffen die vier Dämonen Balthasar und Kaspar an. Der Zauberer schleuderte mit dem Zauberstab eine Feuerkugel auf einen Dämon, der tödlich getroffen zu Boden ging. Kaspar sah, wie Fawn am Boden lag, sich wälzte und versuchte die Schwerthiebe ihrer Angreifer abzuwehren.

»Bleib bei mir, Kaspar!«, befahl Balthasar, doch Kaspar duckte sich und lief an einem Angreifer vorbei. Im gleichen Moment erwischte eine Feuerkugel den Dämon, der mit erhobenem Kampfbeil vor Kaspar auftauchte. Kaspar lief an dem verletzten Dämon vorbei. Fawn lag auf dem Rücken und wehrte verbissen die Schwerthiebe ihrer vier Angreifer ab. Niemand achtete auf Kaspar, der nun Fawns Gegner erreichte. Fawn wehrte einen Schlag ab, doch im gleichen Augenblick sauste ein zweites Schwert auf sie zu. Kaspar erwischte die Waffenhand des Dämons, und die Schwertspitze verfehlte haarscharf Fawns Kopf. Fawn nutzte die Verwirrung unter den Feinden und sprang auf. Sie nickte dankend Kaspar zu und ließ ihr Schwert kreisen. Der Dämon neben Kaspar bekam ihr Schwert zu spüren und schlug hart mit dem Rücken zu Boden. Kaspar sah, wie sich der Schnee rot färbte. Kurz darauf sackte ein weiterer Feind verletzt in sich zusammen. Fawn hatte ihre Kampfstärke wieder gefunden. Kaspar wich einem Schlag aus, und im selben Augenblick sah er, wie der Feind mit durchtrennter Kehle zu Boden ging. Fawns letzter Gegner hatte keine Chance – geschmeidig wich sie immer wieder den Schwerthieben aus. Der Griff des Dämons um seine Waffe lockerte sich. Fawns Schwert hatte sein Herz durchbohrt. Als Fawn das Schwert aus dem Körper des Feindes zog, fiel er zur Seite.

Balthasar tauchte neben Kaspar auf.

»Ich habe dir doch gesagt, du sollst ...«, fing er mit zorniger Stimme an, dann aber sagte er erleichtert: »Gut gemacht, Kaspar.«

Balthasar hatte seine Gegner ebenfalls besiegt.

Kaspar beobachtete erschrocken, wie Fawn an den verletzten Dämon herantrat. Sie will ihn doch nicht etwa töten?, dachte Kaspar. Er ist völlig wehrlos.

»Töte mich!«, flehte der Dämon, der große Schmerzen zu haben schien.

»Nein«, schüttelte Fawn den Kopf. »Der Tod wird dich holen – später«, sagte sie kühl. Sie ging an ihm vorbei, in Richtung Wirtshaus.

Balthasar und Kaspar folgten ihr.

***

Die Tür des Wirtshauses schlug auf, und eine Stimme schrie: »He! Denen habt ihr's aber gezeigt. We are the champions ...«

»Sei still, Niko!«, trat Juana aus der Tür, und Lars folgte ihr humpelnd.

Kurze Zeit später standen alle beisammen: Kaspar und seine Freunde, Balthasar, Fawn, Shark, Thinky und vier Bogenschützen.

»Dieser verflixte Drawen lässt sich nicht blicken«, fluchte Niko.

»Er wartet auf eine gute Gelegenheit«, stotterte Lars.

»Da kann er lange warten«, pustete Niko.

»Viele Dämonen sind nicht mehr übrig«, stellte Juana fest.

»Aber trotzdem sollten wir auf der Hut sein. Es sind noch die Söldner des Todbringers in der Gegend«, fing Shark an, »und ich könnte mir vorstellen, dass Drawen ein Bündnis mit ihnen schließt.«

Balthasar nickte ihm zu und bestätigte seine Annahme. Fawn schwang ihr Schwert. »Sollen sie nur kommen«, knurrte sie.

»Was machen wir jetzt?«, wandte sich Kaspar Balthasar zu.

»Wir warten ab«, antwortete Balthasar in ruhigem Ton.

»Sollten wir nicht in Deckung gehen?«, flüsterte Lars.

»Ja, wir könnten alle ins Wirtshaus gehen«, schlug Niko vor.

»Drawen hätte dann ein leichtes Spiel mit uns«, sagte Fawn.

»Warum?«, fragte Niko.

»Er würde das Wirtshaus vernichten, und wir wären alle tot«, fuhr Juana dazwischen.

Fawn nickte ihr zu.

»Ja, aber hier stehen wir doch auch alle zusammen herum«, sagte Niko.

»Wir werden uns eine Taktik überlegen und uns dann trennen«, wandte Balthasar ein.

Niko stützte seinen Freund Lars, dem der Fuß schmerzte.

»Ich werde mich nachher um deinen Knöchel kümmern«, sagte Balthasar, »aber im Augenblick ist leider keine Zeit dafür.«

»Okay«, nuschelte Lars.

»Wir bleiben zusammen, mein Freund«, sagte Niko und drückte Lars kurz.

»Hmmm«, brummte Lars ihn an. »Lass das!«, sagte er.

»Die Bogenschützen sollten sich auf den Dächern positionieren«, schlug Fawn vor.

»Und wir sollten sie hier empfangen«, sagte Balthasar.

»Shark und Thinky könnten sich im Wirtshaus verstecken«, fing Kaspar an, »und wenn wir gegen die Dämonen kämpfen, stürmen sie aus dem Hinterhalt hervor.«

Fawn nickte Kaspar zu.

»So sollten wir es machen«, sagte sie.

»Und was ist mit den beiden?«, fragte Thinky und deutete auf Niko und Lars.

»Was soll mit uns sein?«, fuhr Niko ihn an. »Außerdem haben

die beiden einen Namen«, ergänzte er mürrisch.

»Jetzt sei nicht direkt so brummig«, ermahnte Juana ihn.

»Jaja, misch du dich wieder ein«, winkte Niko ab.

Juana schwieg.

»Was ist das?«, fragte Kaspar und deutet gegen den Himmel.

Eine schwarze Wolke zog vorüber, die sich rasch änderte und ein dreieckiges Auge bildete, aus dessen Pupille eine Pfeilspitze herausragte.

»Das ist sehr merkwürdig«, sagte Niko.

»In der Tat«, bestätigte Juana.

»Jaah, seltsam«, hauchte Lars.

»Ich fürchte uns bleibt nicht mehr viel Zeit«, sagte Fawn.

»Das ist ein schwarzmagisches Symbol«, erklärte Balthasar und stutze: »Die Pfeilspitze gehört eigentlich nicht dazu.«

Sie alle blickten stumm zum Himmel.

»Wir sollten in Deckung gehen«, schlug Juana vor.

»Ja, das sollten wir«, bestätigte Balthasar mit besorgter Stimme.

Es lag ein leises Knistern in der Luft, das nichts Gutes zu verheißen hatte, befürchtete Kaspar. Lars hatte einen verstauchten Knöchel, und Niko musste ihn stützen. Die beiden musste sich irgendwo in Sicherheit bringen. Sie würden bei einem Kampf nur hinderlich sein. Was sollte er Juana bloß sagen? Ihm wäre es lieber gewesen, wenn sie mit den beiden gehen würde, aber darauf würde sie sich bestimmt nicht einlassen, war Kaspar überzeugt. Er blickte direkt in das Auge am Himmel. Scheiß Ding, dachte er und fragte Balthasar: »Können Sie es nicht wegzaubern?«

»Das wollte ich gleich versuchen«, sagte Balthasar. »Doch zuvor sollten alle ihre Position eingenommen haben.« Balthasar überlegte kurz. »Niko, Lars und Juana, ihr geht sofort in das Haus.« Balthasar deutete nach rechts, auf ein unscheinbares, kleines Haus.

»Ich bleibe bei Kaspar«, sagte Juana energisch.

Balthasar verzog die Mundwinkel.

»Dann machen wir beide uns mal vom Acker«, sagte Niko und befolgte den Befehl von Balthasar.

Kaspar schüttelte sich. Er spürte, dass in kurzer Zeit etwas unheilvolles geschehen würde. Er befürchtete, dass sich Drawen einen teuflischen Plan zurechtgelegt hatte.

»Schaut euch das an!« Juana deutete auf das dreieckige Auge, aus dem eine zweite Pfeilspitze ragte.

Noch bevor irgendjemand eine Warnung aussprechen konnte, regnete ein Hagel gefiederter Pfeile aus dem dreieckigen Auge auf sie herab. Die schwarzen Geschosse schlugen in den Boden und die Dächer ein. Zwei Bogenschützen wurden getroffen. Balthasar hob den Zauberstab. Die Spitze zeigte auf das Auge, während er einen Zauberspruch sprach. Doch es war zu spät. Der zweite Pfeilhagel kam bereits auf sie zu. Zeitgleich kamen Dämonen und Söldner den Hauptweg herangestürmt, angeführt von dem Dämon mit dem riesigen Hammer, den er über seinem Haupt kreisen ließ.

Kaspar und Juana standen dicht bei Balthasar, als ein Pfeil neben ihnen einschlug. Kaspar sah, wie sich ein Pfeil in Thinkys rechte Schulter bohrte. Der kleine, untersetzte Krieger ließ sein Schwert fallen. Ein weiterer Pfeil bohrte sich in den Bauch eines Bogenschützen.

Kaspar beobachtete mit Entsetzen, wie weitere Pfeile aus dem dreieckigen Auge auf sie zukamen. Mit jedem weiteren Beschuss wurde die Schlagkraft ihrer Truppe geschwächt. Wen würde der Pfeilangriff dieses Mal außer Gefecht setzten? Würde es Shark treffen oder Fawn, die gerade den heranstürmenden Feinden entgegentrat? Der letzte Bogenschütze spannte seinen Bogen und zielte auf den Koloss mit dem Hammer. Niko und Lars hatten das kleine Haus noch nicht erreicht. Sie standen kurz vor der Tür, als Kaspar ihnen zurief: »Schnell! Geht ins Haus!«

Aussichtslos, dachte Kaspar. Völlig aussichtslos, dass wir den Kampf gewinnen.

Doch bevor die feindlichen Pfeile sie erreichten, verglühten sie. Asche regnete auf sie herab. Der Zauberer hatte es doch noch geschafft, den Angriff abzuwehren. Doch schon nahten die Dämonen und Söldner. Thinky hatte den Pfeil aus der rechten Schulter herausbekommen, doch die Schwerthand konnte er nicht mehr führen.

Fawns rechte Hand, die mit einem Schmalschwert bewaffnet war, schnellte mit einem geraden Stoß vor, dem ein blitzschneller, rotierender Hieb folgte. Der Dämon zur ihrer linken Seite fiel kopflos zu Boden. Der Koloss schwang den Hammer auf Fawn nieder. Ein Pfeil bohrte sich in seinen Arm, und der Hieb verfehlte Fawn knapp. Fawn kämpfte verbissen. Sie fürchtete weder Tod noch Teufel.

Shark und Thinky eilten zu Fawn und brachten zwei Söldner zur Strecke. Obwohl Thinky nur mit der linken Hand das Schwert führen konnte, waren seine Hiebe kraftvoll und zielgenau. Der Bogenschütze schoss weitere Pfeile ab und jeder fand sein Ziel.

Kaspar und Juana standen mit gezogenem Schwert kampfbereit beisammen. Niko und Lars verschwanden unterdessen im Haus.

»Wir schaffen das«, sagte Kaspar, doch er klang keineswegs überzeugt. Juana nickte ihm stumm zu. Ein Söldner trat ihnen entgegen. Balthasar konnte nicht helfen. Er war mit dem Pfeilabwehrzauber beschäftigt und versuchte gleichzeitig das dreieckige Auge zu zerstören.

Kaspar trat vor und machte einen Schwenk nach rechts, während Juana den Angreifer von links nahm. Der Söldner reagierte blitzschnell, und sein Schwert raste auf Juana zu. Sie wehrte den Schlag ab, doch die Wucht des Schlages war so stark, dass sie zu Boden ging. Kaspar fluchte laut und hatte sein Schwert erhoben, doch der Söldner sprang auf ihn zu und packte seine Schwerthand. Der Kraft des Söldners hatte Kaspar nichts entgegenzusetzen. Der Söldner hob ihn am Handgelenk empor und schmiss ihn von sich weg. Kaspar fiel zu Boden. Keuchend wandte sich Kaspar Juana zu, die wieder auf den Beinen stand.

Der Söldner trat ihr entgegen. Kaspar sprang auf, während sich der Söldner zu ihm drehte und ihm einen Faustschlag verpasste, der ihn erneut zu Boden schmetterte.

»**KASPAR**!«, schrie Juana entsetzt und schlug zu.

Für den Söldner war der Schwertschlag keinerlei Bedrohung. Er wehrte ihn kinderleicht ab und bekam Juanas Schwerthand zu fassen.

Kaspar wischte sich das Blut von den Lippen und sah mit Entsetzen, wie der Söldner das Schwert zum Stich ausholte. Schnell sprang Kaspar auf die Beine und rannte mit ausgestrecktem Schwert auf den Söldner zu. Er spürte, wie die Spitze seines Schwertes in den Körper des Feindes eindrang, und er hörte das Keuchen von Juana, als das Schwert des Feindes sie traf. Der Söldner ließ Juanas Hand los und fiel schwer verletzt zu Boden, und zugleich sackte Juana zusammen. Kaspar war sofort bei ihr, konnte sie aber nicht mehr auffangen.

»**NEIN! JUANA**!«, schrie Kaspar verzweifelt. »**BALTHASAR**!«

Das dreieckige Auge über ihnen explodierte, als sich Balthasar ihnen zuwandte. Sofort war der Zauberer bei ihnen, und die Spitze seines Zauberstabes berührte die Bauchwunde von Juana.

»Ist sie tot?«, wollte Kaspar wissen, denn Juana rührte sich nicht mehr.

Balthasar schwieg. Kaspars Mund wurde trocken, und er zitterte und sah, wie auch Thinky von einem Schwert getroffen wurde und zu Boden ging. Shark war sofort bei ihm und schlug das Schwert mit voller Wucht in den Körper des Angreifers.

Balthasar richtete sich auf und aus seinem Zauberstab flogen Feuerbälle auf die Feinde zu. Kaspar sah, wie Thinky humpelnd aufstand. Zum Glück. Er lebte.

»Was ist mit Juana?«, wollte Kaspar von Balthasar wissen.

»Sie wird es überleben«, sagte Balthasar schnell.

Kaspar kniete neben seiner Freundin und hielt ihre Hand, während um ihn herum gekämpft wurde.

Es musste Fawns Instinkt gewesen sein, dachte Kaspar, als

sie herumwirbelte und sich nach rechts drehte, so dass sie den Angreifer auf ihr Schwert spießte. Was für ein grausamer Kampf, ging es Kaspar durch den Kopf.

»Juana, du musst es schaffen, bitte«, hauchte Kaspar. »Ich habe dich doch so gern. Du gehörst zu mir, bitte.«

***

»Numba«, lächelte Balthasar zufrieden, und als Kaspar zum Himmel blickte, sah er den Schwarzdrachen über ihnen kreisen. Numba flog immer weiter in die Tiefe, in großen, spiralförmigen Kreisen, und wie es schien, steuerte er auf die Angreifer zu. Balthasar flüsterte einen Zauberspruch und ließ seinen Zauberstab kreisen. Eine kreisrunde Lichtwand baute sich um Balthasar herum auf und dehnte sich soweit aus, dass sie Kaspar, Juana, Fawn, Shark und Thinky mit einschloss, sowie die Feinde gegen die sie gerade kämpften.

Numba kam und mit ihm das Drachenfeuer. Alle die jenseits der kreisrunden Lichtwand standen, die Balthasar schützend um sie herum gelegt hatte, fanden in der Flammenhölle den Tod. Numba spie sooft Drachenfeuer, bis alle Feinde jenseits der Lichtwand vernichtet waren.

Die Lichtwand verschwand. Fawn kämpfte gegen den Dämonenkoloss, während sich Shark und der Bogenschütze einer vierköpfigen Feindgruppe zuwandte. Thinky hielt sich zurück, und Balthasar kümmerte sich um die anderen drei Dämonen, die er mit Feuerbällen bekämpfte.

Fawn wirbelte erneut herum, schlug das Schwert in die Hüfte des Angreifers und hechtete vor dem mächtigen Hammer in Deckung. Der Dämonenkoloss brüllte auf und hielt sich die Wunde. Als Fawn auf ihn zuging, reagierte der Koloss blitzschnell, und der Hammer traf Fawn in den Magen. Sie fiel zu Boden. Der Dämon erhob den Hammer zu einem weiteren Schlag. Mit Mühe schaffte sie es, sich wegzurollen, bevor der Hammer den Boden traf. Fawn stand wieder auf den Beinen und taumelte. Der Hammer kam frontal auf sie zu. Fawn ließ sich zu Boden fallen, direkt vor die Füße des Dämons.

Ein kurzer Augenblick verstrich, bevor Fawn ihrem Gegner die Waden durchschnitt. Der Koloss von einem Dämon sackte langsam in die Knie. Das war sein Todesurteil. Bevor Fawn zuschlug, lief ein Elmsfeuer über den Griff ihres Schmalschwertes.

Geschafft, atmete Kaspar auf und rief: »**VORSICHT, BALTHASAR!**«

Ein Blitz fuhr auf Balthasar zu, den er gerade noch abwehren konnte. Im selben Augenblick erstarrte Numba mitten im Flug. Der Drache stürzte in die Tiefe und begrub ein Haus unter sich. Hoffentlich hat Numba überlebt, dachte Kaspar, und hoffentlich war niemand in diesem Haus. Woher kam der Blitz? Wer hat Numba außer Gefecht gesetzt?

Weit hinten auf dem Hauptweg sah Kaspar ihn stehen: Drawen. Also war er nun doch gekommen. Eine Entscheidung stand nun bevor, war sich Kaspar sicher. Er oder Drawen würden heute hier als Sieger hervorgehen.

Die Dämonen und Söldner waren besiegt. Nun standen sie dem schwarzmagischen Zauberer gegenüber, der eine Reihe von Blitzen auf sie schleuderte. Balthasar wehrte sie geschickt ab, bis auf einen, der Shark außer Gefecht setzte. Wie schwer er getroffen wurde, konnte Kaspar nicht erkennen. Thinky und der Bogenschütze nahmen Shark in die Mitte und gingen in Deckung.

»Zieh dich zurück, Fawn«, befahl Balthasar. »Du kannst gegen Drawen nichts ausrichten. Kümmere dich um Niko und Lars«, sagte er.

Fawn nickte ihm zu und hielt sich die Rippen fest, während sie verschwand. Der Hammerschlag hatte sie wohl doch mehr verletzt, als Kaspar zuerst dachte, denn er sah, wie Fawn kurz stehen blieb, durchatmete und dann erst wieder weiterlief.

Der Kampf zwischen den beiden Zauberern war hart. Lichtstrahlen und Feuerbälle flogen hin und her. Ein Feuerball setzte ein Dach in Brand und ein weiterer einen Baum. Als Balthasar einen Feuerball abwehrte, der auf Kaspar zuflog, wurde Balthasar von einem Lichtstrahl getroffen und fiel gelähmt zu Boden.

Nun stand Kaspar dem gefürchteten Zauberer Drawen allein gegenüber und musste sich ihm stellen. Er warf noch einen kurzen Blick auf Juana, die sich immer noch nicht rührte. Dann ließ er ihre Hand los und trat Drawen entgegen.

***

Kaspar war sich sicher, dass Niko und Lars hinter dem Fenster standen und zusahen. Zu Kaspars Erleichterung versuchte Niko nicht den Held aus einem ihrer Rollenspiele zu mimen: Er blieb im Haus.

»Ah, Kaspar – endlich ...«, rief Drawen, als er näher kam.

Kaspar ging ihm langsam entgegen und lugte nach einer Deckung, falls Drawen einen Blitz oder eine Feuerkugel auf ihn schleudern sollte.

»... stehen wir uns gegenüber«, beendete der Zauberer den Satz.

Wie konnte er Drawen bekämpfen?, überlegte Kaspar und dachte angestrengt nach, welche Schätze er noch an seinem Gürtel trug: Ein goldenes Pferd, ein Fläschchen mit dem magischen Gebirgswasser, einen Rubinschädel. Das goldene Medaillon mit dem königlichem Wappen trug Kaspar an einem Lederband um den Hals.

Wie konnte er diese Dinge im Kampf gegen den schwarzmagischen Zauberer einsetzen? Sollte er das goldene Pferd wieder zum Leben erwecken, auf Drawen zureiten und ihm das magische Wasser entgegenwerfen. Nein, der Zauberer würde ihn bestimmt schon vorher mit einer Feuerkugel aus dem Sattel schießen. Wie konnte er den Rubinschädel oder das Medaillon einsetzen? Er hatte keine Ahnung.

»Du bist so schweigsam, Kaspar«, rief Drawen. »Hat dir die Angst deine Sprache verschlagen?«

Kaspar schüttelte schweigsam den Kopf.

Was sollte diese blöde Frage? Sollte er etwa mit Drawen noch ein Schwätzchen halten, bevor sie sich auf Leben und Tod bekämpften? Idiot, dachte Kaspar und blieb stehen. Er sah sich um. Niemand war da, um ihm im Kampf beizustehen. Er musste mit dieser Situation allein fertig werden. Scheiße, was sollte er tun?

Kaspar sah, wie ein hämisches Grinsen Drawens Lippen umspielte, als er seinen Zauberstab hob und brüllte: »**Iduna**!«

Ein violettes Licht sauste direkt auf Kaspar zu. Hätte er nicht so schnell reagiert und sich zu Boden fallen lassen, wäre er getroffenen worden, so aber hatte er Glück, und das Licht flog über den Hauptweg hinweg, geradewegs auf den in der Ferne liegenden Wald zu. Wenige Augenblicke später gingen am Waldrand Bäume in Flammen auf. Wieder hörte Kaspar Drawen das Zauberwort rufen. Schnell war Kaspar auf den Beinen und rannte nach rechts, um Schutz hinter einer Hauswand zu suchen. Das violette Licht schlug genau dort in den Boden ein, wo er zuvor gelegen hatte. Das Häufchen verkohlte Erde, hätte er sein können, dachte Kaspar, als er um die Ecke der Hauswand lugte.

Drawen kam.

Gnadenlos.

Unbarmherzig.

Was war mit Balthasar los? Hoffentlich war er nicht schwer verletzt. Er rührte sich immer noch nicht. Kaspar zuckte zurück, als die Hausecke in Stücke flog. Scheiße, der verdammte Zauberer war ihm schon verflucht nahe gekommen. Was sollte er tun? Flüche, Blitze, Feuerkugeln herbeizaubern konnte er nicht, und mit seinem Schwert konnte er gegen Drawen ganz bestimmt nichts ausrichten. Für Kaspar stand fest: Es war nur eine Frage der Zeit, bis Drawen ihn erwischen würde.

Ja, dachte Kaspar, ich muss Zeit herausschlagen. Vielleicht erwacht Balthasar ja doch noch rechtzeitig.

Kaspar lief um das freistehende Haus herum und lugte vorsichtig um die andere Ecke. Drawen stand mit dem Rücken zu ihm, an der zerstörten Hauswand. Der Zauberer war ihm nun so nah, dass Kaspar Schüttelfrost bekam. Kaspar überlegte, ob er zur Scheune laufen sollte, die sich auf der anderen Straßenseite befand.

Er hatte das Gefühl, dass es immer kälter wurde. Dicke Flocken rieselten vom Himmel herab. Der Schneefall nahm geschwind zu.

Ein weiterer langer Moment verging, und endlich verschwand Drawen um die Hausecke. Kaspar wartete einen Augenblick und rannte quer über den Hauptweg. Geschafft, schnaufte er, als er durch das große Tor ins Innere der Scheune lief. Vorsichtig hielt er Ausschau nach dem Zauberer. Er war hinter dem Haus verschwunden und suchte ihn.

Hoffentlich kannte Drawen keinen Aufspürzauber, schoss es Kaspar plötzlich durch den Kopf. Er schaute sich kurz nach der kleinen Tür um, die sich in der hinteren Ecke der Scheune befand. Notfalls konnte er dort fliehen.

»Wo ist er?«, flüsterte Kaspar, als er vorsichtig durch das Scheunentor blickte. Der Schneefall wurde immer dichter, so dass Kaspar das Haus auf der anderen Seite nicht mehr klar erkennen konnte.

»Wo ist der verflixte Zauberer bloß?«, sprach Kaspar zu sich.

»Direkt hinter dir«, erklang ein Flüstern.

Kaspar wirbelte wie vom Blitz getroffen herum. Drawen stand ein paar Meter vor ihm, und sein Augenpaar glühte teuflisch rot. Die kleine Tür stand weit offen, dort musste der Zauberer hereingekommen sein.

»Drawen«, stammelte Kaspar, und bevor Drawen einen Zauber anwenden konnte, floh Kaspar durch das Scheunentor. Die dicken Schneeflocken behinderten die Sicht.

Das Scheunentor und ein Teil der Wand sprengte Drawen mit einem Feuerzauber in die Luft. Die Trümmer flogen Kaspar hinterher und landeten im tiefen Schnee. Als Kaspar kurz stehen blieb und sich umschaute, schlug ihm ein Holzstück gegen die Brust. Er wurde zu Boden geschleudert. Drawen trat aus der

Scheune heraus und ging auf Kaspar zu, der benommen auf dem Boden lag. Der Zauberer beugte sich über Kaspar und grinste ihn siegessicher an. Die langen, schwarzen Haare des Zauberers waren mit Schnee bedeckt.

Scheißkerl, dachte Kaspar und tat etwas, womit Drawen wohl nicht gerechnet hatte. Er trat ihn mit voller Wucht gegen das Schienbein. Er war zwar ein Zauberer, aber gegen die Schmerzen, die der Tritt verursachte, konnte er nichts tun. Drawen wich humpelnd zurück. Kaspar sprang auf die Beine und nahm das goldene Pferd vom Gürtel ab. Er wollte versuchen, den Zauberer mit dem goldenen Pferd und dem magischen Wasser zu bekämpfen. Er rannte davon und warf einen Blick zurück.

Als sich ein goldener Schimmer über das Pferd legte, blieb Kaspar stehen und stellte es zu Boden, in den tiefen Schnee. Der Schnee um das Pferd herum leuchtete golden. Jeden Augenblick musste das Pferd anfangen zu wachsen, bis es in voller Größe vor ihm stand. Schneller, schneller, dachte Kaspar und warf einen kurzen Blick zu Drawen, der humpelnd auf ihn zukam. Warum wuchs das Pferd nicht? Was sollte er tun? Eine Feuerkugel raste dicht an ihm vorbei und schlug in eine Hauswand ein. Er schreckte hoch und sah, dass Drawen Nahe gekommen war. Schnell schnappte er sich den goldenen Hengst. Während er flüchtete, befestigte er ihn wieder in der Schlaufe am Gürtel.

Das war ja wohl nichts, ging es ihm durch den Kopf, gleichzeitig traf ihn ein Lichtstrahl, der ihn zu Boden warf. Ein Schleier legte sich über seine Augen. Nur nicht in Ohnmacht fallen, dachte er. Nein, nicht. Du musst wach bleiben. Er wälzte sich ihm Schnee herum und blickte in Drawens Richtung. Seine Hand tastete nach dem Rubinschädel, und bevor Drawen ihm einen weiteren Lichtstrahl, Feuerkugel oder Fluch entgegenschleudern konnte, warf er den Rubinschädel dem Zauberer entgegen. Er hatte nicht damit gerechnet, den Zauberer zu treffen, doch der Rubinschädel schlug ihm mitten ins Gesicht. Drawen taumelte zurück und fluchte: »Na warte! Ich ziehe dir lebendig die Haut vom Leib.«

Kaspar lag wehrlos auf dem Rücken, als Drawen schnell vor ihn trat. Sein rechtes Augen zuckte, als er langsam den Zauberstab hob. »Ich will den Augenblick genießen«, sagte er. »Ich will deine Angst spüren ... deine Todesangst ... bevor deine Haut verdampft und sich in Luft auflöst, werde ich ...«, lachte er und brach mit einem Gurgeln ab.

Mit allem hätte Kaspar gerechnet, dass Drawens Zauber ihn treffen würde, dass er vor Angst sterben würde, dass Drawen ihm sein Herz herausreißen würde, aber dass Juana Drawen ihr Schwert in den Rücken rammen würde, damit hätte er nie im Leben gerechnet.

»Du hättest nicht so viel quatschen sollen«, sagte Kaspar, sprang auf und griff sich den goldenen Spiegel, der an Drawens Gürtel hing.

Warum er das tat, wusste er nicht. Instinkt, vermutete er. Kaspar spürte, dass tief in ihm etwas geschah. Zuerst war es nur ein starkes Kribbeln, dann hatte er das Gefühl als wäre der goldene Spiegel ein Bestandteil von ihm. Der Spiegel leuchtete in seiner Hand, und er sah den erschrockenen Blick von Drawen.

»**NEIN!**«, schrie Drawen. »Du trägst das Zauber-Gen in dir«, hauchte er ängstlich. Das Schwert in seinem Rücken und auch Juana beachtete der Zauberer nicht. Er behielt Kaspar fest im Blick.

Kaspar nickte dem Zauberer stumm zu, während Juana das Schwert aus dem Körper des Zauberers zog. Drawen senkte den Zauberstab, und das teuflisch rote Glühen in seinen Augen erlosch. Scheinbar hatte Juanas Schwert den Zauberer schwer verletzt. Außerdem hatte Kaspar das Gefühl, dass der Spiegel ihm die Macht verlieh, den Zauberer endgültig zu besiegen. Drawen stand wie gelähmt da und schien nicht mehr fähig zu sein einen Gegenzauber auszusenden.

Für ein paar Herzschläge verstummten für Kaspar alle Geräusche, die Welt um ihn herum schien stillzustehen. Während er in die gequälte Miene des Zauberers blickte, sandte der Spiegel ein helles Licht aus, das sich auf Drawen zubewegte. Sekunden später war der Zauberer gefangen. Kaspar behielt den Spiegel fest in der Hand. Es schien alles wie von selbst zu gehen. Er musste nur an die Dinge denken, die er mit Drawen anstellen wollte, und in diesem Augenblick wünschte er sich, dass Drawen für immer aus dieser Welt verschwinden sollte. Es musste das Zauber-Gen sein, das die Magie des goldenen Spiegels lenkte, vermutete Kaspar, und einen Wimpernschlag später nahm er die Umgebungsgeräusche wieder wahr.

Das helle Licht zerrte an dem Zauberer so stark, dass sich kleine Körperstücke von ihm lösten. Drawen bewegte sich zum Spiegel hin und schrie dabei, als würde er tausend Höllenqualen erleiden. Als er sich weiter auf den Spiegel zubewegte, löste sich sein Körper in unendlich viele leuchtende Punkt auf, die in den Spiegel eingesogen wurden.

Der Wunsch Kaspars, den Zauberer für immer zu verbannen, war groß. In dem Moment als er flehte, dass der Spiegel zerspringen sollte, geschah es. Glassplitter fielen zu Boden und versanken im Schnee. Sieg, jubelte Kaspar innerlich und blickte zu Juana. Ihr schien es wieder gut zu gehen, denn sie lächelte ihn an.

»Alles in Ordnung mit dir?«, fragte Kaspar besorgt und ließ den kaputten Spiegel fallen.

»Ja«, sagte Juana und fasste sich an den Bauch. »Die Wunde ist vollständig verheilt«, staunte Juana, als sie nachsah.

Kaspar war froh, dass Balthasars Zauber gewirkt hatte und dass es Juana wieder besser ging.

»Hier, den hast du verloren«, lächelte Juana und überreichte Kaspar den Rubinschädel.

»Danke«, sagte Kaspar, suchte die passende Schlaufe am Gürtel und setzte den Schädel hinein.

»Wie bist du denn auf die Idee gekommen, den Rubinschädel nach Drawen zu werfen?«, schmunzelte Juana.

Kaspar zuckte mit den Schultern.

»Hast ihn ja voll damit erwischt.«

Kaspar lächelte.

»Ich wusste nicht, was ich sonst mit dem Ding tun sollte«, gab Kaspar zu. »Wie geht es eigentlich Balthasar?«, fragte Kaspar.

Juana zuckte mit den Schultern.

Als sie den Hauptweg zum Wirtshaus gingen, sahen sie, wie Balthasar langsam auf die Beine kam und sich den Schnee von der Kleidung klopfte.

»Ihnen ist nichts passiert«, lächelte Kaspar, als sie den Zauberer erreichten.

»Mir geht es gut«, bestätigte Balthasar, »und wie ich sehe, hat mein Zauber Juana geheilt«, sagte er zufrieden.

»Hipphipphurra«, rief Niko von der Haustür aus zu ihnen herüber. »Hipphipphurra«, rief Niko wieder und kam schnell.

Lars folgte humpelnd.

»Neuer Held der Zauberwelt«, sagte Niko freudestrahlend und klopfte Kaspar auf die Schulter.

»Was ist mit Numba?«, fragte Kaspar plötzlich.

»Er hat einen Bannzauber abbekommen, der ihn gelähmt hat«, erklärte Balthasar. »Ich werde ihn gleich von dem Zauber erlösen.«

»Ist jemand von unserer Truppe ums Leben gekommen?«, fragte Juana.

»Ja, leider …«, fing Fawn an, die sich lautlos herangeschlichen hatte, »… sind zwei Bogenschützen ums Leben gekommen. Ein weiterer Bogenschütze ist schwer verletzt, und Shark und Thinky hat es auch heftig erwischt.«

»Und wie geht es dir?«, sprach Balthasar Fawn an.

»Vermutlich habe ich ein paar Rippen gebrochen«, sagte Fawn. »Ist aber halb so wild«, ergänzte sie.

»Ich werde mich nachher darum kümmern«, nickte Balthasar. »Zuerst muss ich nach Numba sehen und ihn von dem Bannzauber erlösen, dann können wir nachsehen, ob noch jemand in diesem Haus war.«

Als Balthasar Numba erlöst hatte und sie feststellten, dass

sonst niemand in den Trümmern zu Schaden gekommen war, gingen sie ins Wirtshaus *Zum Eberkopf,* in dem Shark, Thinky und der verletzte Bogenschütze in Zimmern untergebracht waren.

Kaspar und Juana waren mit Balthasar hoch auf das Zimmer gegangen, in dem der Bogenschütze lag. Fawn, Niko und Lars blieben unten in der Wirtsstube zurück.

Balthasar zog die Decke weg, und Juana stieß einen leisen Schrei aus.

»Ich brauche etwas sauberes Wasser«, sagte Balthasar.

»Ich gehe welches holen«, sagte Juana und kam kurz danach mit einer Schüssel Wasser zurück.

Der Mann war so schwer verletzt, dass Balthasar ihn eine ganze Weile behandeln musste, doch schließlich konnte er ihm das Leben retten.

Anschließend gingen Balthasar, Kaspar und Juana in das Zimmer, wo Shark und Thinky lagen. Zuerst wandte sich Balthasar dem Bett zu, in dem Thinky lag und heilte seine Verletzungen. Dann ging er an Sharks Bett. Er war immer noch bewusstlos, doch dem Zauberer gelang es schnell, auch seine Wunden zu heilen.

Balthasar ging abwärts in die Wirtsstube. Kaspar und Juana folgten ihm.

»Alles paletti da oben?«, fragte Niko.

»Alle sind wohlauf«, antwortete Juana.

»Gott sei Dank«, sagte Niko erleichtert.

Lars war froh, als sich der Zauberer ihm zuwandte und seinen Knöchel mit einem Zauber behandelte.

»So jetzt zu dir, Kaspar«, sagte Balthasar und wandte sich Kaspars Kopfwunde zu.

»Es ist nicht so schlimm«, winkte Kaspar ab und wollte, dass Balthasar zuerst Fawns gebrochene Rippen heilen sollte.

***

Mittlerweile war es dunkel geworden. Zwei eiserne Kronleuchter mit dicken Kerzen spendeten Licht im Wirtshaus, in dem sich Kaspar und seine Gefährten und viele Dorfbewohner eingefunden hatten. Der Wirt hatte einen großen Eintopf zubereitet und ein Fass Bier angeschlagen. Niko erzählte, wie Kaspar gegen Drawen angetreten war. Und mit jedem weiteren Mal bauschte Niko die Geschichte auf. Kaspars Kampf gegen Drawen wurde immer dramatischer, und zum Schluss seiner Erzählung rief Niko immer wieder lautstark: »Hoch lebe Kaspar, neuer Held der Zauberwelt.«

Als Niko wieder nach dem Kampf gefragte wurde, berichtete er von Neuem, dass die Verluste der Angreifer beträchtlich waren und dass der Ansturm nicht nachließ und dass immer mehr Dämonen und Söldner den Durchbruch schafften. Auf den Zinnen aber standen eine große Anzahl von Bogenschützen, die die feindlichen Horden in Schach hielten, malte sich Niko aus.

»Was für Zinnen?«, fragte Lars stutzig.

»Ist doch egal, Lars«, sagte Niko genervt. »Stell dir doch einfach vor, dass Urta eine Burg ist.«

»Ja, aber Urta ist doch keine ...«, entgegnete Lars. Niko fuhr ihm scharf ins Wort: »Hör mir einfach zu, Lars! Ich möchte nämlich jetzt etwas von der großen Schlacht erzählen.«

»Hmmm«, brummte Lars und überließ Niko das Wort.

Juana sah über die Schulter zurück und erlaubte sich ein feines Lächeln. »Ich glaube, ich lasse Niko seinen Spaß und sage nichts dazu.«

»Ja, lassen wir ihm seinen Spaß«, sagte Kaspar. Balthasar nickte zustimmend.

Von Balthasar erfuhr Kaspar, dass es sein Zauber-Gen war, das den goldenen Spiegel aktiviert hatte, und dass Kaspar mit seinem Willen den schwarzmagischen Zauberer wieder in die Zwischenwelt verbannt hatte. Und irgendwie, durch Konzentration und eisernen Willen, hatte es Kaspar geschafft, den goldenen Spiegel zu zerstören, mit dem ein magisches Tor zwischen der Anderen-Welt und der Zwischenwelt erschaffen werden konnte.

Es wurde noch bis tief in die Nacht gefeiert, bis dass am nächsten Vormittag das Unvermeidliche eintraf: Der Abschied von neuen Freunden. Aber Kaspar war sich sicher, dass er Shark und Thinky und auch Fawn nicht zum letzten Mal gesehen hatte. Irgendwann würden sich ihre Wege wieder kreuzen. Dann flogen sie mit Numba zurück nach Feuerland, wo Nox sicherlich schon sehnsüchtig auf ihre Rückkehr wartete.

Neuer Held der Zauberwelt

Die Kunde von Kaspars Sieg über den gefürchteten Zauberer Drawen verbreitete sich rasend schnell, von Königreich zu Königreich. Und sogar über die Grenzen der Königreiche hinaus, bis weit ins Elfenland hinein, erzählte man sich die Geschichte von Kaspar dem Bezwinger Drawens. In jeder Stadt und jedem Dorf wurde gefeiert, und dank Niko machte ein Spruch überall die Runde: »Hoch lebe Kaspar, neuer Held der Zauberwelt.«

***

Das Feuer prasselte munter im Kamin und vertrieb den Hauch der Kälte aus Balthasars Hütte. Nox und Juana standen am Herd und kochten, während Niko und Lars den Tisch deckten.

Kaspar stand am Fenster und schaute dem Schneetreiben zu. Balthasar war draußen bei Numba, um einen Schneeschutzzauber für den Drachen auszusprechen. Kaspar wandte sich seinen Freunden zu und wunderte sich über Niko und Lars, die in der Küche arbeiteten und Nox und Juana zur Hand gingen. Endlich ging die Tür auf und Balthasar kehrte zurück.

»So, Numba ist versorgt«, sagte er zufrieden.

»Nox bereitet gerade ein Drachenbrot vor«, rief Niko von der Küche aus Balthasar zu.

»So, so, ein Drachenbrot«, lächelte Balthasar.

»Bin mal gespannt, wie das schmeckt«, sagte Niko. »Ich darf als Erster probieren«, freute sich Niko.

»Was ist ein Drachenbrot?«, wollte Lars von Nox erklärt haben. »Da ist doch hoffentlich kein Drachenfleisch drin?« Lars Miene wurde ernst.

Nox schüttelte heftig den Kopf.

»Wie kommst du denn auf so etwas?«, fragte er verstört.

Lars zuckte mit den Schultern.

»Ist mir so eingefallen«, antwortete Lars.

»Das Drachenbrot ist fleischlos«, erklärte Nox.

»Aber höllisch scharf«, flüsterte Balthasar Kaspar zu. »Bin mal gespannt, wie dein Freund es verträgt«, sagte er noch.

»Sollen wir Niko nicht warnen?«, fragte Kaspar mit besorgter Stimme.

Balthasar schüttelte nur den Kopf.

»Aber ich denke ...«, fing Kaspar an, doch Balthasar unterbrach ihn: »Er muss seine Erfahrungen machen ...«, Balthasar machte eine kurze Pause, »... und außerdem ... ah, es ist soweit. Nox überreicht ihm das Drachenbrot.«

Kaspar sah, wie Niko das Drachenbrot nahm und gierig wie er war sofort hineinbiss.

»Das ist gut ...«, sagte Niko zur Verwunderung von Balthasar, »... sehr gut.«

»Meine Hochachtung«, wandte sich Balthasar Kaspar zu, »also, ich habe ...« Balthasar schwieg, als Niko ein zweites Mal in das Drachenbrot biss.

»Scheiße! Scheiße! Scheiße!«, rief Niko. »**SCHARF**!«, grölte er und griff nach einer Glaskanne Wasser.

»Was hast du denn?«, fragte Lars kopfschüttelnd.

»Hier«, sagte Niko und reichte Lars das Drachenbrot.

Lars biss hinein.

Niko sah ihm gespannt mit einem hämischen Grinsen zu.

Lars biss ein zweites Mal hinein.

Nikos Grinsen verblasste.

»Schmeckt doch gut«, sagte Lars, »ein wenig scharf ist es ja – aber lecker.«

»Eh Mann, du bist doch wirklich krank im Kopf«, winkte Niko ab. »Kannst das Zeug haben.«

»Danke«, sagte Lars und aß das Drachenbrot.

Niko schüttelte verständnislos sein Haupt.

»Nur zu, Lars! Immer hinein damit«, grollte Niko.

»Komm, Kaspar, wir beide setzten uns etwas an den Kamin«, sagte Balthasar und deutet auf die beiden Stühle davor.

Kaspar nickte einverstanden.

»Wir werden in einigen Tagen nach Arasin reisen«, gab Balthasar bekannt.

Kaspar lauschte.

»Der König dort ist ein guter Freund von mir«, erzählte der Zauberer, »und außerdem bin ich dort zu Hause. Aber das ist nicht der Grund, weswegen wir nach Arasin reisen«, sagte Balthasar, »der König will dir zu Ehren ein großes Fest geben.«

Nicht schon wieder ein Fest mir zu Ehren, dachte Kaspar.

»Du siehst nicht besonders glücklich darüber aus«, stellte Balthasar fest.

»Es wurden schon so viele Feste mir zu Ehren gegeben ...«, Kaspar zuckte mit den Schultern, als er in Balthasars enttäuschte Miene blickte, »... aber, na gut, ich werde daran teilnehmen«, atmete Kaspar schwer.

»Das freut mich«, sagte Balthasar und war sichtlich zufrieden. »Deinen Freunden wird es bestimmt gefallen«, ergänzte er.

»Ja, und besonders Niko wird darüber jubeln«, spottete Kaspar.

Einen Augenblick schwiegen sie und lauschten dem Knistern der Scheite und dem Prasseln der Flammen. Dann sagte Kaspar leise: »Entschuldigen Sie, ich war eben wohl etwas zu ...«

Balthasar winkte ab.

»Ich kann dich ja verstehen«, sagte er.

»Werden wir mit Numba nach Arasin fliegen?«, fragte Kaspar.

Balthasar nickte mit einem Lächeln und blickte kurz in Richtung Niko und Lars.

»Ich werde den anderen nachher beim Essen die Neuigkeit erzählen«, sagte Balthasar, »doch bis dahin erzähl mir noch etwas von deiner Welt«, forderte der Zauberer Kaspar auf.

»Was möchten Sie denn wissen?«, fragte Kaspar.

»Vielleicht etwas von den Fahrzeugen, die sich ohne Pferde fortbewegen können.« Balthasars Augen leuchteten vor Neugier wie die eines jungen Fuchses, der zum ersten Mal den schützenden Fuchsbau verlässt und auf Entdeckungstour geht.

»Meinen Sie Autos?«

Balthasar nickte und sagte: »Ja, den Namen habe ich schon mal von Nox gehört – ja, Autos, die meine ich.«

»Wo soll ich da anfangen?«

»Warte, ich hole mir meine Pfeife, dann erzähl mir, ob du schon mal mit so einem Auto gefahren bist.«

Balthasar stand auf, um seine Pfeife zu holen, während Kaspar ins Kaminfeuer blickte.

***

Der Wind blies am Morgen aus Nordosten und heulte in den schwankenden Baumwipfeln vor Balthasars Hütte. Es war der Tag an dem Balthasar nach Arasin aufbrechen wollte. Obwohl Nox protestierte und auch Numba keine Lust hatte zu fliegen, blieb Balthasar bei seinem Vorhaben. Nox weigerte sich bei diesem Sauwetter mit dem Schwarzdrachen zu reisen, er wollte mit einem Erdgeistzauber nach Arasin aufbrechen. Niko und Lars wollten sich Nox anschließen und waren enttäuscht, als sie von ihm erfuhren, dass dieser Zauber nur bei einem Erdgeist wirkte.

»Sauwetter«, seufzte Niko, als er zum Fenster hinaussah.

»Müssen wir wirklich nach Arasin?«, jammerte Lars.

»Das Wetter wird nicht besser werden«, vermutete Balthasar. »Wenn wir jetzt nicht nach Arasin gehen, dann kommen wir hier nicht mehr weg.«

»Hat er etwa beim Wetterdienst nachgefragt?«, flüsterte Niko Lars zu, der mit den Schulter zuckte und leise antwortete: »Vielleicht kennt der Zauberer ja einen Wettervorhersagezauber.«

Niko winkte ab und sagte: »Kann ich mir nicht vorstellen,

dass die Wettervorhersage hier zuverlässiger sein soll als bei uns zu Hause.«

»Jaja, wir gehen ja schon«, murrte Niko, als Balthasar sie aus der Hütte scheuchte, weil er endlich nach Arasin aufbrechen wollte.

»Ich räume die Hütte noch etwas auf und komme dann später nach«, sagte Nox und schloss die Tür hinter ihnen.

Kaspar wunderte sich, dass Juana noch kein Wort von sich gegeben hatte.

»Hast du etwas?«, fragte Kaspar, der an Juanas Seite stand.

»Nein.«

»Du bist so still.«

Juana zuckte mit den Schultern.

»Du bist sonst nicht so still«, ließ Kaspar nicht locker.

»Ich habe auch keine große Lust, bei diesem Wetter mit Numba zu fliegen«, gab Juana zu.

»Balthasar spricht bestimmt einen Wärmezauber aus«, sagte Kaspar.

»Ja, das wird er wohl tun«, nickte Juana.

Kurze Zeit später hob Numba zusammen mit ihnen ab. Es hatte wohl niemand von ihnen große Lust bei diesem Wetter zu reisen, denn Niko und Lars schwiegen. Juana zog sich die Fellmütze über die Ohren, obwohl Balthasar einen Wärme- und Schneeabwehrzauber ausgesprochen hatte, der sie vor der bitteren Kälte und den Schneeflocken schützte.

Das Wetter wird nicht besser, dachte Kaspar, als sie schon eine ganze Weile unterwegs waren. Ich könnte mich ein wenig mit Juana unterhalten, vielleicht wird ihre Laune ..., doch als Kaspar den Kopf drehte und sich Juana zuwandte und direkt in ihr mürrisches Gesicht blickte, brach er den Gedanken ab und fragte Balthasar, der vor ihm auf dem Drachen saß: »Wie lange wird die Reise noch dauern?«

»Voraussichtlich bis zum Nachmittag«, antwortete Balthasar.

»Boah, Scheiße«, stöhnte Niko darauf.

»Wenigstens ist es hier schön warm«, sagte Lars.

»Ach ja«, sagte Niko nur.

»Und der Schnee fliegt auch an uns vorbei«, sagte Lars.

»Ach ja«, wiederholte Niko.

»Numba hat ein ganz schönes Tempo drauf. Er will wohl auch schnell nach Arasin«, sagte Lars.

»Kotz-Blitz-Krötenschiss«, brummte Niko, »du nervst, Lars.«

»Den Spruch habe ich ja lange nicht von dir gehört«, sagte Lars fröhlich.

Niko legte die Stirn in Falten und schwieg.

Es verging eine geraume Zeit in denen niemand von ihnen ein Wort sagte. Doch als der Schneefall aufhörte und wenig später die Sonne schien, sah Kaspar, wie sich Nikos finstere Miene aufhellte, und Juana sprach auch wieder mit ihm. Je näher sie dem Königreich Nebra kamen, desto dünner wurde die Schneedecke, die das Land überzog, und als sie schließlich Nebra erreichten, war der Schnee ganz verschwunden.

Numba flog über eine Anhöhe hinweg, auf dem alte Drachenbäume wuchsen. Kaspar erinnerte sich daran, dass er vor gar nicht allzu langer Zeit mit Balthasar eine Art Zeitreise unternommen hatte und dort den jüngeren Balthasar beobachten konnte. Hier erfuhr Kaspar, dass sein Großvater den Zauberer schon kannte und dass er ihm damals im Kampf gegen Drawen beigestanden hatte.

Numba legte einen Zahn zu. In der Ferne konnte Kaspar die beiden gewaltigen Wachtürme erkennen, die rechts und links vom südlichen Stadttor standen. Sie flogen über einen lichten Laubwald hinweg, direkt auf das Stadttor von Arasin zu, das weit offenstand. Von überall her strömten Leute in die Stadt. Die beiden Wachtürme waren von jeweils zwei Wachen besetzt. Hoch auf der mächtigen Stadtmauer stand eine Wache mit einem Bogen hinter der Brüstung, der zu ihnen hinaufblickte.

»Ihr da unten, macht den Weg frei! Die unbezwingbaren Drachenjäger kommen«, rief Niko.

Als Numbas zorniger Blick Niko traf, stotterte er mit gedämpfter Stimme: »Tja, also, ich meinte – natürlich, ...«

Numba wandte seinen Blick von Niko ab, und Kaspar glaubte ein Lächeln im Gesicht des Drachen zu erkennen. Numba legte einen Zahn zu.

»**Juhu, Juhu**«, grölte Lars.

»Hey, Kaspar! Sag auch mal was!«, forderte Niko ihn auf.

»Einer für alle ...«, rief Kaspar.

»... und alle für einen«, beendeten Niko und Lars den Satz.

***

Als der Schwarzdrache im Hofgarten landete, war es früher Nachmittag. Sie wurden vom König persönlich empfangen. Kaspar erfuhr vom König, dass er – trotz Kaspars Widerwillen – am Abend eine Ehrung für ihn geben wollte. Balthasar wollte beim König bleiben. Sie hatten vieles miteinander zu bereden. Als sich Kaspar und seine Freunde vom König verabschiedet hatten, begleitete ein Palastdiener sie durch den Palast und zeigte ihnen ihre Zimmer und anschließend den Festsaal. Es war wie bei jedem Fest, das Kaspar in der Anderen-Welt erlebt hatte. Alles war hervorragend organisiert und dekoriert. Niko bekam leuchtende Augen, als der Palastdiener erzählte, welche Köstlichkeiten der König am Abend auftragen lassen wollte. Als Nox in Arasin eintraf, schloss er sich Kaspar und seinen Freunden an. Der Palastdiener verabschiedete sich von ihnen. Daraufhin gingen sie in den Palastgarten und wollten sich dort gemeinsam mit Numba die Zeit vertreiben.

Je näher der Abend kam, desto voller wurde die Stadt. Auch Elfen, Zwerge und noch so einige andere Zauberwesen kamen von weit her, um dem neuen Held die Ehre zu erweisen und natürlich um ihn zu feiern.

Es war wieder soweit. Der Saal war brechend voll, als der König eine Rede hielt. Die Königin stand an der rechten und Balthasar an der linken Seite des Königs. Kaspar war in Gedanken mit etwas anderem beschäftigt, als Juana ihm einen Stups verpasste und sagte: »Du siehst gelangweilt aus.«

Kaspar seufzte innerlich. Er musste wohl oder übel die Ehrung vom König entgegennehmen. Es führte kein Weg daran vorbei.

»Nein«, sagte Kaspar an Juana gewandt und zog eine Augenbraue hoch. »Na ja, vielleicht ist mir ja doch ein klein wenig langweilig«, gab er zu.

»Du solltest diesen Augenblick genießen, Kaspar.« Sie blinzelte einmal. »Und du solltest ein kleines Lächeln zeigen, wenn du gleich vor den Königsthron trittst.«

»Okay«, nickte Kaspar ihr zu.

»Seht mal, wer da ist«, staunte Niko und deutete nach rechts.

»Tofie«, flüsterte Kaspar.

»He, Tofie!«, brüllte Niko und winkte.

Das zwergenhafte Wesen mit auffällig kurzen Beinen wandte sich Niko zu und winkte zurück.

»He, du Einsiedler«, rief Niko, »schön dich zu sehen«, freute er sich.

»Sei still!«, ermahnte Juana ihn.

Niko winkte ab.

»Man darf sich ja wohl noch freuen, wenn man einen alten Freund sieht«, brummte er sie an.

»Du hast den König unterbrochen«, sagte sie streng und mit zornigem Blick.

Niko wandte sich dem König zu. »'tschuldigung«, murmelte Niko mit knallrotem Gesicht.

Der König fuhr mit seiner Rede fort, und schon bald musste Kaspar an dessen Seite treten, um seinen Preis entgegenzunehmen. Dieses Mal bekam Kaspar aber keine Schätze oder Goldmünzen vom König überreicht, sondern er wurde von ihm zum Ehrenbürger der Stadt ernannt. Kaspar warf einen Blick hinüber zu seinen Freunden. Niko verzog eine verstehende Grimasse, weil – wie Kaspar vermutete – der König keine Schätze herausgerückt hatte. Juana blickte ihn mit einem Lächeln an, während Lars ihn mit erwartungsvoller Miene ansah. Die darauf folgende Rede des Königs dauerte eine gefühlte halbe Stunde, dann endlich eröffnete der König das Buffet.

»Ich bleibe noch etwas beim König«, sagte Balthasar, als Kaspar ihn ansah.

»Dann geh ich schon mal zu meinen Freunden zurück.«

Balthasar nickte ihm zu. Kaspar atmete erleichtert auf, als er wieder bei seinen Freunden stand.

»Hallo, Tofie«, grüßte Juana mit einem Lächeln und umarmte kurz das kleine, grünliche Geschöpf, dessen spitze Ohren dabei leicht zuckten.

Tofie trug wie immer einen braunen Umhang.

»So sieht man sich wieder, du alter Haudegen. Komm her und lass dich umarmen!«, grüßte Niko ihn, und Tofie sah ihn völlig überrascht mit seinen Glubschaugen an.

»Hallo, Tofie«, sagte Lars zurückhaltend.

Kaspar umarmte Tofie kurz mit den Worten: »Es ist schön dich zu sehen, Tofie.«

»Ich freue mich auch, euch zu sehen«, sagte Tofie mit krächzender Stimme. »Das Fest wollte ich mir nicht entgehen lassen«, lächelte er.

»Wo ist denn Nox?«, sprach Kaspar Juana an.

»Er wollte noch etwas erledigen und ist gerade fortgegangen.«

»Ich komme mir vor wie in dem kleinen Dorf in Gallien«, sagte Niko plötzlich.

»Wie meinst du denn das?«, fragte Lars verdutzt.

»Da gibt's auch immer 'ne große Party zum Schluss«, grinste Niko breit. »Und schau, Lars, dort ist Obelix«, sagte Niko und deutete auf einen dicken Mann in blauweiß gestreifter Kleidung.

»Und da ist Asterix«, grinst Lars.

»Wer sind Asterix und Obelix?«, wollte Tofie von Kaspar und Juana wissen.

»Erzähl ich dir gleich beim Essen«, sagte Kaspar.

»Und wo ist der Barde?«, wollte Lars wissen.

»Dort sind die Barden«, sagte Juana freudestrahlend.

»Oh, nein«, keuchte Niko. »Nicht die, nein, nein, nein. Verdammte ...«, stöhnte Niko und schluckte das letzte Wort hinunter.

»Was hat er denn?«, wollte Tofie wissen.

»Erzähl ich dir beim Essen«, sagte Juana und winkte Elisa und ihren Musikern freudig zu.

Elisa hob die Flöte und spielte. Beppo folgte Elisa und spielte eine flotte Melodie auf seinem sechssaitigen Basakain. Niko verzog die Mundwinkel. NarrNarr kam und trommelte. Er trug wie immer kunterbunte Kleidung. Kurz darauf blies Ronny in die Trompete.

»Mag dein Freund diese Musik nicht?«, fragte Tofie an Kaspar gewandt.

Kaspar nickte kurz.

Gemeinsam gingen sie zum Buffet, nur Niko zögerte.

»Komm endlich!«, wandte sich Juana Niko zu.

Niko folgte murrend.

»Deinem Freund geht es aber elendig«, stellte Tofie fest.

»Wenn er etwas gegessen hat, wird seine Stimmung wieder besser«, erklärte Kaspar – und so war es auch.

***

Am übernächsten Abend war es soweit – ein heller Vollmond stand hoch am Himmel. Irgendwann musste der Zeitpunkt ja kommen, dachte Kaspar, als er mit seinen Freunden in den Hofgarten ging, um dort Balthasar, Nox und Tofie zu treffen. Von Numba hatten er und seine Freunde sich schon am Nachmittag verabschiedet.

»Da sind sie ja schon«, sagte Niko und deutete auf Balthasar und seine beiden Begleiter.

»Ja«, schnaufte Kaspar.

»Du siehst nicht glücklich aus«, bemerkte Juana.

»Bin ich auch nicht«, sagte Kaspar.

»Irgendwann müssen wir wieder nach Hause gehen«, sagte Juana.

»Ja«, schnaufte Kaspar wieder.

Balthasar lächelte ihnen zu.

»Hallo«, begrüßte Nox Kaspar und seine Freunde.

»Eine wundervolle Nacht«, bemerkte Tofie und warf einen kurzen Blick hinauf zu den Sternen. »Findest du nicht auch, Kaspar?«

»Ja, es ist wirklich eine schöne Nacht, Tofie.« Kaspar runzelte die Stirn.

»Du musst nach vorne blicken.« Balthasar trat an Kaspars Seite. »Denke daran, was du hier alles bewegt hast. Der Abschied sollte dich nicht traurig stimmen, denn ich bin davon überzeugt, dass wir uns eines Tages wiedersehen.«

Kaspar blickte zu Balthasar hoch.

»Ganz bestimmt, Kaspar«, nickte Balthasar, »und das kann schneller gehen, als dir vielleicht lieb ist«, schmunzelte er.

Kaspar zeigte ein leichtes Lächeln.

»Ich habe noch ein Geschenk für dich, Kaspar«, sagte Balthasar und holte eine Schriftrolle unter seinem Umhang hervor.

»Was ist das?«, fragte Kaspar prompt.

»Ein Geschenk für dich und deinen Großvater«, mit diesen Worten überreichte Balthasar Kaspar die Schriftrolle.

»Danke«, sagte Kaspar, obwohl er nicht wusste, was er damit anfangen sollte.

»Du musst dich bei Tofie bedanken, denn er war es, der die letzten Worte gefunden hatte, die mir für diesen Zauberspruch noch fehlten.«

Ein Zauberspruch war es also, der auf dieser Schriftrolle geschrieben stand. Als Kaspar Balthasar ansah, sagte der Zauberer mit fröhlicher Stimme: »Überreiche die Schriftrolle deinem Großvater, und er wird seine Erlösung finden«, flüsterte Balthasar ihm zu.

Kaspar lächelte glücklich.

»Danke, Balthasar«, sagte er leise.

Kaspar nahm die magische Karte aus dem ledernen Köcher hervor, den er am Gürtel trug, und Balthasar verriet ihm dabei ein altes Sprichwort der Eduaner:

**Worte der Freundschaft
Eduan, 1. Sommermonat 2444**

An diesem Sprichwort war schon etwas dran, dachte Kaspar, trotzdem fühlte er sich nicht besser dadurch. Nun war die Stunde gekommen, in der sie heimkehren mussten. Kaspar sah, wie sich Tofie und Juana mit einer Umarmung verabschiedeten und wie Niko und Lars bei Nox standen und ein Schwätzchen hielten. Er stand stumm neben Balthasar und brachte kein Wort heraus.

»Der Abschied ist ja nicht für immer«, sprach Balthasar ihn an.

»Glauben Sie denn wirklich, dass wir uns wiedersehen?«, fragte Kaspar.

»Ja, davon bin ich fest überzeugt«, nickte Balthasar ihm zu.

Kaspar strahlte den Zauberer an.

»Was gibt's hier zu grinsen?« Niko trat an die Seite von Kaspar. »Hab ich 'was verpasst?«, fragte er.

»Bald werden wir wieder hierher zurückkommen«, gab Kaspar freudig von sich.

»Klaro werden wir das«, sagte Niko, »daran hab ich nicht gezweifelt«, ergänzte Niko mit einem breiten Grinsen.

Auch wenn die Abenteuer, die sie erlebt hatten gefährlich waren, ging es Kaspar durch den Kopf, und sie dem Tod oft ins Auge geblickt hatten, er bereute nicht, dass sie in die Andere-Welt gereist waren. Sie hatten ebenso viele schöne Dinge hier erlebt und gute Freunde gefunden. Ja, Kaspar war sich sicher, dass er hierher zurückkommen wollte, und als er in Erinnerungen schwelgte, sagte Niko an seiner Seite: »Ich freue mich schon auf das tolle Essen hier.«

»Ja, natürlich freust du dich darauf«, sagte Kaspar.

»Wie meinst du das jetzt?«, fragte Niko etwas ärgerlich.

»Ich ...«, stotterte Kaspar und sagte dann: »Auf das gute Essen hier freue ich mich auch schon, Niko.«

Niko grinste fröhlich.

Und als Tofie Kaspar zum Abschied umarmte, gab er ihm noch ein altes Sprichwort der Eduaner mit auf den Weg:

»Hüte dich vor den schwarzmagischen Zauberern,
denn nur sie besitzen die Macht,
dich deinen Freunden zu entreißen.«

Worte der Warnung
Eduan, 2. Sommermonat 2444

Natürlich werde ich mich vor solchen Zauberern in Acht nehmen, dachte Kaspar, und ganz besonderes werde ich mich vor Drawen hüten.

Ein runder Vollmond spendete Licht. Kaspar stand da mit aufgerollter Karte und starrte auf das halbrunde Tor in der Mitte, das geschlossen war.

»Ich weiß nicht, ob ich ...«, fing Kaspar an, und Balthasar unterbrach ihn: »Du und diese magische Karte seid füreinander bestimmt, und heute ist der Tag an dem du sie kontrollieren kannst. Denke einfach an deine Heimat, an deine Eltern oder an deinen Großvater, dann wird die Karte genau tun, was du von ihr verlangst. Sie wird euch alle wieder nach Hause bringen.«

Leichter gesagt als getan, dachte Kaspar und versuchte es.

»Los, Alter, konzentriere dich mal!«, ermahnte Niko Kaspar, als Kaspar verlegen in die Runde blickte.

»Jaja«, brummte Kaspar seinen Freund an und versuchte es noch einmal.

Kaspar berührte die Sonne rechts oben auf der Karte. Das große, halbrunde Tor blieb immer noch verschlossen. Kurze Zeit später streifte ein Windstoß Kaspars lockige, rotbraune Haare und wirbelte sie durcheinander.

»Es geht los«, sagte Niko gespannt.

»Ja, du schaffst es«, nickte Juana.

Lars schwieg.

»Auf Wiedersehen«, hauchte Juana.

Nox winkte mit seinen Wurzelhänden, während sich Tofie eine Träne von der Wange wischte.

»Auf Wiedersehen«, sagte Balthasar, »bis bald, meine Freunde«, ergänzte er.

Unter dem geschlossenen Weltentor leuchteten vier Symbole: Das goldene Pferd, das Fläschchen mit dem magischen Gebirgswasser, der magische Rubinschädel und das goldene Medaillon mit dem königlichem Wappen.

»Tja, jetzt geht es wohl bald nach Hause«, sagte Lars und stöhnte: »Hoffentlich.«

Gleichzeitig fingen vier Symbole am rechten Kartenrand an zu leuchten. In dem runden weißen Kreis über dem Tor tauchte das Gesicht von Kaspars Großvater auf.

»Gott sei Dank«, stöhnte Lars.

»Gut gemacht, Kaspar«, lobte Juana ihn.

»Warten wir's ab. Wir sind ja noch nicht zu Hause«, sagte Niko. »Aber du bekommst das schon hin, Kaspar«, ergänzte er leise.

Kaspar berührte sanft das Weltentor. Kurz darauf glühte es, als würde es von einem Feuer angestrahlt.

Kaspar warf noch einen kurzen Blick zu Balthasar, Nox und Tofie, dann öffnete sich das Weltentor, und die vier Symbole am rechten Kartenrand erloschen und auch das Gesicht von Großvater Joe verschwand aus dem weißen Kreis, dann gab das geöffnete Tor einen Blick auf ein Meer aus Sternen frei.

»Es ist immer wieder schön, das zu sehen«, schwärmte Juana, und im gleichen Moment wölbte sich das Weltentor vor und breitete sich blitzschnell aus. Wie der Schlund eines riesigen Monsters, verschlang es Kaspar und seine Freunde. Sie glitten in einen dunklen Trichter hinein.

Die Heimkehrer

Der Himmel über Kaspar hatte die graue Farbe eines schmutzigen Wischmopps, aber das war ihm total egal, denn als er sich umsah, bemerkte er, dass er und seine Freunde in Großvaters Garten standen.

Die magische Karte tauchte vor Kaspar auf und flatterte zu Boden. Kaspar hob die Karte auf, rollte sie zusammen und schob sie in den ledernen Köcher hinein.

Ein böiger Wind zerrte an ihnen, als Niko erleichtert sagte: »Scheiß Wetter, aber Hauptsache wir sind hier und nicht irgendwo in einer Todesklamm oder sonst wo gefangen.«

Das miese Wetter konnte ihnen die Stimmung nicht verderben.

»Das war vielleicht ein tolles Abenteuer«, schwärmte Niko. »Nicht wahr, Kaspar?«, sprach Niko ihn mit freudigem Blick an.

»Ja, das war es wirklich.«

»Ach, das hab ich ja total vergessen«, sprach Niko in die Runde und schlug sich mit der Handfläche vor die Stirn.

»Was hast du vergessen?«, fragte Lars schnell.

»Neue Welt – anderer Name«, gab Niko grinsend von sich.

»Was meinst du damit?«, fragte Lars.

»Unser Kaspar ist ja jetzt wieder unser Sebastian«, antwortete Niko. »Nicht wahr, Sebastian?«, wandte sich Niko Sebastian zu.

»An diesen Namenswirrwarr muss ich mich wohl noch gewöhnen«, sagte Sebastian und kratzte sich am Kopf.

»Welchen Monat mögen wir haben?«, unterbrach Juana und starrte in das Loch, in dem sie vor Wochen die Schatzkiste gefunden hatten, in der die magische Karte versteckt war.

»Tja, das würde ich auch gerne wissen«, sagte Sebastian und

deutete auf die Schatzkiste: »Sie steht noch da, wo wir sie hingestellt haben«, grübelte er.

»Kommt mir vor, als wären wir gar nicht ...«, fing Lars an, und Großvater Joe kam ihnen freudig entgegen: »Da seid ihr ja, Kinder. Ich habe mir schon große Sorgen um euch gemacht.«

»Hallo, Großvater«, sagte Sebastian zurückhaltend.

»Wo seid ihr bloß gewesen?«, fragte Großvater Joe besorgt. »Was habt ihr für eigenartige Kleidung an?«, wunderte er sich.

»Das ist eine lange Geschichte«, gab Juana nüchtern von sich.

»Also, wir waren in der Anderen-Welt«, schwärmte Niko.

»Ja, und dort waren wir in einer Todesklamm gefangen«, fuhr Lars hektisch fort.

»Aber zuvor waren wir noch auf einem Piratenschiff und haben Kapitän Blackbeard kennengelernt«, sagte Niko und fuchtelte mit den Händen herum.

»Und wir haben gegen dämonische Hexen gekämpft ... «, sagte Lars, und Niko unterbrach ihn: »... und gegen diesen Zauberer Drawen ist Sebastian alleine angetreten, und die Dämonenarmee ...«

»Langsam, langsam, ihr beiden«, wandte sich Großvater Joe Niko und Lars zu. »Gehen wir auf die Terrasse, dort könnt ihr mir dann alles in Ruhe erzählen.«

Großvater Joe und Sebastian gingen vor. Sebastians Freunde folgten ihnen.

»Ich wollte gerade deinen Vater anrufen, dann habe ich euch wieder im Garten gesehen«, sagte Großvater Joe.

»Da sind wir ja genau zur rechten Zeit erschienen«, schnaufte Sebastian erleichtert.

Dann erfuhren sie von Großvater Joe, dass er kurz im Schaukelstuhl eingeschlafen war und dass er, als er erwachte, Sebastian und seine Freunde nirgends finden konnte.

»Auf eure Geschichte bin ich schon sehr gespannt«, sagte Großvater Joe.

»Es ist mehr als nur eine Geschichte, Großvater«, nickte Sebastian. »Es ist ein ganz besonderes Abenteuer gewesen.«

Als sie auf der Terrasse standen, sagte Großvater Joe: »Es gibt zwar bald Abendessen, aber ich bereite trotzdem eine Kanne Kakao zu und mache eine Schale Süßigkeiten zurecht. Ihr könnt euch inzwischen die Sitzkissen holen und euch hier niederlassen.«

»Cool«, grölte Niko. »Süßigkeiten und Kakao haben mir in der Anderen-Welt sehr gefehlt.«

Als der Himmel langsam aufklarte, kam die Abendsonne durch. Es wurde wieder wärmer. Großvater Joe kam mit einer Kanne Kakao und den Süßigkeiten zurück. Die Tassen hatte Juana vorher aus der Küche geholt. Großvater ließ sich behutsam auf dem Sitzkissen zwischen Sebastian und Niko nieder. Die alten Holzdielen quietschten und ächzten dabei.

»Ich bin schon sehr auf eure Geschichten gespannt«, wandte sich Großvater Joe nach rechts Sebastian zu und goss den Kakao der Reihe nach in die Tassen ein.

»Es geschehen Dinge zwischen Himmel und Erde, für die es keine vernünftige Erklärung zu geben scheint ...«, fing Juana an, die neben Sebastian saß.

Niko zeigte ein verständnisloses Kopfschütteln und unterbrach sie laut: »Also, alles fing damit an, als wir im Garten auf Schatzsuche gingen und der Erdgeist Nox auftauchte ...«

»Ein Erdgeist?«, fragte Großvater Joe erstaunt und wandte sich nach links Niko zu.

»Ja, Nox ist ein Erdgeist, und er hat uns in die Andere-Welt geführt ...«, erzählte Niko munter, und Lars bestätigte Nikos Geschichte.

Juana machte ein mürrisches Gesicht, doch als sich Niko bei ihr kurz entschuldigte und Sebastian Juana aufforderte, das Abenteuer auf dem Piratenschiff zu erzählen, war sie mit Herz und Seele dabei. Großvater Joe hatte viele Fragen und bekam prompt eine Geschichte dazu geliefert. Sebastian zweifelte manchmal daran, ob Großvater Joe ihnen überhaupt alles glaubte. Niko schwieg für einen langen Moment und bediente sich fleißig an den Süßigkeiten, während Juana langsam den Kakao

212

trank. Lars, der sonst schweigsam war, erzählte eifrig ihr Abenteuer in der Todesklamm und wie Shan, der Adlerjunge, sie vor dem Tod gerettet hatte. Es war gegen acht Uhr, als Großvater Joe einen Eintopf aufwärmte, den er in Tonschalen auf der Terrasse servierte. Niko hatte schnell den Eintopf verputzt und durfte sich in der Küche einen Nachschlag holen.

»Kaspar ...«, fing Niko an, »... ich meinte natürlich: Sebastian ...«, Niko grinste breit, »... wurde ein Held in der AnderenWelt«, erzählte er freudig und leerte die zweite Schale Eintopf.

Sebastian schnaubte geräuschvoll durch die Nase. »Ich bin kein Held. Ich habe nur das getan, was ich tun musste.«

Sebastian sah im Augenwinkel, wie Juana ihm einen festen Blick zuwarf und gerade etwas sagen wollte, aber Niko kam ihr zuvor.

»Ja, das sag ich doch, Sebastian«, nickte Niko zufrieden, »genau das macht ein Held. Er denkt nicht darüber nach, was er tut, sondern tut, was er tun muss.«

Sebastian legte die Stirn in Falten.

»Versteh ich nicht«, sagte Lars.

»Was verstehst du denn daran nicht?«, brummte Niko ihn an.

Niko bekam keine Antwort von Lars.

»Ich bin stolz auf dich«, wandte sich Großvater Joe Sebastian zu. »Kannst du mir etwas mehr über diesen Balthasar erzählen?«, platzte es aus Großvater Joe heraus. Sebastian kam es so vor, als hätte ihm diese Frage die ganze Zeit über auf den Lippen gelegen. »Ich habe das Gefühl, als würde ich ihn persönlich kennen«, ergänzte Großvater noch.

Sebastian griff in seinen Rucksack, der hinter ihm lag.

»Ich habe da etwas für dich, Großvater«, sagte Sebastian und überreichte ihm die Schriftrolle, die Balthasar ihm gegeben hatte. Großvaters Augen glänzten vor Neugier, als er die Schriftrolle entgegennahm.

»Von wem ist sie?«, fragte Großvater.

»Sie ist von Balthasar«, antwortete Sebastian, und das Glänzen in Großvaters Augen nahm zu.

»Danke.«

»Du musste es laut lesen«, sagte Sebastian.

»Jetzt?«

»Du kannst es auch später alleine lesen«, antwortet Sebastian.

»Nein, jetzt ist es besser«, sagte Niko prompt.

»Du bist unmöglich, Niko«, wandte sich Juana ihm zu.

»Warum?«

»Vielleicht steht etwas privates darin, was uns überhaupt nichts angeht«, antwortete Juana ärgerlich.

»Ach«, winkte Niko ab, »so ein Blödsinn. Natürlich geht es uns etwas an.«

»Streitet euch nicht«, bat Großvater. »Es ist so ein schöner Abend, den wollen wir uns doch nicht verderben.«

»Natürlich nicht«, sagte Niko laut.

»Okay«, sagte Juana leise.

Da es langsam dunkel wurde, stand Großvater Joe auf und verteilte Holzlaternen auf der Terrasse, die ein angenehmes Licht gaben.

»Ich werde euch die Schriftrolle vorlesen«, sagte Großvater.

Niko lächelte zufrieden, und Lars schloss sich mit einem breiten Lächeln an.

Großvater hielt die Schriftrolle in der Hand, und ein goldener Schimmer breitete sich über ihr aus.

»Boah«, staunte Niko. »Die Schriftrolle ist ja aus Gold.«

»Also, dann werde ich mal anfangen«, sagte Großvater und begann aus der Schriftrolle vorzulesen:

Mein lieber und treuer Freund Joe,

ich hätte dir noch so vieles zu sagen und zu zeigen gehabt, doch uns ist leider nicht die Zeit dafür geblieben. Leider wurde dein Geist mit einem Vergessenheitszauber belegt, den ich Jahre versucht habe zu brechen. Zu meinem Bedauern ist mir dies nicht gelungen.

Doch ich weiß nun, dass dein Enkel die Aufgabe, die dir einst auferlegt wurde, zu Ende führen wird — immerhin ist er ein aufgeweckter und mutiger Junge, das hat er zu genüge unter Beweis gestellt. Auch er trägt wie du etwas in sich, dass ihn zu etwas ganz Besonderem macht.

Deine Begabung, mein lieber Joe Kaspar Addams, und die Hingabe, mit der du die Aufgaben in meiner Welt gelöst hast, habe ich immer an dir zu schätzen gewusst – ja, du warst auch einmal ein Reisender, dem es gewährt wurde eine ganz besondere Welt, eine Zauberwelt, zu betreten.

Und ja, du liest richtig, Joe. Du hattest auch die Macht mit der magischen Karte in die Andere-Welt zu reisen. Du hast ein Buch darüber geschrieben, das alle deine Abenteuer festhält, die du in meiner Welt erlebt hast.

Doch nun ist es genug der Worte, im folgenden schreibe ich dir, den Gegenzauber auf, der dich von dem Vergessenheitszauber befreien wird. Mir ist es endlich mit Hilfe eines Freundes gelungen, die genauen Worte zu finden, mit dem dich der Zauberer Drawen einst verflucht hatte. Wenn du wieder du selbst sein willst Joe Kaspar Addams, dann lasse deinen Enkel folgende Worte sprechen, nur er kann dir die Erinnerungen wiedergeben:

Etami loga sato Negra.
Etami logo esta Negra.

Ach ja, mir ist da noch ein Spruch der Eduaner eingefallen, den ich Kaspar und Juana mit auf den Weg geben möchte:

»Liebe vergeht niemals,
sie übersteht sogar den Tod.«
Worte der Liebe
Eduan, 1. Wintermonat 2444

Ich habe immer darauf gehofft, dass wir uns irgendwann wiedersehen würden, und vielleicht ist dieser Tag ja nicht mehr allzu fern.

In Hochachtung Balthasar

Großvater Joe blickte starr auf die Schriftrolle. Sebastian sah seinem Großvater an, dass er es nicht fassen konnte, was er da gerade vorgelesen hatte. Dann las Großvater den Text nochmals leise und entschied sich, dass Sebastian den Zauberspruch später aufsagen sollte.

»Das ist Cool, nicht wahr?«, sprach Niko Großvater Joe an.

Großvater nickte stumm.

»Und was bedeutet der Spruch: Worte der Liebe?«, fragte Lars beiläufig.

Juana wurde knallrot, und Sebastian hüllte sich in Schweigen.

»Weißt du das, Niko?«, wandte sich Lars Niko zu.

»**Ja**«, sagte Niko nur, und Sebastian zuckte bei diesem Wort zusammen.

»Erklärst du es mir?«, fragte Lars.

»**Nein**«, sagte Niko nur, und Sebastian atmete erleichtert auf.

Als sich Lars Großvater Joe zuwandte, um ihn nach der Erklärung dieser Worte zu fragen, stand Großvater Joe mit der Bemerkung auf, dass er unbedingt die Schüssel mit Süßigkeiten auffüllen musste.

»Dann eben nicht«, schmollte Lars. »Dann behaltet doch das Geheimnis für euch.«

»Tun wir«, nickte Niko.

Es wurde kühl. Sie beschlossen ins Haus zu gehen. Natürlich schnappte sich Niko die Schüssel mit den Süßigkeiten, während Lars die Sitzkissen einsammelte und Juana das Geschirr in die Küche trug. Sie saßen am Esstisch und warteten auf Großvater Joe, der hinauf ins Schreibzimmer gegangen war, um das geheimnisvolle Buch zu holen.

»Er ist doch hoffentlich nicht auf dem Stuhl da oben eingeschlafen?«, schnaufte Niko.

»Pscht!«, fuhr Juana Niko an.

»Großvater Joe braucht aber wirklich lange«, sagte Lars.

Endlich kam Großvater Joe die Treppe hinunter und legte das Buch auf den Tisch.

»Hab meine Pfeife noch gesucht«, sagte er, als er sich langsam setzte und die Pfeife mit dem langen Stiel neben das Buch legte. »Verflixt, jetzt habe ich den Tabak vergessen.«

»Soll ich ihn dir holen?«, fragte Sebastian.

Großvater Joe schüttelte den Kopf.

216

»Nein«, sagte er schließlich.

»Willst du uns eine Geschichte aus deinem Buch vorlesen?«, fragte Lars neugierig.

Großvater Joe schüttelte wieder den Kopf.

»Nein«, sagte er nur.

Großvater starrte geistesabwesend auf das Buch. Niemand sagte ein Wort.

»Schau, was ich hier habe, Sebastian«, unterbrach Großvater das Schweigen und hielt die Schriftrolle in seiner Hand.

»Jetzt wird's spannend«, sagte Niko fröhlich.

»Nimm sie, Sebastian«, sagte Großvater Joe. »Ich bin jetzt bereit dafür.«

»Soll ich wirklich?« Sebastians Stimme zitterte.

»Ja«, nickte Großvater Joe.

»Mach schon!«, forderte Niko ihn auf.

»Niko!«, ermahnte Juana ihn.

Niko zuckte mit den Schultern.

»Was ist nun schon wieder?«, fuhr Niko sie an.

»Also gut«, sagte Sebastian, »ich werde es tun.«

Es wurde mucksmäuschenstill am Tisch, während Sebastian die Schriftrolle öffnete und sie auf den Tisch legte.

»Brauchst du 'ne Brille?«, sagte Niko an Sebastian gewandt, dem es offensichtlich zu lange dauerte.

»Pscht!«, fuhr Juana ihn an.

»Jaja«, winkte Niko ab.

Sebastian atmete kräftig durch.

»Etami loga sato Negra«, las er langsam vor. »Etami logo esta Negra«, nuschelte Sebastian.

Gleich würde sich zeigen, ob der Gegenzauber funktionieren und Großvater von dem Vergessenheitszauber befreien würde.

Alle warteten gespannt. Nichts geschah.

»Kannst du dich an dein früheres Leben erinnern?«, fragte Sebastian.

»Nein«, schüttelte Großvater Joe den Kopf.

»Lies es nochmal vor«, sagte Niko. »Vielleicht hast du die

Worte ja falsch betont.«

Da hatte Niko gar nicht mal so unrecht, dachte Sebastian und wiederholte die Worte langsam und deutlich: »Etami loga sato Negra. Etami logo esta Negra.«

»Es tut mir Leid, Großvater«, sagte Sebastian betrübt. »Ich glaube, Balthasar hat sich in mir getäuscht.«

»Ja, vermutlich.« Nikos Stimme klang enttäuscht.

»Oh, nein, das hat er nicht«, sagte Juana. »Du bist etwas ganz Besonderes, Sebastian. Ich glaube ganz fest an dich.«

»Wenn du das sagst«, murrte Niko.

»Ich bin ganz Juanas Meinung«, sagte Lars.

»Fall du mir mal wieder in den Rücken«, wandte sich Niko Lars zu, »**FREUND**«, betonte er.

»Mir wird es etwas schwindlig«, sagte Großvater Joe plötzlich, und Sebastian erschrak, als er das kreidebleiche Gesicht seines Großvaters erblickte. Was hatte er da bloß getan? Großvater sah aus wie eine Leiche.

»Gruselig«, hauchte Niko, als Großvaters Augen rabenschwarz wurden.

»Großvater! Großvater!«, sagte Sebastian besorgt und griff mit beiden Händen nach Großvaters rechter Hand.

Sie fühlten sich eiskalt an.

»Großvater!«, sagte Sebastian wieder und rüttelte die Hand.

In diesem Moment legte sich ein goldener Schimmer über die Hände von Sebastian und die Hand von Großvater, die Sebastian immer noch festhielt. Die Schwärze in Großvaters Augen verschwand. Augenblicke später sahen sie wieder normal aus. Auch der goldene Schimmer war verschwunden, und Großvater schnappte plötzlich nach Luft.

»Ist alles in Ordnung, Großvater?«, fragte Sebastian.

Großvater nickte.

»Ja, mein lieber Sebastian«, lächelte Großvater Joe zufrieden. »Alle meine Erinnerungen sind zurück.«

»Wow«, staunte Niko. »Unser Sebastian ist ein Zauberer – ein Held – er ist etwas Besonderes ...«

»Daran habe ich keinen Augenblick gezweifelt«, fuhr Juana dazwischen.

Sebastian ließ Großvaters Hand los. Joe griff nach dem dicken Buch auf dem Tisch und nahm es an sich. Er schlug den ledernen Einband auf, auf dessen Mitte eine Sonne und Sterne zu erkennen waren, darüber befand sich eine seltsame goldene Inschrift.

»Alle diese Geschichten sind wahr«, sagte Großvater. »Ich selbst habe sie alle erlebt.«

»Wow«, staunte Niko wieder.

»Meine Abenteuer in der Anderen-Welt«, sagte Großvater.

»Ja«, hauchte Niko.

»Das steht hier geschrieben«, sagte Großvater und deutete auf die goldene Inschrift.

»Cool«, sagte Lars.

»He, du hast ja die Sprache wiedergefunden«, lächelte Niko seinen Freund an.

Großvater Joe nahm die Pfeife zur Hand.

»Soll ich dir deinen Tabak holen?«, fragte Sebastian.

»Nein«, schüttelte Großvater den Kopf.

»Liest du uns eine Geschichte vor?«, fragte Juana mit glänzenden Augen.

»Ja«, nickte Großvater, »und dieses Mal kann ich euch einiges mehr über das Abenteuer berichten, das ich ja selbst erlebt habe.«

»Welche Geschichte?«, fragte Niko kurz und hastig.

Großvater blätterte im Buch und sagte schließlich: »Diese Geschichte werde ich euch vorlesen.«

»Wie heißt sie?«, wollte Niko sofort wissen.

»Hör doch einfach mal zu«, ermahnte Juana ihn.

»Ich würde gerne die Geschichte von der goldenen Kugel ...«, fing Niko an.

»Lass Großvater entscheiden«, unterbrach Sebastian ihn.

»Gibt es eine Geschichte in dem Buch, wie ...«, sagte Niko, und seine Freunde sagten gleichzeitig: »Halt endlich die Klappe,

Niko!«

Dann begann Großvater Joe endlich aus dem Buch vorzulesen.

***

Heute war Freitag, und es war einer dieser Tage, die Sebastian am liebsten überspringen würde: Es hieß nun Abschied nehmen von Großvater Joe, denn Bernhard wollte sie gegen Mittag abholen. Einmal mussten ja die Ferien zu Ende gehen. Es war eine schöne Zeit gewesen, die er mit seinen Freunden bei Großvater erlebt hatte. Eine Zeit die sein Leben und das Leben seiner Freunde und das seines Großvaters total verändert hatte. Seinen Eltern konnte er von seinen Abenteuern nicht berichten, und auch seinem Bruder Manuel durfte er nichts über die Andere-Welt erzählen. Diese Abenteuer würden zeitlebens ein Geheimnis zwischen ihm, seinen Freunden und Großvater bleiben. Es war ein Geheimnis von dem eigentlich kein Mensch erfahren durfte. Er freute sich schon auf die nächsten Ferien bei seinem Großvater. Sebastian war froh, dass sein Großvater seine Erinnerungen wieder erlangt hatte, und er dankte Balthasar und Tofie sehr dafür.

Sebastian und seine Freunde winkten Großvater Joe aus dem Auto zu, während Bernhard den Wagen zum Tor lenkte. Sebastian bemerkte, dass sein Großvater zufrieden wirkte. Schön zu wissen, dass sein Großvater wieder er selbst war.

Ob er und seine Freunde jemals wieder in die Andere-Welt reisen würden? Er hatte Drawen zwar verbannt, aber noch nicht endgültig besiegt. Falls Drawen eines Tages wieder die Rückkehr gelingen würde, müsste er sich vielleicht doch noch auf die Suche nach den goldenen Drachentränen begeben.

Ferienende

Der erste Tag nach den Schulferien war immer der Schlimmste. Es war kurz vor acht Uhr, als Sebastian und Juana das Schultor passierten. Niko und Lars, die kurz nach ihnen kamen, waren fröhlich und lachten laut. Hinter ihnen kam noch ein Schwung Schüler in den Hof.

Sieht so aus, als wären Niko und Lars nicht die Einzigen, die an diesem Morgen glücklich zu sein schienen, dachte Sebastian. Was für eine verkehrte Welt? Wie konnte man an so einem Tag nur so gut gelaunt sein?

»Die beiden sind aber gut drauf«, bemerkte Juana.

»Ja, es hat den Anschein, als würden sie sich auf die Schule freuen«, brummte Sebastian.

Juana legte die Stirn in Falten, als sie einen kurzen Blick zu Sebastian warf. Als Niko und Lars näher kamen, rief Sebastian ihnen entgegen: »Willkommen im Vorhof zur Hölle.«

Niko und Lars wirkten irritiert.

»Was ist denn mit dir los?«, sprach Niko Sebastian prompt an.

»Ach, nichts«, grummelte Sebastian und sagte dann: »Ausgerechnet in der ersten Stunde haben wir Mathe bei Herrn Titus.«

»Ach«, winkte Niko ab, »lass dir von der Spaßbremse bloß nicht den schönen Morgen verderben.«

»Die Spaßbremse Henry Titus«, lachte Lars.

Juana schmunzelte.

»Henry Titus, der Werwolf«, sagte Niko und heulte dabei.

Sebastian lächelte leicht.

»Ah, es geht also doch«, sagte Niko.

Sebastian legte die Stirn in Falten und sah Niko fragend an.

»Ein Lächeln an diesem schönen Morgen«, antwortete Niko.

Sebastian verlor das Lächeln prompt, als sein Blick hinüber zu einer Gruppe Jungen wanderte, die in der Nähe des großen Kastanienbaums standen.

»Idioten«, brummte Niko, als er Victor Bainbridge und seine Gang sah. »Lass dir auch von denen nicht den schönen Morgen verderben«, winkte Niko ab. »Idioten«, brummte Niko nochmals.

»Ich freue mich schon auf unsere nächste Reise«, sagte Lars beiläufig.

»Was ... was für eine Reise?«, wollte Niko sofort wissen.

»In die Andere-Welt natürlich«, sagte Lars laut und schüttelte verständnislos den Kopf.

»Das wird leider noch ein Weilchen dauern«, seufzte Juana.

Sebastian nickte und sagte: »Ja, leider.«

»Das waren vielleicht tolle Abenteuer in der Anderen-Welt«, schwärmte Niko und griff nach seinem imaginären Schwert, das er langsam aus der Scheide zog und stellte sich kampfbereit vor Lars. Lars grinste so breit, dass sein Gesicht wie eine Karikatur wirkte. Niko ließ das imaginäre Schwert in fließenden Bewegungen kreisen. Lars trat ihm mit seinem imaginären Schwert entgegen, und als sich die Gelegenheit bot, machte Lars einen Ausfallschritt und hieb mit seinem Schwert zu. Niko wehrte den Schlag ab und konterte sofort. Lars stieß erneut zu, in Richtung Bauch seines Gegners, doch auch diesen Schlag wehrte Niko ab.

»**STOPP**«, rief Sebastian. »Wir sollten uns verbünden und nicht gegeneinander kämpfen, denn unsere gemeinsamen Feinde sind die Dämonen«, sagte er.

»Ja«, nickte Niko und senkte das Schwert.

»Unsere Feinde sind die Dämonen und der Zauberer Drawen«, rief Lars mit erhobenem Schwert, so dass sich einige Mitschüler ihm zuwandten.

»Nicht so laut, Lars«, ermahnte Juana ihn, als sie sah, dass Lars auch die Aufmerksamkeit von Victor auf sich zog.

»Lass ihn doch, Juana«, sagte Niko. »Stört doch keinen hier.«

»Victor schaut schon zu uns hinüber«, ergänzte sie.

»Der Blödmann«, winkte Niko ab.

»Was sollen wir nach der Schule machen?«, lenkte Sebastian auf ein anderes Thema.

»Ein Buch lesen«, antwortete Niko gelangweilt.

»Ist doch jetzt nicht dein Ernst?«, fragte Juana verstört.

»Nö«, lächelte Niko sie an. »Wir könnten uns einen Film ansehen oder ein Videospiel ...«, schlug Niko vor, und Sebastian unterbrach ihn mitten im Satz: »Was haltet ihr davon, wenn wir ein paar Geschichten aufschreiben, die wir in der Anderen-Welt erlebt haben?«

»Tolle Idee«, schwärmte Juana.

»Gefällt mir«, sagte Lars.

»Willst du jetzt etwa unter die Schriftsteller gehen?«, wandte sich Niko an Sebastian.

»Hast du keine Lust dazu?«, fragte Sebastian.

»Ja, wenn ihr das unbedingt alle wollt, dann können wir das tun.« Niko klang gelangweilt.

»Hmpf«, sagte Juana.

»Was hast du?«, fragte Sebastian.

»Victor schaut immer noch zu uns hinüber«, antwortete sie.

»Wir könnten aber heute nach der Schule auch Teufelslord spielen«, schlug Niko plötzlich vor.

»Ja, cool«, schwärmte Lars sofort.

»Heute soll es aber Regen geben«, entgegnete Juana.

»Woher weißt du das?«, fragte Niko.

»Ich habe im Internet nachgeschaut«, antwortete Juana.

»Dann eben nicht.« Niko klang enttäuscht. »Dann schreiben wir heute Nachmittag unsere Geschichten auf«, sagte Niko leise, »aber zuerst gehe ich nach Hause. Meine Mutter macht heute einen Lauch-Kartoffel-Auflauf mit Käse überbacken.«

»So 'was magst du?« Lars verzog die Nase.

Niko nickte. »Vielleicht werfe ich mir hinterher noch ein paar Pommes in die Mikrowelle«, ergänzte er. »Muss ja gestärkt sein, wenn ich heute Nachmittag am Schreibtisch sitze und ein paar

Buchstaben in den Computer tippe.« Niko sah Sebastian vorwurfsvoll an.

»Also, wenn du absolut keine Lust dafür hast, können wir auch etwas anderes tun«, sagte Sebastian darauf.

»Geht schon in Ordnung. Ich mache mit«, sagte Niko und wirkte wieder etwas heiterer. »Scheiße«, fluchte Niko leise.

»Was ist denn jetzt schon wieder?«, fragte Juana.

»Bainbridge und seine Affenbande, sie kommen zu uns«, flüsterte er.

Victor und drei seiner Kameraden kamen.

»Na, spielt ihr wieder Kinderspiele – Drachentöter?«, höhnte Victor, und seine drei Kumpels lachten laut.

»Wir ... ähm ... wir sp... spielen nicht, wir ...«, fing Lars an, und Victor unterbrach ihn rasch: »Hast du etwa wieder Sprachstörungen?«, fragte er unverschämt.

»Wir können mit einem Schwert kämpfen, du nicht«, brummte Lars Victor an, ohne dass er stottern musste.

»Na, klar, kann ich mit einem Schwert kämpfen! Oder glaubst du, ich bin blöd?«, fauchte Victor los, so dass Lars erschrocken zurückwich.

»Blödhammel«, schimpfte Niko und ballte die rechte Faust und hämmerte sie auf die Handfläche seiner Linken. »Du bist so was von blöd, dass die Spatzen das von allen Dächern zwitschern!«

»Hmmm«, brummte Victor nur und verzog das Gesicht.

Die Lage spitzt sich zu, dachte Sebastian, gleich gibt es höllischen Ärger mit Victor und seiner Gang, und das am ersten Schultag. Sebastian hatte keine Lust auf Nachsitzen, und genau auf das lief alles hinaus. Sollte er versuchen, die Lage zu entschärfen? Aber wie? Was konnte er zu Victor sagen, dass er nicht ausflippte?

»Coleman, du Fettbauch. Deine Kämpfe spielen sich ja nur in deinem Hirn ab«, brummte Victor, »aber wenn du einem richtigen Gegner gegenüberstehst, dann möchte ich mal sehen, wie du dich bewegst, Fettbauch«, schimpfte Victor laut, so dass nun die Aufmerksamkeit einiger Schüler auf sie gelenkt wurde.

Sebastian entschloss sich doch nichts besänftigendes zu Victor zu sagen. So ein Arsch, dachte Sebastian, eine Freundschaftsanfrage wirst du von mir sicherlich nie erhalten.

Victor machte einen weiteren Schritt auf Lars zu und rempelte Juana an, die ihm im Weg stand. Sebastian trat dazwischen.

»Was willst du denn?«, fauchte Victor.

Sebastian schwieg.

»Willst du halbe Portion dich mit mir anlegen?«, fragte Victor herablassend. »Du Loser«, fauchte Victor Sebastian an.

Sebastian schwieg immer noch.

»Du bist wirklich ein Flegel, Victor Bainbridge«, schimpfte Juana energisch.

»Juana, das Mauerblümchen«, belächelte Victor sie und trat einen Schritt auf sie zu, doch Juana wich nicht zurück, sondern trat ihm entgegen.

»Du Flegel«, schimpfte Juana energisch.

»Bist wohl in den Ferien mutiger geworden«, sagte Victor herablassend, während Juana ihn ansah, wie eine Raubkatze die ihre Beute musterte.

»Los, mach sie alle fertig, Victor«, feuerte Victors dicker Freund ihn an.

Dass sich Victor über Nikos dicken Bauch lustig gemacht hatte, schien Victors dicken Freund nicht zu stören, dachte Sebastian. Entweder wollte er Victors Bemerkungen über Dicke nicht hören, oder er war einfach nur doof.

»Ja, zeig's dem verwöhnten Knirps«, sagte der kräftige Kumpel von Victor und deutete auf Sebastian.

»Um den Dicken und dem Mauerblümchen kümmern wir uns«, sagte der hochgewachsene Kumpel.

»Das Mauerblümchen«, korrigierte Juana ihn.

»He? Was?«, fragte er mit einem dummen Gesichtsausdruck.

»Es muss 'das Mauerblümchen' heißen«, sagte Juana in ruhigem Ton.

»Er versteht dich nicht, Juana. Er ist halt 'ne Dumpfbacke«, kam es von Niko.

Victor ballte seine Faust und wandte sich blitzschnell Sebastian zu. Sebastian ließ sich in die Hocke fallen und wich dem Schlag von Victor aus.

»Mehr hast du nicht drauf?«, warf Sebastian ihm an den Kopf.

Mit geballten Fäusten trat Victor Sebastian entgegen, der jeden Schlag von Victor auswich. Wie ein Tänzer umschwirrte Sebastian seinen Gegner, der ihn versuchte mit seinen Fäusten zur Strecke zu bringen. Mittlerweile hatte sich eine Schülerschar um sie herum versammelt, die das Schauspiel gespannt verfolgte.

»Bleib mal stehen, und kämpfe wie ein Mann«, fluchte Victor.

Als Victor wieder zuschlug und Sebastian verfehlte, nutze Sebastian die Chance und verpasste Victor einen Schlag in die Magengrube. Victor taumelte benommen zurück.

Als Victors dicker Kumpel zu Hilfe eilen wollte, warf sich Niko ihm mit dem Ruf entgegen: »Ich mach dich platt wie eine Flunder.« Und als Niko den Dicken anrempelte und der Dicke zu Boden ging, warf sich Niko auf ihn wie ein Ringer.

Dann ging alles so schnell, das Sebastian nur noch das Toben der Menge hörte, die ihn und seine Freunde anfeuerten. Lars schnappte sich Victors Kumpel, der einen Kopf größer war als er und nahm ihn in den Schwitzkasten, so dass Lars ihn nach wenigen Sekunden am Boden hatte.

Der kräftige Kumpel von Victor wandte sich Juana zu, die lässig seinen Angriff abwartete. Sebastian sah, wie sich Juana blitzschnell zur Seite drehte, um dem Angriff auszuweichen. Schnell wie ein Panther war sie. Ihr Gegner hatte keine Chance. Sekunden später lag er mit blutiger Nase am Boden und wimmerte vor Furcht, als Juana über ihn kam wie ein Wirbelwind.

»Willst du aufgeben?«, fragte Sebastian und forderte Victor damit heraus.

»Komm nur her du...«, fauchte Victor bösartig und fing sich einen Schlag von Sebastian ein, der ihn endgültig zu Boden streckte.

»Wer ist nun der Loser?«, fragte Sebastian ruhig und neigte sich leicht über Victor.

Hinter Sebastian ertönte die schrille Stimme von Henry Titus: »Das wird Konsequenzen für dich haben, Sebastian Kaspar Addams.« Herr Titus war bei ihnen. »Für euch alle«, sagte er laut und deutete auf Niko, Lars und Juana.

»Wieso sind wir jetzt an allem Schuld?«, fuhr Niko Herrn Titus ärgerlich an.

»Du willst doch nicht behaupten, dass Victor angefangen hat?«, trat ihm Herr Titus entgegen.

»Sebastian und seine Freunde haben angefangen«, wimmerte Victor.

»Das habe ich mir schon gedacht«, sagte Herr Titus.

»Denken war noch nie einer seiner Stärken«, flüsterte Juana Sebastian zu.

»Wie bitte?«, blitzschnell wandte sich Herr Titus ihr zu.

»Was ist denn hier los?« Die Lehrerin Olivia Sandrock kam hinzu. Als Herr Titus ihr die Lage erklärte, wandte sie sich langsam Victor zu.

»Du kleiner Nichtsnutz«, sagte Frau Sandrock empört. »Du lügst immer noch ohne rot zu werden.« Die Lehrerin machte eine bedächtige Pause. »Du und deine Kumpels können sich ja mal Gedanken über richtiges Benehmen machen, wenn ihr eine Woche lang, in den Pausen, den Schulhof von Papier und Abfall reinigt«, brüllte sie Victor an. »Ja, aber ...«, stotterte Victor.

»Das ist aber jetzt ...«, fing Herr Titus an, und Frau Sandrock sagte laut und bestimmend: »Ich habe alles von dort oben mitangesehen«, sie deutete auf das Fenster im ersten Stock, »doch leider war ich nicht so schnell hier unten, um das hier zu verhindern.«

»Und Sebastian und seine Freunde kommen ohne Strafe davon?«, fragte Herr Titus.

»Natürlich nicht«, sagte sie laut, so dass Sebastian zusammenzuckte. »Du«, Frau Sandrock deutete auf Sebastian, »und deine Freunde melden sich nach dem Unterricht bei mir.«

Stille trat ein. Niemand sprach ein Wort.

»Hast du mich verstanden?«, wandte sich Frau Sandrock an Sebastian und trat einen Schritt auf ihn zu.

Sebastian nickte stumm.

Als sich Herr Titus Victor und seinen Kameraden zuwandte, sagte Frau Sandrock in strengem Ton zu Sebastian und seinen Freunden: »Also, dann bis nach der Schule bei mir im Büro. Ich muss jetzt gehen.«

Bevor Frau Sandrock in Richtung Schulgebäude ging, lächelte sie kurz Sebastian und seinen Freunden zu und zwinkerte dabei. Die Schülermenge löste sich auf, und als Victor und seine Freunde mit Herrn Titus verschwunden waren, fragte Niko: »Wieso hat sie uns zugezwinkert?«

Lars zuckte mit den Schultern, und auch Juana wusste keine Antwort darauf.

»Ich glaube nicht, dass sie uns bestrafen will«, sagte Sebastian fest überzeugt.

Als Sebastian und seine Freunde das Schulgebäude betraten, hoffte Sebastian, dass die Zeit bis zu den nächsten Ferien schnell vergehen möge.

Personen-, Orts-, und Sachverzeichnis

Schauplätze der Anderen-Welt

Aldahour	die Stadt der Schatten.
Arasin	die Hauptstadt von Nebra.
Die Andere-Welt	kann von der Menschenwelt aus nur mit einer magischen Karte betreten werden. Sie ist voller Geheimnisse, voller Magie und voller mystischer Rätsel.
Ednu	die weiße Stadt der neuen Siedler.
Eduan	eine Hochebene im Königreich Nebra.
Feuerland	das Land der Feuerberge und Drachen. Dort besitzt Balthasar eine kleine Hütte, in die er sich zurückzieht, wenn er nachdenken will oder einen neuen Zaubertrank entwickelt.
Isencroft	eine verlassene Elfenburg, die vor Jahrtausenden erbaut wurde.
Naranga	ein Königreich.
Nebra	ein Königreich.
Persian	eine Stadt, die in Naranga liegt.
Urta	eine kleine Ortschaft, die in Nebra liegt.

Mitwirkende der Anderen-Welt

Agilon	ein weißmagischer Zauberer, der vor einigen hundert Jahren in Urta gelebt hatte.
Acaton	ein weißmagischer Zauberer mit giftgrünen Augen. Er ist gutmütig und klug und außerdem ein liebevoller Pflegevater.
Balthasar	ein weißmagischer Zauberer mit dunkelblauen,

	stechend klaren Augen und einem langen, weißen Bart. Er ist ein stattlicher Mann mit einer sanften, aber respektvollen Stimme.
Beppo	ein Musiker der Fantasticas, der ein sechssaitiges Basakain spielt.
Dämonische Hexen	besitzen jeweils einen Zwergdrachen, mit dem sie seelisch verbunden sind. Stirbt einer von ihnen, stirbt der andere auch. Die Hexen dienen dem schwarzmagischen Zauberer Drawen.
Drawen	ein schwarzmagischer Zauberer, der über alle Königreiche in der Anderen-Welt herrschen will. Sein rot leuchtendes Augenpaar wirkt teuflisch. Meistens umspielt ein hämisches Grinsen seine Lippen, weil er sich seinen Gegnern überlegen fühlt.
Elisa	eine schlanke Flötenspielerin der Fantasticas mit langen, welligen Haaren, die bis weit in den Rücken fallen. Sie hat grüne Augen.
Fawn	eine Halbelfe und eine gute Freundin von Balthasar.
Gohr	ein Todbringer in der Gestalt eines Werwolfs.
Gundrun	der König von Naranga.
Luck	ein unförmiger Schatten, aus dem eine extrem lange Nase herausragt. Seine Heimat ist Aldahour, die Stadt der Schatten.
NarrNarr	ein Musiker der Fantasticas in kunterbunter Kleidung, der eine Trommel spielt.
Nox	ein Erdgeist mit dunkelbraunen, kreisrunden Augen. Er ist ein Freund von Balthasar. Sein Gewand besteht aus sich ständig erneuernden Wurzeln.
Numba	ein Schwarzdrache mit glühend roten Augen, der sprechen kann. Der Zauberer Balthasar ist sein Drachenmeister und Freund.
Pyrax	gehört zum Echsenvolk, das durch eine unbekannte Seuche fast ausgerottet wurde. Acaton erkannte Pyrax' besondere Gabe und bildete ihn zu einem Zauberer aus.
Ronny	der Trompetenspieler der Fantasticas.
Shadi	ein Junge, der in Ednu lebt. Er hat kastanien-

	braune Augen und trägt seine Haare lang.
Shan	ein zwölfjähriger Junge mit schulterlangem, braunem Haar und einem schmalen Gesicht. Er ist ein Wandler und kann sich in einen riesigen Adler verwandeln – deswegen lautet sein Spitzname auch Adler-Junge. Shan hat smaragdgrüne Mandelaugen.
Shark	ein hochgewachsener Krieger, der in Urta lebt.
Thinky	ein kleiner, etwas untersetzter Krieger, der in Urta lebt.
Tofie	lebt in einem Wald als Einsiedler und ist ein angehender Zauberer. Das zwergenhafte Wesen mit krächzender Stimme, dünnen Armen, kurzen Beinen, grünlicher Haut und leicht spitzen Ohren hat Glubschaugen und trägt meistens einen braunen Umhang.

Mitwirkende der Erde

Henry Titus	ein strenger Lehrer an der Schule von Sebastian. Er hat schmale, braune Augen und buschige Augenbrauen, deshalb wird er von den Achtklässlern auch Werwolf genannt.
Joe Kaspar Addams	der Großvater von Sebastian Kaspar Addams und Manuel Addams. Der Name Kaspar hat seine sprachliche Herkunft im persischen und bedeutet: Schatzbewahrer. Großvater Joe ist ein stattlicher Mann mit einem kurzen, weißen Bart und schneeweißen Haaren. Seine Augen allerdings haben immer noch etwas kindlich leuchtendes an sich.
Juana Portman	eine zwölfjährige Freundin und Mitschülerin von Sebastian. Sie ist sehr aufgeweckt und klug. Sie hat lange, krause Haare und strahlend grüne Augen. Wenn sie lächelt, bilden sich Grübchen auf den Wangen.
Lars Sandler	ein zwölfjähriger Freund und Mitschüler von Sebastian mit tiefblauen Augen. Er ist dünn wie ein Windhund und hat Storchbeine. Doch er ist ein Freund auf den man sich stets verlassen kann.
Manuel Addams	der vierzehnjährige Bruder von Sebastian hat lo-

	ckige, braune Haare und Pausbacken, obwohl er eigentlich nicht dick ist. Die beiden Brüder geraten sich oft in die Haare; meistens nur wegen Kleinigkeiten.
Niko Coleman	ein zwölfjähriger Freund und Mitschüler von Sebastian. Er ist ein lustiger Geselle. Wenn eine Situation einmal brenzlig wird, lässt er seine Freunde niemals im Stich. Er isst gerne, dadurch hat er einen dicken Bauch und Pausbacken bekommen.
Olivia Sandrock	eine Lehrerin. Sie unterrichtet an der Schule, die Sebastian und seine Freunde besuchen.
Rebecca Addams	die Mutter von Sebastian Addams und Manuel Addams.
Sebastian Kaspar Addams	ein zwölfjähriger Junge mit strahlend blauen Augen und lockigen, rotbraunen Haaren. Er trägt ein Zauber-Gen in sich, das ihn zu etwas ganz Besonderem macht, denn damit kann er die magische Karte bedienen und in die Andere-Welt reisen.
Victor Bainbridge	ein zwölfjähriger Mitschüler von Sebastian. Er ist ein Raufbold, und in der Schulklasse kann ihn fast niemand leiden. Mit seiner Schulgang tyrannisiert er die Mitschüler, besonders auf Sebastian und seine Freunde hat er es abgesehen.
William Addams	der Vater von Sebastian Addams und Manuel Addams.

<u>Lebewesen und sonstige Dinge der Anderen-Welt</u>

Basakain	ein Zupfinstrument, auf dem sechs Saiten gespannt sind, die aus Tierdärmen bestehen. Als Resonanzkörper dient ein runder Rahmen mit Fellbespannung.
Die magische Karte	kann nur in einer Vollmondnacht eingesetzt werden. Der Hüter der Karte kann mit ihr zwischen der Menschenwelt und der Anderen-Welt hin und her reisen. Mit dieser Karte kann der Hüter natürlich auch in der Anderen-Welt bei Vollmond von Ort zu Ort reisen, dazu muss er allerdings die magische Karte beherrschen.
Harbitze	eine knallrote, kleine Blume, die für einen Ort zu

	Ort Zauber benötigt wird.
Rubinschädel	ein Relikt, das Kaspar helfen soll, die goldenen Drachentränen zu finden.
Schwarzdrache	ein schwarzer Drache mit glühend roten Augen.
Transkribierer	ein Übersetzungsstein. Wer ihn bei sich trägt, kann sich mit Wesen in der Anderen-Welt verständigen.
Weißdrache	diese schneeweißen Drachen haben zur Zeit von Isencroft gelebt.
Zwergdrache	ein 'kleiner' Drache, der aber genauso gefährlich ist und Feuer speien kann wie ein großer Drache.

Danksagung

Kaspar - Das Geheimnis von Eduan ist der dritte und vorläufig letzte Teil der Geschichte, weil ich mich nun einem neuen Projekt zuwenden möchte. Das will nicht heißen, dass nun die Abenteuer von Sebastian Kaspar Addams abgeschlossen sind oder Ideen für eine Fortsetzung fehlen. Zu gegebener Zeit werden Kaspar und seine Freunde wieder auf Abenteuerreise gehen.

Von ganzem Herzen möchte ich meiner Frau Ursula danken, von der ich auch für diesen Band von Kaspar wieder viele nützliche Tipps erhalten habe.

Auch für den dritten Band hat Annette Eickert das Buchcover erstellt – vielen Dank für alles, liebe Annette.

An meine Leserinnen und Leser

Liebe Leserinnen, liebe Leser,

Ich hoffe, Ihr hattet Spaß beim Lesen von *Kaspar - Das Geheimnis von Eduan.*

Mich würde es natürlich sehr interessieren, was Euch an der Geschichte gefallen hat – und was nicht.

Wer mit mir in Kontakt treten oder mehr über mich und meine Bücher erfahren möchte, der kann mich gerne auf meiner Homepage besuchen:

www.dangronie.jimdo.com

Mit ganz herzlichen Grüßen

Von Dan Gronie

Estalor - Rückkehr der Höllenschlange
ISBN: 978-3-95500-124-7

Eine finstere Zeit bricht über den Planeten Estalor herein und fordert das erste Opfer. Sydah muss hilflos zusehen, wie seine zukünftige Frau Adena von der Höllenschlange Myr getötet wird. Nach Adenas Prophezeiung kann die Eroberung des ersten Königreichs durch Dämonen nur mit Hilfe eines magischen Elb-Holz-Stabes abgewendet werden.

Die Suche nach dem Relikt führt Sydah schließlich zum Königshof. Von hier bricht er mit vier Gefährten auf und setzt die abenteuerliche Suche nach dem Elb-Holz-Stab fort.

Während ihrer gefahrvollen Reise, sammeln sich die ersten dämonischen Heere, um das Königreich zu stürzen. Der König bereitet seine Armee auf die alles entscheidende Schlacht vor.

Können Sydah und seine Gefährten noch rechtzeitig mit dem magischen Stab zurückkehren, um das Königreich vor dem Untergang zu bewahren?